어쩌면 깜빡이는 기억 저 편에
무언가 있지 않을까

깜빡하거나
반짝이거나

깜빡하거나 반짝이거나

초판인쇄	2019년 6월 12일
초판발행	2019년 6월 17일
지은이	김 민
발행인	조현수
펴낸곳	도서출판 더로드
마케팅	최관호 최문순
IT 마케팅	정광영
디자인 디렉터	오종국 Design CREO
ADD	경기도 고양시 일산동구 백석2동 1301-2
	넥스빌오피스텔 704호
전화	031-925-5366~7
팩스	031-925-5368
이메일	provence70@naver.com
등록번호	제2015-000135호
등록	2015년 06월 18일
ISBN	979-11-6338-036-8-03810

정가 15,800원

어쩌면 깜빡이는 기억 저 편에
무언가 있지 않을까

깜빡하거나
반짝이거나

김 민 지음

도서
출판 더로드
The Road Books

"건망증, 깜빡하거나 반짝이거나"

냉장고 서랍 말고도 채워야 할 곳이 있었는데, 옷장 말고도 정리해야 할 곳이 있었는데, 장바구니 말고도 챙겨야 할 것이 있었는데, 쇼핑목록 말고도 적고 싶은 것이 있었는데, 깨끗이 씻은 그릇 말고도 차곡차곡 쌓고 싶은 것이 있었는데, 가스 밸브 말고도 잠가야 할 것이 뭔가 있었는데, 침대 시트 말고도 바꿔야 할 것이 있었던 것 같은데, 얼마 되지 않는 재산 말고도 지켜야 할 것이 뭔가 있었는데, 작은 화분 말고도 키우고 싶은 것이 분명 있었는데, 공원 나들이 말고도 가고 싶은 곳이 정말 많았는데, 아이를 어린이집에 데려다 주는 것 말고도, 나를 데려다 주고 싶은 장소가 있었는데, 유치원 통학버스 말고도 기다리는 것이 있었던 것 같은데, 아이들은 커 가는데 나는 자꾸만 작아지네. 작아지고 작아지다 한 점 먼지가 되어버린 것 같네. 집 말고도 돌아가고 싶은 곳이 있었던 것 같은데 도무지 기억나지 않네. 이 거친 손은 누구의 것일까. 왜 아무도 잡아 주지 않는 걸까. 부쩍 늘어난 주름만큼 말수는 줄어드네. 아이 말고는 누구도 내게 입 맞추지 않네. 아이들이 자라고 나면 텅 빈 껍데기만 남아 버릴까 두려워지네. 아이들이 학교에 가게 되면 나는 어디로 가야 할까. 매일 같은 곳을 맴도는데 정작 내가 어디에 있는지 알 수 가 없네. 자꾸만 깜빡깜빡 무언가를 잊어버리네. 자꾸만 나를 원망하네. 사랑하는 가족이 미워지네. 이러면 안 되는데, 마음을 다독이지만 자꾸 눈물이 나네. 무엇을 잃어버렸을까 두려워지네. 무엇을 잊어버린 걸까. 생각이 나지 않네.

어쩌면 깜빡이는 기억 저 편에 무언가 있지 않을까. 깜빡이는 저 불빛은 내게 오라 손짓하는 것이 아닐까. 아직 무언가가 남아 있다고. 아직 끝난 건 아니라고. 기억을 잃어가는 게 아니라고, 잃어버린 기억을 찾아 가라고, 애타게 반짝이며 나를 부르는 걸까.

저자 **김 민**

Contents | 차례

Part
02

홀로이되
혼자가 아닌
풍경 _ 79

Part
03

. . . .

**천천히
그러나 멈추지
않는 __ 179**

Part 04

중년의 미학 _ 243

PART

01

∙∙∙∙∙∙∙∙∙∙∙∙∙

약간의
고독으로 살 수 있는
자유

빛나지 않아 좋다. 향기가 나지 않아 기쁘다.
더 이상 청춘이 아니라 더 없이 편안하다. 빛나지 않으니 어둠이
두렵지 않다. 향기롭지 않으니 고독이 어렵지 않다.

01

타인의 방

타인의 온기를 얻기 위해서 자신의 공간을 포기해야만 하는 걸까. 타인과 대화하기 위해서 자신의 침묵을 포기해야 하는 걸까. 서로를 끌어당긴 공간을 완전히 포기해야 하는 걸까. 반드시 한 쪽을 선택해야 하는 걸까. 균형을 이루며 살 수는 없는 걸까. 먼저 온기를 내어 주고 상대의 공간을 허락하는 용기가 필요한 때가 아닐까. 스스로 고요함 속에 걸어 들어가야 더 깊은 대화를 나눌 수 있진 않을까.

하루를 버티고 돌아오면 당신의 지친 얼굴이 나를 맞이하네. 거울을 들여다보면 서글픈 중년의 자화상. 우리의 집을 갖는 일이 단순히 당신의 방과 나의 방을 합치는 것과는 다름을 알지만 우리의 집을 갖기 위해, 당신과 나의 생을 전부 포기해야만 하는 걸까. 서로에 대한 배려는 희생이 되고, 서로를 향한 애정은 집착이 되어야 하는 걸까. 함께 라서 행복했던 모든 순간을 우리라는 이름을 위해 포기하는 것이 과연 옳은 일일까. 당신과 나로 인해 가능했던 공간이었어. 언제부터 인지 우리는 공간을 위해 기능하는 부속품이 된 것 같아. 당신은 당신의 시간을, 나는 나의 공간을 잃어버렸어. 계속 이렇게 살아가도 괜찮은 걸까. 우리 이대로도 괜찮은 걸까. 아이들이 떠나고 난 후에

텅 빈 집만 남게 될까 두려워. 당신과 나 함께 있어도 우리의 삶은 남아 있지 않을까봐 겁이나. 서로를 허락하는 연습을 조금씩 해야 하지 않을까.

02

Choice

정상적인 삶을 포기한 건 아니에요. 나의 삶을 계속해서 선택해 왔을 뿐이에요. 다른 사람과 똑같은 선택을 하지 않았다고 해서 승부에서 진사람 취급은 말아주세요. 당신처럼 나도 온힘을 다해 생의 길을 걸어왔답니다. 적당히 맞춰 살지 못한다 해서 잘못한 것처럼 몰아가지 말아 주세요. 서로 기분만 상할 뿐 아무것도 달라지지 않으니까요. 제게도 사랑이 있었답니다. 찬란한 날이 있었답니다. 우리는 같은 버스를 타고 가고 있었죠. 종점이 가까워 올 때마다 사람들은 조급한 마음에 짝을 지어 내리더군요. 원하는 곳에 내리는 사람도 있고, 확신이 없는데도 불안한 마음에 함께 내리는 사람도 있더군요. 꼭 더 먼 곳으로 가고 싶었던 건 아니에요. 정말 원하는 사람이 아니라면 함께 걷는 것이 오히려 서로를 힘들게 할 것 같았어요. 누군가와 함께 걷는 것이 얼마나 근사한 일인지 알지만, 혼자 걷는 길이 얼마나 자유로운지도 잘 알게 되었지요. 함께 걷는 것을 포기한 것이 아니에요. 함께 걸을 사람을 아직 찾지 못했을 뿐이죠. 누군가를 찾지 못한 덕분에 혼자서도 길을 찾는 법을 배울 수 있었죠. 자유로움이 근사한 것보다 뛰어난 것도, 근사한 것이 자유로움보다 우위에 있는 것도 아니죠. 각자 삶의 방식을 존중하며 걸어갈 수 있길 바라요. 아무렇지 않게 씩씩하게 걸어간다고 독하다 말하지 마세요. 울며 걸어간다면 비웃을 테죠. 울면서 걸어가기에 길이 너무 멀어요. 누구에게나 삶은 외로운 거죠. 우리 모두 같은 곳으로 향하고 있죠. 당신에게도 나에게도 선택할 수 있는 기회는 얼마든지 남아 있죠.

03

Return

현실에서 도망친 것이 아니에요. 내가 있어야 할 곳으로 돌아왔을 뿐이에요. 구원이라 믿은 사람이 원수가 되는 데에는 그리 많은 시간이 필요하지 않았어요. 어른으로서의 책임감 때문에 이악물고 버티는 동안 우리 두 사람은 망가져 가기만 했어요. 결혼이 사랑의 무덤이 되는 것이 참담했어요. 있는 그대로의 나를 강요하는 그 사람을 더 견뎌야 했다면 아마 미쳐 버렸을 거예요. 주위에선 그럴 때 일수록 아이를 가져야 한다고 충고했지만 나의 불행 안에 아이를 데려오기는 싫었어요. 나의 불행을 덜어내기 위해 아이를 이용하고 싶지 않았어요. 왜 다른 사람들은 다들 그렇게 사는데 너만 유별

나게 구느냐 말해도 어쩔 수 없어요. 이미 선택한 길이에요. 아무리 뭐라 해도 어쩔 수 없어요. 이제부터는 혼자 걸어갈 수밖에 없어요. 방해할 거면 물러나세요. 짐을 덜어주지 않으려면 제발 조용히 해주세요. 강해지라는 말도 부담스러워요. 꼭 강해져야 할 필요는 없잖아요. 흐르는 강물은 느긋해도 멈추지 않잖아요. 꼭 바다처럼 넓은 사람이 되어야 하나요. 받아들일 수 있는 것만 받아들이고, 지나간 것은 그대로 내버려 둬도 괜찮지 않을까요. 마음을 추스르고 천천히 다시 시작해 보려 해요. 선택을 후회하지 않아요. 가끔 헤어지지 않았다면 어땠을까. 생각해 볼 때도 있지만 역시 힘들었을 거예요. 어느 쪽이 먼저 폭발하느냐 시간 싸움이 되었을 테고, 서로 더 큰 상처를 안은 채 살아가야 했을 거예요. 그를 사랑한 것을 후회하진 않아요. 좀 더 신중했더라면 달라졌을까. 생각해봐야 이제는 소용없는 일이잖아요. 아직 나는 살아 있으니까요. 삶은 아직 많이 남아 있잖아요. 어떻게든 계속 걸어가려 해요. 상처는 쓰라리고 시선은 두렵지만 그래도 가보고 싶어요. 결혼을 포기한 거지 생을 포기하기로 한 것은 아니니까요. 결혼을 위해 모든 것을 포기할 수는 없었어요. 더 행복한 삶을 위해 결혼하는 거죠. 결혼을 위해 행복을 포기하는 일, 저는 할 수 없어요. 하지만 계속 살아가고 싶어요. 좋은 날이 모두 지나간 거라고 생각하지 않아요. 저는 아직 행복을 포기하지 않았어요.

04

중년의 미학

빛나지 않아 좋다. 향기가 나지 않아 기쁘다. 더 이상 청춘이 아니라 더 없이 편안하다. 빛나지 않으니 어둠이 두렵지 않다. 향기롭지 않으니 고독이 어렵지 않다. 청춘이 아니라 조급하지 않다. 비로소 할 수 있는 것과 할 수 없는 것을 구분하게 되었다. 할 수 있다고 자만하지도, 할 수 없다고 절망하지도 않는다. 받아들일 수 없다 여긴 일도 세월이 지나면 납득할 수 있음을 배웠다. 받아들인 것과 더불어 살아가게 될 것을 안다. 아직 이해하지 못하는 일은 납득할 때가 되지 않았기 때문이다. 서두를 필요 없다. 언젠가 이해할 날이 온다. 처음 출발점에 선 아이처럼 조바심 낼 필요 없다. 생이 끝나간다고 슬퍼할 필요도 없다. 중년은 중간이 아니다. 중년은 어중간한 나이가 아니다. 우리는 생의 한복판에 서있다. 생의 정중앙을 통과하고 있다. 세상의 중심에 서려 발버둥 칠 필요 없다. 생의 중심에 나를 두고 살아야 할 때다. 온 누리의 향기를 맡고 작은 소리에 귀 기울이며 살아야 한다. 미중년이 되지 못해도 좋다. 아름다운 것을 사랑하는 중년. 그거면 된다.

아무리 어두워도 그림자는 빛의 영역에 속한다. 그림자는 빛을 받은 만큼 어두워진다. 그리움은 사랑의 그림자다. 아픔은 희망의 그림자다. 고독은 존재의 그림자다. 빛이 밝을수록 그림자는 짙어진다. 이렇게 아픈 우리는 아직 한낮을 지나는 중인가보다. 세상의 변두리일지라도 좋다. 이제는 생의 중심에서 살고 싶다.

05
관성을
거부하는 신념

신념은 변화를 이끌어내고
관성은 안정에 머무르려 한다.
신념은 지금까지의 삶을 인정하고
관성은 지금까지의 삶만을 긍정한다.

신념은 앞으로의 삶을 결정하려 하고
관성은 앞으로도 어떻게든 살아질 거라 기대한다.
신념은 시련 앞에서 빛을 발하고
관성은 시련 앞에서 무너진다.
신념은 고통을 딛고 성장하고
관성은 고통에 잠식당한다.

신념은 상황을 바꿀 수 있다 믿고
관성은 상황이 바뀌지 않을 거라 믿는다.
관성은 자신을 합리화하고, 신념은 스스로를 객관화한다.
관성은 지금과 타협하지 못할까 두려워하고

신념은 스스로와 타협하는 것을 두려워한다.

신념을 갖지 못한 것보다 위험한 것은
관성을 신념이라 믿어버리는 일이다.
그릇된 신념은 뒤집어진 그릇과 같아
다른 이의 의견을 받아들이지 못한다.
제대로 된 신념은 새로운 생각을 받아들이는
그릇이 되는 것을 두려워하지 않는다.

부디 생각하는 대로 살아갈 신념과
사는 대로 생각하는 관성을 혼동하지 않기를

06

바람이 불러오는 것

대한이라더니 역시 바람이 매서웠습니다. 바람을 맞으며 달리는데 제주 같더군요. 강한 바람을 맞으며 달린 곳이 제주도만은 아니었는데 말이죠. 군대에서 근무를 서면서 맞았던 삭풍은 어느새 떠오르지 않게 되었습니다. 전국을 떠돌며 맞았던 바람도 기억나지 않습니다. 가을마다 집을 무너뜨릴 듯 몰아치던 태풍의 이름도 생각나지 않습니다. 지금껏 살아오며 맞았던 바람 중에 유독 며

칠간 달린 제주가 생각나는 이유는 무엇일까요. 그렇습니다. 제주에서 달릴 때는 바다와 바람뿐이었습니다. 그 외에는 아무것도 없었습니다. 묵묵히 부는 바람과 끊임없이 육지로 밀려드는 바다 외에는 존재하지 않는 며칠이었습니다. 당신 모습 역시 그렇게 떠오릅니다. 여태까지 살아오며 사랑한 사람이 당신만은 아니었으나 이따금 떠오르는 사람은 당신뿐입니다. 가장 오랜 기간 만났기 때문도 아니고, 가장 깊은 관계였기 때문만도 아닙니다. 제주에 바다와 바람 외에는 존재하지 않았듯이 그 때에 당신과 나 외에는 아무것도 없었습니다. 그렇게 사랑했기 때문입니다. 거센 바람을 맞을 때마다 제주를 떠올리듯이 남은 생에 사랑이란 단어를 마주할 때마다 문득 당신을 떠올리게 될 겁니다. 그 섬에 다시 갈 순 있겠지만 그 때로 돌아갈 일은 없을 겁니다. 그 때 나와 함께 있어줘서 감사합니다.

07
부끄러움의 목록

남자답지 못한 것은 부끄럽지 않지만 사람답지 못한 것은 부끄럽습니다. 노래 못하는 것은 부끄럽지 않지만 음악을 사랑하지 못하는 것은 부끄럽습니다. 재능이 부족한 것은 부끄럽지 않지만 노력이 부족한 것은 부끄럽습니다. 사랑받지 못하는 것은 부끄럽지 않지만 사랑하지 못하는 것은 부끄럽습니다. 어떤 책도 부끄럽지 않지만 – 그것이 외설적이건, 잔인하건, 유치하건 간에, 책을 읽고 어떤 것도 느낄 수 없다면 부끄럽습니다. 남과 겨루어 지는 것은 부끄럽지 않지만 나와 겨루어 지는 것은 부끄럽습니다. 지는 것은 부끄럽지 않지만 다시 싸우지 못하는 것은 부끄럽습니다. 실패하는 것은 부끄럽지 않지만 실패가 두려워 시도하지 않는 것은 부끄럽습니다. 하고 싶은 말이 있어도 참는 것은 부끄럽지 않지만 해야 할 말을 참는 것은 부끄럽습니다. 몸에 묻은 얼룩은 부끄럽지 않지만 얼룩진 시선으로 세상을 보는 것은 부끄럽습니다. 나이를 먹는 것은 부끄럽지 않지만 나이를 핑계로 포기하는 것은 부끄럽습니다. 누군가에게 기대 우는 것은 부끄럽지 않지만 누구도 기대 울 수 없는 사람이 되는 것은 부끄럽습니다. 나를 위한 투자는 부끄럽지 않지만 나의 시간을 낭비하는 것은 부끄럽습니다. 가난한 삶을 사는 것은 부끄럽지 않지만 빈곤한 정신으로 사는 것은 부끄럽습니다. 버는 것이 적어도 부끄럽지 않지만 버는 것으로 생을 평가하는 것은 부끄럽습니다. 말하는 것은 부끄럽지 않지만 말 한 대로 행동하지 못하는 것은 부끄럽습니다. 사람을 판단하는 것은 부끄럽지 않지만 사람을 평가하는 것은 부끄럽습니다. 내 부모의 자식으로 태어난 것은 부끄럽지 않지만 나로 죽지 못하는 것은 부끄럽습니다. 타인에게 창피를 겪는 일은 부끄럽지 않지만 떳떳하게 살지 못하는 것은 부끄럽습니다. 부끄러워하는 마음은 전혀 부끄럽지 않지만, 부끄러움을 알면서도 고치려 하지 않는 것이 가장 부끄럽습니다.

08

먹다

초식동물은 하루 종일 풀을 찾아다닙니다. 육식동물은 죽을 때까지 사냥을 멈출 수 없습니다. 물고기는 먹기 위해 헤엄칩니다. 새는 먹이를 찾기 위해서 납니다. 인간도 먹어야 살 수 있습니다. 먹는 것은 생의 기쁨 중 하나입니다. 하지만 사람을 동물과 구분하는 것은 먹고 배설하기까지의 중간 과정에 무엇을 하느냐 입니다. 밥을 얻기 위해 시간을 모두 소모한다면 생활이 아니라 생존입니다. 더 좋은 음식을 먹기 위해, 더 좋은 옷을 입기 위해, 더 좋은 차를 타고, 더 좋은 집에서 살기 위해서만 삶을 투자하는 것은 서글픈 일입니다. 필요한 만큼만 먹을 수 있길 바랍니다. 거친 음식에도 만족하길 바랍니다. 소박한 밥상에 감사하는 삶을 갈구합니다. 필요한 것이 늘어날수록 인생을 살 시간은 줄어듭니다. 필요한 것이 많아질수록 자신을 놓을 자리는 좁아집니다. 소박한 삶을 꿈꿉니다. 그러려면 정말 필요한 것 외에는 원하지 않아야 합니다. 원하는 것이 많지 않으면 타인의 눈치를 볼 필요가 없습니다. 타인을 위해 필요 이상으로 일할 필요가 없어집니다. 욕심을 버리면 누구에게 휘둘릴 이유가 없습니다. 낚싯바늘에 꿰인 물고기처럼 끌려 다니며 고통 받지 않아도 됩니다. 미니멀 라이프는 특별한 게 아닙니다. 필요하지 않은 것을 버리는 것에서 시작됩니다. 버림으로 채울 수 있습니다. 욕심을 버린 공간에 자유를 채울 수 있습니다. 잃음으로써 얻고 얻음으로써 잃게 되는 이치입니다. '이만하면 충분하다' 말할 수 있는 삶은 멀리 있지 않습니다. 풍요는 물질로 채워지지 않습니다. 풍요는 자족에서 비롯합니다. 욕심을 버리면 바람처럼 살 수 있습니다. 욕심이 무거우면 영혼은 날 지 못합니다. 무소유의 경지에는 이를 수 없다 해도 필요한 만큼만 소유하며 살 수 있습니다. 가진 것으로 만족하며 살 수 있습니다. 최소한 내가 갖고 싶어 하는 것들에게 소유당하는 삶은 피할 수 있습니다.

과감해야 시작할 수 있는 것이 아니라 가감(加減)해야 시작되는 겁니다.

09
퇴사와 꿈

일을 그만두려는 이유가 하고 싶은 일을 하기 위해서라면, 미치도록 간절히 원한다면, 당신은 오늘 그 일을 했을 겁니다. 잠을 줄여서 한 줄의 글을 썼을 것이고, 밥 먹는 시간을 아껴 책을 읽었을 겁니다. 통근 버스 안에서 가사를 적었을 겁니다. 적어도 피곤함을 핑계로 삼지 않았을 겁니다. 미치도록 하고 싶다면 어떻게든 짬을 냈을 겁니다. 만약 오늘 한 순간도 시간을 내지 않았다면 절실하지 않은 겁니다. 단지 지금 하고 있는 일을 하기 싫을 뿐입니다. 시간이 없어 못하는 사람은 충분한 시간이 주어져도 아무것도 하지 않습니다. 언젠가라는 말은 막연한 희망 일뿐 꿈이 아닙니다. 물론 희망을 갖는 것은 나쁘지 않습니다. 하지만 꿈에게 무엇도 해주지 않고 저절로 다가오길 바라서는 안 됩니다. 만약 저절로 이루어진다 해도 행운에 불과 할 뿐 꿈을 이룬 것이 아닙니다. 꿈은 어딘가에 도달하는 것 일수도, 어딘가로 가는 여정 자체가 될 수도 있습니다. 하지만 어떻게든 걷지 않으면 아무 곳에도 갈 수 없습니다. 꿈은 사랑과 다르지 않습니다. 꿈을 위해 아무것도 하지 않으면 계속 멀어질 뿐입니다. 멀어지다 끝내 사라집니다. 꿈이 있다면 사랑해줘야 합니다. 꿈을 통해 성공할 수 있을지는 알 수 없습니다. 그래도 꿈을 꾸는 과정이 즐겁다면, 하루에 한 순간만이라도 꿈에게 무언가 해주지 않으면 불안해서 미칠 것 같다면, 그 때 일을 그만두는 것에 대해 계획하면 됩니다. 무엇을 이룰 수 있을지 상상해서는 안 됩니다. 무엇까지 포기할 수 있는지 각오해야 합니다. 꿈을 통해 무엇이 될 수 있을까를 생각하지 말고 꿈에게 무엇을 해줄 수 있을지를 고민해야 합니다. 생각한 것을 당장 행동으로 옮길 만큼 애절해야 합니다. 꿈은 현실에서 도피하기 위한 수단이 아닙니다. 현실을 사랑하기 위한 방법입니다. 꿈이 꽃피는 장소는 당신의 가슴이 아니라 현실의 대지입니다. 꿈을 이루면 성공이지만 꿈을 위해 무언가를 하는 것은 성공한 삶입니다. 어떤 결과가 나오던지 도저히 하지 않고는 견딜 수 없는 것. 그것이 꿈입니다.

10
감나무

어릴 적 살던 집 마당 가운데에 감나무가 한 그루 있었습니다. 주인집 지붕 기와를 단층 옥상으로 바꾸면서 마당에도 시멘트를 깔았습니다. 시멘트가 깔리기 전부터 감나무는 열매를 맺지 못했습니다. 어른들은 수명이 다 되어 그런 거라 말하면서도 감나무를 뽑지 않았습니다. 옥상으로 가는 좁은 계단 오른쪽에는 무화과나무가 있었고 뒷마당에는 거대한 석류나무가 있었습니다. 무화과는 미지근했지만 달았습니다. 농익어 스스로 입을 벌리는 석류 안에는 붉은 우주가 있었습니다. 옆 집 대추나무 열매를 따 먹고, 하교 하는 길 비파 열매를 따 먹으면서 조금씩 자랐습니다. 해마다 감나무는 여름이면 얼마 안 되는 잎을 피우고 가을이면 몇 장의 잎을 떨어뜨릴 뿐이었습니다. 제대해서 조선소를 다녔습니다. 온갖 일을 하며 생활비를 벌었습니다. 바닷가 마을은 해마다 수해를 입었습니다. 바닷가에서 수해는 일상이었습니다. 태풍이 온 다음날에 조선소에서 건조하던 유조선이 떠내려 오기도 했습니다. 태풍이 지나갈 때 밀물 때가 겹치면 방 안에 바닷물이 넘실거렸습니다. 재난대피 경보가 발생해도 집을 버리는 사람은 없었습니다. 태풍이 지나간 후에는 몇 푼의 보조금을 받거나 컵라면이나 담요 따위의 구호품을 받고 사람들은 다시 살아갔습니다. 2002년의 루사였는지 아니면 2003년의 매미였는지 확실하진 않지만 태풍에 감나무가 뽑혀 뿌리를 드러냈습니다. 어느 쪽이었는지는 아무래도 상관없습니다. 다들 감나무가 죽었을 거라 생각했습니다. 감나무 따위를 생각하기에 생은 너무 바빴습니다. 어느 가을이었습니다. 햇살이 낡은 지붕 너머로 넘어가던 늦은 오후였습니다. 감나무에 열매가 열려 있었습니다. 햇살은 무성한 나뭇잎 사이로 반짝거렸습니다. 사람들은 신기한 일이라고 말했습니다. 그 날 이후로 해마다 감나무는 열매를 맺었습니다. 감은 작고 떫기만 했습니다. 어른 허벅지 정도도 되지 않는 가녀린 몸으로 감나무가 맺을 수 있는 열매는 그 정도가 고작이었습니다. 감나무는 해마다 몇 개의 열매를 떨어뜨렸고 나머지는 그대로 매달린 채 까치밥이 되었습니다. 희망이 희미해 질 때면 그 날 오후의 감나무를 떠올립니다. 희망이란 애초에 존재하지 않는다고 생각될 때마다 햇살 아래 반짝이던 작고 단단한 열매를 떠올립니다. 시멘트 바닥에서 늙은 숨을 몰아쉬면서도 끝내 포기하지 않았던 질긴 생명력을 생각합니다. 나보다 훨씬 긴 세월동안 해마다 찾아오는 태풍을 견뎌낸 감나무의 생명력을 되새깁니다. 살아 있는 한 희망은 있는 거라고. 거친 태풍이 불어도 언젠가 다시 푸른 잎을 피워 낼 수 있을 거라고.

11

납득

아직 결과에 초연할 만큼 마음 그릇을 키우지는 못했지만 어떤 결과가 나오던지 수긍할 수 있습니다. 결과만 보며 달리면 너무 많은 풍경을 놓치게 됩니다. 사람들과 멀어지게 됩니다.

목적지에 도착한다고 끝이 아닙니다. 눈앞에 또 다른 목적지가 보입니다. 끝없는 반복입니다. 물론 그런 삶에도 성취는 있지만 저는 과정을 향유하는 삶을 선택했습니다. 스스로 선택한 과정 안에서 만족합니다. 납득할 만큼 노력한 후에는 어떤 결과가 나와도 크게 개의치 않습니다. 아직 과정 안에 있으니까요. 살아 있는 동안 결론은 신경 쓰지 않고 살려 합니다. 나만의 서사를 지속할 수 있다면 다른 것은 모두 부수적입니다. 오직 스스로 납득할 수 있을 만큼 노력하고 있는가에 집중합니다. 자신의 삶을 납득하기 위해 필요한 것이 타인이 인정할만한 결과물인지 아니면 스스로 만족할 만큼의 과정인지에 따라 삶의 길은 완전히 달라집니다.

12

알리바이

사랑을 증명하는 것은 어렵지 않았습니다. 당신이 있는 곳에 나의 마음이 있었습니다. 어려운 것은 부재의 증명이었습니다. 당신이 떠나고 사람들도 모두 떠나버린 장소, 아무도 없는 곳에서 내가 그 곳에 더 이상 존재하지 않는 것을 증명하는 것은 불가능했기 때문입니다.

13

생명의 배터리

포유류는 몸의 크기가 달라도 같은 크기의 세포를 갖고 있습니다. 대부분의 포유류는 수명에 관계없이 평생 5 억 번 정도 호흡하고 심장은 20억 번 가량 뜁니다. 바꿔 말하면 생명을 만든 기초부품은 동일합니다. 각자의 종은 상황에 맞추어 각자의 방식으로 진화해 온 겁니다. 어떤 종이 우월한지는 중요하지 않습니다. 생명이 선택한 답의 다양함에 경이를 느낍니다.

생명이 선택한 답에 우열이 존재하지 않듯이 각자 개인이 선택한 답에도 우열은 없습니다. 다른 상황에서 같은 선택을 할 수도 있고, 같은 상황에서 다른 길을 가게 될 수도 있습니다. 중요한 것은 우열이 아니라 신뢰입니다. 얼마나 자신의 선택을 믿는가의 문제입니다. 인간은 다른 크기의 삶을 살고, 각자의 속도로 살아가지만 근본적으로 같은 부품으로 만들어진 평등한 존재임을 잊지 말아야 합니다. 수명이 다른 동물들도 결국 20억 번 심장이 뛰면 죽는 것은 매한가지입니다. 고유하고 개별적인 시간 흐름이 있습니다. 속도는 달라도 본질적으로 공평한 시간을 부여 받았습니다. 개별적 존재가 교차할 때 각자의 시간도 교차합니다. 우리 곁에서 얼마나 놀라운 일들이 일어나는지 깨달아야 합니다. 얼마나 특별한 경험을 하는지 느낄 수 있어야 합니다. 누군가는 느리게 걷고 누군가는 빠르게 달립니다. 둘 사이에 우열은 존재하지 않습니다. 중요한 것은 자신의 시간을 충실하게 살고 있는가, 입니다. 시간과 생명, 진화의 역사가 만들어낸 배터리는 우리의 심장입니다. 충전 따윈 불가능합니다. 과연 어디로 갈 지. 어떤 시간의 흐름을 살 지. 어떤 가치를 추구하며 살 지 다시 한 번 깊이 생각해 볼 시간입니다.

14
1231, 0101

한 해 마지막 날이라고 특별할 것은 없습니다. 일어나서 한 시간 남짓 뛰고 글을 만집니다. 올해는 송년회를 할 사람이 없지만 망년회가 필요할 만큼 잊고 싶은 일도 없습니다. 일을 그만두고 지금껏 경험하지 못한 것들을 느꼈습니다. 한 번도 가보지 못한 곳들을 찾아다녔습니다. 잃어버린 나의 흐름을 찾기 위해 헤맸습니다. 나를 위해 소박한 저녁을 준비합니다. 희망도 없고 절망도 없습니다. 오직 나를 위한 생활만 있습니다. 누군가 함께하지 않아도 좋습니다. 꿈과 함께 있습니다. 꿈을 위해 매일 무언가를 하며 하루를 보냅니다. 더 이상 성공이나 실패에 흔들리지 않습니다. 꿈은 꾸고 있는 동안에만 나의 것입니다. 이루어진 꿈은 결과일 뿐 더 이상 내게 속하지 않습니다. 결과에 얽매이지 않는 한, 꿈은 나를 구속할 수 없습니다. 꿈을 꾸며 현실 위에서 살아갑니다. 사랑을 구걸하지 않습니다. 안정을 바라지 않습니다. 행복에 집착하지 않습니다. 지금처럼 편안한 마음으로 지내 본 적은 없습니다. 한 해가 가는 것이 아쉽지 않습니다. 다른 한 해를 맞이하는 것이 두렵지 않습니다. 스스로 지탱해 나갈 삶이 있을 뿐입니다.

15
쉬다

몇 년간 뻔질나게 동네 산을 드나들면서 쉼터 표지판을 보기는 했으나 한 번도 쉰 적이 없습니다. 사실 쉬기는커녕 멈춘 적도 없습니다. 발걸음을 재촉해 정상에 오르고 곧바로 내려왔을 뿐입니다. 부지런히 무언가를 하고 있다는 실감이 필요했습니다.

생에서도 마찬가지입니다. 쉼을 갈구하면서도 쉬는 것을 죄악으로 여기는 마음이 존재했습니다. 쉬는 것에 익숙해 질까봐 쉬지 못했습니다. 게을러지는 것이 두려워 멈추지 못했습니다. 오늘 쉼터 표지판을 따라 정자 안에 들어가 보았습니다. 쉼터는 정상에 오르기 위한 단순한 휴식 장소가 아니었습니다. 다른 길을 둘러 볼 수 있는 시간이었습니다. 다른 길을 선택할 기회를 주는 교차로였습니다. 처음으로 정상에 오르지 않은 채 돌아왔습니다. 대신 낯선 길을 찾아 돌아다녔습니다. 생은 가파른 정상이 아닌 길 위에 존재하는 것이었습니다. 정상에 오르는 길이 아닌 정상적인 삶으로 돌아가기 위한 길을 찾는 것이 내게 남은 일입니다.

16
새로 고침

대부분 사람들은 옷을 입은 채로 수선하지 않지요. 물건을 쓰면서 동시에 고칠 수 없지요. 시험문제를 풀면서 채점을 같이 하지 않지요. 삶도 마찬가지에요. 쉬지 않으면 볼 수 없는 것들이 있죠. 멈추지 않으면 알 수 없는 것들이 있지요. 멈추지 않으면 영영 고칠 수 없는 것들이 있죠.

몸은 적당히 쓰지 않으면 아프게 되지요. 몸은 필요한 만큼 쓰지 않아 탈이 나고 마음은 필요 이상으로 써서 아프게 되요. 몸은 움직여서 아픈 것을 고치고 마음은 멈춰서 아픈 것을 고쳐요. 치유하는 방법이 다른 것은 몸과 마음이 단절되어 있기 때문이 아니에요. 어느한 쪽이 아플 때 다른 한 쪽을 치유할 가능성을 남겨두는 영혼의 지혜에요.

17
불안

한없이 불안할 때 할 수 있는 일은 오직 무언가를 하는 것뿐입니다. 누가 보건 말건 상관없습니다. 꿈꾸는 일에 부끄러움을 위한 자리는 없습니다. 오직 절실함만 있습니다. 누구에게나 꿈은 있습니다. 그러나 아무것도 하지 않으면 꿈은 막연한 바람으로 남을 뿐입니다. 바람은 후회로 변할 겁니다. 성공과 실패의 한계를 넘어서야 합니다. 후회하지 않을 만큼 몸으로 부딪쳐 보는 수밖에 없습니다. 문이 열리거나 아니면 꿈이 깨질 때까지. 하지만 어느 쪽이건 불만은 남지 않을 겁니다. 오늘의 나는 한 없이 불안하지만 내일의 나는 오늘의 내게 불만 따윈 갖지 않을 겁니다.

18
행운

행운 따윈 없는 삶이었습니다. 아무리 노력해도 세상은 냉정하기만 했습니다. 힘들어 포기하고 싶었던 적이 한두 번이 아니었습니다. 어찌어찌 지금까지 살아남았습니다. 이제는 알고 있습니다. 불공평한 세상 덕분에 어떤 불운에도 무너지지 않을 마음을 가질 수 있었습니다.

그래서 나는 실패에 절망하지 않습니다. 실패할 것이 더 이상 남아 있지 않을 때, 비로소 나는 절망할 것입니다.

19
보너스 인생

모든 게 끝장났다는 사실을 받아들이는 순간 마음은 오히려 평온했습니다. 오랜 기간 괴로움을 겪었던 것은 현실을 외면했기 때문입니다. 받아들이기로 했습니다. "지금까지 이룬 것을 잃어버렸다." "결코 돌이킬 수 없다." "지금까지 겪은 고통은 상실을 납득하기 위한 시간이다." "나는 그 때 죽었다." "적어도 마음의 한 부분은 소멸했다." 앞으로의 생은 보너스라 생각하기로 했습니다. 두 번째 기회라고 여기기로 했습니다. "더 이상 일을 위해 나를 포기하지 말자." "안정적 생활을 포기하면 못할 것이 없다." "어차피 여분의 인생이다." 그렇게 결정한 후로 마음은 더 없이 평화롭습니다. 하고 싶은 것을 하고 나를 아끼며 살아 보려 합니다. 더 이상 나를 포기하지 않고 살아보려 합니다. 기대하지 않았던 보너스를 마음껏 써보려 합니다.

20
마음을 짓다

말을 한 번 뱉으면 주워 담을 수 없다는 격언은 상대방뿐만 아니라 자신에게도 해당됩니다. 말은 마음에 이름을 짓는 행위입니다. 이름 지어진 것은 사라지지 않습니다. 상대방을 상처 입히는 말을 하면 자신의 마음 안에도 날카로운 말이 쌓입니다. 상대방에게 따뜻한 말을 건네면 자신의 마음 안에 부드러운 말이 쌓입니다. 마음 안에 쌓이는 것들을 말의 그림자라 부릅니다. 마음은 생각보다 깊어 단기간에 느낄 수 없지만 그림자는 차곡차곡 쌓이고 있습니다. 말이 쌓여 마음을 이룹니다. 말은 마음을 구현하는 수단이지만 구현과 동시에 마음을 구성하는 부분이 됩니다. 그렇다고 상대에게 듣기 좋은 말만 하라는 것은 아닙니다. 하지 말아야 할 말과 해야 할 말을 구분할 수 있어야 합니다. 말은 상대방만 듣는 것이 아닙니다. 말을 하는 본인도 듣고 있습니다. 말은 마음껏 뱉는 것이 아니라 마음으로

빚어내는 것입니다. 말을 아낀다는 것은 단순히 말수를 줄이는 것이 아니라 자신의 마음에 이름 짓는 일을 신중히 결정한다는 뜻입니다. 한 마디 말을 하더라도 자신의 이름을 다루듯 한다는 말입니다.

빛은 무게 없이 공간을 채우고
음악은 형태 없이 공간을 채웁니다.
불은 움직이지 않고 온기를 전합니다.
진심이 담긴 언어에는 빛과 소리,
온기가 모두 담겨 있습니다.
행동이 언어이듯이
언어도 행동입니다.
행동은 앞으로의 나를 결정하고
언어는 지금까지의 나를 증명합니다.
세계는 역사로 기록되고
개인은 언행으로 기억됩니다.

21
청춘이 아니라서

청춘은 진즉에 끝났습니다. 결국 사랑도 끝났습니다. 앞으로의 생도 그리 많이 남진 않았을 겁니다. 남은 생이 이전보다 나을 거라는 희망도 없습니다. 현실을 받아들이는데 오랜 시간이 걸렸습니다. 이제 그저 제 멋대로 살기로 했습니다. 이제야 사는 것 같습니다. '그래 청춘이 아니니까 제 멋대로 살자.' '희망 따위에 목 매달지 말고 숨 좀 쉬면서 살자.' 가진 게 없으니 두려워 할 것도 없습니다. 웬만한 일로 흔들리지 않습니다. 흔들린다고 부끄러워하지 않습니다. 부끄러움에 무너지지 않습니다. 무너진다고 절망하지 않습니다. 절망스럽다고 포기하지 않습니다. 그저 내 몸 하나 일으켜 다시 걸으면 그 뿐입니다.

22
평균의 감옥

평균은 객관적 사실이 아닙니다. 자의적으로 해석된 통계에 불과합니다. 평균적 삶을 산다고 해서 평범한 행복을 누릴 수 있는 것도 아닙니다. 남들보다 낫다고 행복하지 않고 남들처럼 산다고 즐겁지 않습니다. 한 번도 마주친 적 없는 남들만큼 살기 위해 애쓰면서 우리는 스스로 평균의 노예가 되기를 자처합니다. 평균의 감옥에 자신을 가두고 안심합니다. 평균은 진실이 아닙니다. 남들과의 비교를 그럴듯하게 포장한 주관적 수치에 불과합니다.

23
집중하되
집착하지 않는

집중은 지금 이 순간에 존재하지만 집착은 지나간 시절을 향합니다. 집중은 한 가지를 최우선으로 삼지만 집착은 한 가지 외에는 아무것도 생각하지 못합니다. 집중은 나를 위한 일이지만 집착은 나를 포기하는 일입니다. 납득할 수 없어도 받아들일 수 있어야 합니다. 납득할 만큼 노력했다면 괜찮습니다. 지금 할 수 있는 일에 집중하되 내 힘으로 되지 않는 일도 있음을 인정해야 합니다. 지금에 머무르지 않고 다시 시작하면 그만입니다. 또 다른 지금을 향해 출발하면 됩니다. 집중력은 무언가 될 때까지 이것저것 해보는 것이 아니라 한정된 시간 안에 할 수 있는 모든 걸 시도하는 힘을 말합니다. 꽃은 계절을 기다려 피어나지만, 불꽃은 시간을 두고 피어나지 않습니다.

24
___
밤의 말

밤의 바닥에 주저앉아 그 곳에 있지 않은 당신에게 말을 걸었습니다. 미처 하지 못한 말을 건네고, 아직 남은 말을 건넸습니다. 들리지 않을 것을 알아도 해야 하는 말이 있습니다. 스스로를 아프게 하더라도 뱉어야 할 말이 있습니다. 그럼으로써 자신을 치유할 수 있습니다. 누구에게 전하기 위해서가 아닙니다. 스스로를 납득하기 위해 무수한 말이 태어나고 이내 어둠 속으로 사라졌습니다. 해야 할 말을 끝낸 후 따뜻한 침묵이 피어납니다. 나는 평화로운 침묵 속을 걷습니다. 행복에 흔들리지 않고 느린 발걸음으로 남은 생을 살게 되었습니다.

25
___
Atum

생의 결정적인 순간을 맞이할 때 인간은 혼자입니다. 고독한 자신을 담담하게 마주할 수 있게 될 때 인간은 성장합니다. 고독을 마주한 인간의 영혼은 누구도 상처 입힐 수 없습니다. 아무도 그의 침묵을 방해할 수 없습니다. 사람과 멀어졌을 때 인간은 고독과 대면합니다. 대부분의 인간은 고독을 외면하고 빠져나오려 애씁니다. 하지만 끝까지 고독을 대면하는 사람들이 있습니다. 고독을 받아들인 사람들은 고독의 심연에서 삶을 발견합니다. 그렇게 발견한 삶은 흔들리지 않습니다. 심연을 가진 사람들은 세상에 의해 좌우되지 않습니다.

26

1인분 행복

얼마만큼 노력해야 목표를 달성할 수 있는지 끊임없이 계산하며 살았습니다. 납득할 만큼의 노력만으로 만족하며 살기로 결정했습니다. 별 거 아닌 시작이었지만 삶은 완전히 달라졌습니다. 목표를 달성하기 위한 계산에는 항상 내가 포함되어 있었습니다. 모든 수식에서 나를 뺄 수 없었습니다. 나는 삶의 목표를 위한 수단으로 존재했습니다. 나의 생에 나는 없었습니다. 더 이상 목표를 위해 나를 바치지 않고 살고 싶었습니다. 더 이상 절망하고 싶지 않았습니다. 불안에서 헤어 나오고 싶었습니다. 나는 생에서 도망친 것이 아닙니다. 비로소 나를 위한 삶을 시작했습니다. 타인과 다투는 삶에서 나 자신과 싸우는 삶으로 전장을 바꿨습니다. 나와의 싸움은 치열하지만 고요합니다. 나는 한 없이 자유롭습니다. 어디를 살 수 있을까 에서 어디서 살면 좋을까 로, 무엇이 될 수 있을까 에서 무엇을 하며 살아볼까 로, 어떻게 해야 잘 살 수 있는가에서 어떻게든 삶은 살아진다는 것으로, 내일의 누군가를 위해 오늘을 계획하지 않기로, 지금의 나를 위해 살기로 결정했습니다.

나는 매일 아침 1인분의 행복을 삽니다.

27
서른에 잃고
마흔에 찾다

서른, 청춘은 끝났습니다. 하루 사이 세상은 전혀 재미없는 곳이 되었습니다. 서른 둘, 사랑도 끝났습니다. 세상은 아무 의미 없는 곳이 되었습니다. 세월은 소중한 모든 것을 낚아채 닿지 않을 곳으로 던져버렸습니다. 시간은 그저 흘러갈 뿐 아무 대답도 해 주지 않았습니다. 스스로 답을 찾기까지 오랜 시간이 걸렸습니다.

세월은 내게서 청춘을 가져갔지만 대신 인생을 남겨 놓았습니다. 세월은 내게서 사랑을 뺏어갔지만 대신 꿈을 남겨 두었습니다. 인생은 청춘이 끝난 곳에서 비로소 시작되는 거였습니다. 스스로 빛나지 않게 된 후에야 볼 수 있게 된 것들이 있습니다. 더 이상 무언가를 잘하기 위해 애쓰지 않아도 됩니다. 희망의 노예가 되지 않아도 됩니다. 사랑이 끝나고서야 사랑이 아닌 것을 사랑하게 되었습니다. 혼자이기에 마음껏 꿈 꿀 수 있게 되었습니다. 세월은 일방적이지만 불공평한 것만은 아니었습니다. 어떻게든 내게 남은 것으로 살아가야 합니다. 어떻게든 내게 남은 것들과 잘 지내 볼 수밖에 없습니다.

28
변하다

사람들은 가끔 혼잣말처럼 묻습니다. "나 변했어?" 변했냐고 묻는 것은 이미 변했기 때문입니다. 마음이 식은 연인에게 자신을 사랑하는 지 묻는 일과 같습니다. 변했냐는 질문은 사랑이란 말에 물음표가 붙는 서러운 일과 닮았습니다. 사랑이 식은 연인처럼 자신이 변했다는 사실을 부정하고 싶어 합니다. 그래서인지 혼잣말과 대화의 중간 어디에선가 툭 던지듯 묻습니다. 모든 것이 변했습니다. 끝은 모든 것을 변화시켰습니다. 죽음도, 이별도, 단절도. 모든 것을 변화시키면서 그들은 변하지 않습니다. 모든 걸 바꿔버린 것들만이 바뀌지 않은 채 저 편에 남아 있습니다. '하나도 안 변했어' 세월이 그에게서 가져간 것과, 아픔이 그에게 남긴 흔적 사이 어딘가를 보며 답합니다.

변화는 피할 수 없습니다. 세월이 우리에게 저지르는 범죄. 세월이 우리에게 강요하는 교육. 세월에 의해 우리는 성장하고 배우고 달라지고 구부러집니다. 그러면서 착실하게 나이 먹습니다. 살아있는 것은 변합니다. 그대로인 것은 이별과 죽음뿐입니다. 이별은 과거에 남겨졌고 죽음은 미래에 만날 겁니다. 다시 만날 수 없는 것은 둘 다 마찬가지입니다. 변했다는 것의 기준은 도대체 어디일까요. 아무것도 모르던 유년기 시절일까요. 아니면 풋풋했던 스무 살 어느 날일까요. 어디서부터 어디까지 변한 것인지 알 수 없을 만큼 시간이 흘러버렸습니다. 나 역시 변해버렸습니다. 변했냐고 묻는 순간의 당신도 변하고 있습니다.

이왕이면 우리가 원하는 방향으로 변해보자며 나는 당신의 잔을 채웁니다.

29
멀어지다

연인들은 결국 이별합니다. 이별하지 않고 결혼을 해도 마찬가지입니다. 결혼은 연인이라는 상태와 이별하고 전혀 다른 관계를 설정하는 일입니다. 이별하면 두 사람은 멀어지게 됩니다. 두 사람 모두 사랑이 끝났다면 두 사람이 실제로 멀어질 필요는 없습니다. 조금 불편할지 몰라도 한 쪽이 새로운 장소로 가거나 새로운 일을 시작할 만큼은 아닙니다. 두 사람이 멀어지는 이유는 이별의 순간, 대부분 한 쪽만 사랑이 끝났기 때문입니다. 아직 남은 사랑을 가진 쪽이 있기 때문입니다. 그래서 두 사람은 멀어져야만 합니다. 사랑이 머물던 자리에 이별이 오는 것보다 슬픈 일은, 이별에게 밀려나는 사랑을 지켜보는 일입니다. 그럼에도 그를 미워하지 못하고 세상에서 밀려나는 한 사람을 지켜보는 일입니다.

어떤 이별은 이유를 알지 못해 울게 만듭니다. 어떤 이별은 이유를 알기 때문에 울게 됩니다. 어떤 이별은 미안함에 울게 만들고 또 어떤 이별은 고마움에 울게 합니다. 어떤 이별은 생각이 나서 서럽고 어떤 이별은 더 이상 생각이 나지 않아 서럽습니다. 연인들은 결국 이별해야 합니다. 끝내 멀어져야만 합니다. 그래도 모든 눈물은 사랑에서 왔습니다.

30
실패

시작하지 않으면 실패하지 않습니다. 실패는 시도에 대한 반작용입니다. 실패한 이야기들이 모여 삶이 되는 원리를 조금은 알 것 같습니다. 성공을 기대하지 않습니다. 행운을 기다리지 않습니다. 기대는 노력한 만큼 결과가 나오리란 막연한 바람이 아닙니다.

기대는 기다리는 동안 대안을 준비하는 일입니다. 그럼으로써 불안을 이겨내는 일입니다. 실행하기로 한 것을 실천할 뿐입니다. 스스로 결정한 것들은 설혹 실패한다고 해도 실수가 아닙니다. 다만 아직 실력이 부족해서입니다. 실력을 늘리는 가장 좋은 방법은 실패로부터 배우는 것입니다.

31
우리 그만하자

분명 당신은 내 앞에 앉아 있는데 당신이 어디쯤에 있는지 알 수 없었어. 난 무서웠어. 나를 한 번도 가본 적 없는 곳으로 데려다 줄 거라 믿게 만든 그 웃음은 어디로 가버린 걸까. 당신이 오고 싶었던 곳도 아마 여기는 아닐 거야. 내가 뭘 잘못했냐고 되묻는 당신의 무표정. 그래 당신은 아무것도 잘못한 게 없지. 아무것도 하지 않는 게 가장 잔인한 일이란 걸 당신은 모르지. 내 울음 앞에서 이제 당신은 흔들리지 않아. 그 때의 당신은 더 이상 없어. 끝내 당신은 일어서는 나를 붙잡지 않았어. 베개가 젖어갈수록 가슴은 메말라가. 이럴 거라면 차라리 처음부터 만나지 않았으면 좋았잖아. 당신은 모든 걸 줄 것처럼 나를 안았다가 내 모든 걸 갖고 어디론가 가버렸어. 오늘 우리는 같이 있었지만 함께는 아니었어. 우리 사이에는 과거만 남아 있을 뿐이야. 우리 앞에 내일 따윈 없어.

그러니 우리 그만하자.

32
한계를 짓다

자기관리라는 애매모호한 목표만 생각하지 말고 자산관리, 시간관리, 몸 관리, 인맥관리 중 뭐든지 좋으니 단 하나라도 확실히 행동하는 편이 낫습니다. 남들이 하니까 나도 한 번 해볼까 그런 어중간한 마음이라면 시작하지 않는 편이 낫습니다. 자신에게 절실한 하나만 골라 그것만 제대로 해도 멋진 시작입니다. 만능이 될 필요 없습니다. 하나만 제대로 하면 나머지는 그에 맞춰 균형을 이루게 됩니다. 몸 관리를 위해 운동을 시작하면 생활패턴이 자연스럽게 운동에 맞춰집니다. 어느 정도 몸을 만들고 나면 줄이지 말라고 해도 술이나 담배를 줄이게 됩니다. 운동하는 사람들과 새로운 관계가 형성됩니다. 최우선으로 선택한 목표만 지속하면 충분합니다. 행복도 마찬가지입니다. 어떻게 해야 행복해질까 백날 생각해도 소용없습니다. 후회만 늘어납니다. 행복을 상상하지 말고 자신을 불행하게 하는 요소 중 가장 심각한 것부터 제거하는 것을 목표로 행동해야 합니다. 사람 때문에 힘들다면 관계를 줄여야 합니다. 거지같은 직장 때문에 죽고 싶다면 직업을 바꿔야 합니다. 모든 걸 가지려고 해서는 안 됩니다. 모든 걸 다 해내려면 고통스러울 뿐입니다. 모든 걸 한 번에 바꾸는 것은 불가능합니다. 지금 절실한 한 가지만 기준으로 삼아야 합니다. 행복에도 기준이 필요합니다. 타인을 기준으로 한 삶이 내게 딱 맞을 리 없습니다. 스스로 정한 기준은 누가 뭐래도 옳습니다. 당신 생의 주인은 당신입니다. 누가 뭐라고 떠들건 신경 쓰지 말고 내면의 목소리에 귀 기울이면 됩니다. 목소리가 시키는 대로 행동하면 충분합니다.

33
불행

누구나 저마다의 불행을 안고 살아갑니다. 고통은 불행의 크기나 무게에 좌우되지 않습니다. 문제는 불행을 어디에 두느냐 입니다. 자신의 등에 행복을 지고 불행을 껴안은 채 걸어서는 안 됩니다. 불행을 완전히 떨쳐낼 수는 없지만 스스로 선택한 행복을 안고 살 수 있습니다. 불행을 통해 세상을 보는 것과 행복을 통해 세상을 사는 것의 간격은 천국과 지옥사이 보다 넓습니다.

첫 번째 스무 살 까지 불행은 환경에 의한 것이라 핑계 댈 수 있지만 두 번째 맞이한 스물 이후의 불행은 오롯이 자신의 몫입니다. 마흔 이후의 불행(不幸)은 불행(不行) 때문입니다.

34
___
짝사랑

사람을 사랑할 수 없다면 꿈을 사랑하면 됩니다. 꿈은 제 멋대로 사랑해도 당신을 부담스러워 하지 않습니다. 꿈은 혼자서도 사랑할 수 있습니다. 사랑이 끝난 후 사랑을 놓지 못하면 미련한 일이지만 꿈이 무너진 후 다시 꿈을 꾸는 것은 멋진 일입니다. 꿈을 사랑하는 것은 실패와 성공으로 분류되지 않습니다. 꿈은 무언가를 이루는 것이 아니라 무언가를 하는 것이기 때문입니다. 게다가 꿈을 위해 무언가를 하는 것은 자신을 사랑해주는 가장 확실한 표현이기도 합니다.

사랑을 꿈꿀 것인가, 꿈을 사랑할 것인가. 선택은 각자의 몫입니다.

35
___
하루들

끼니때가 되면 배를 채웁니다. 그렇게 하루가 지나갑니다. 하루치의 빨래가 쌓이듯이 착실하기 만한 하루가 이어집니다. 때로는 그것만으로도 충분했고 때로는 이것만으로 괜찮은지 두려웠습니다. 아무리 하루를 갈아 넣어도 좀 더 나은 삶은 좀처럼 손에 닿지 않았습니다. 더 이상 견디기 힘들었습니다. 좀 더 나은 삶과 좀 더 나인 삶 중에 하나를 선택해야 했습니다. 아직 남은 날들은 나로 살고 싶었습니다. 선택하고 얼마 지나지 않아 알 수 있었습니다. 좀 더 나은 삶의 기준이 타인이었기에 잡을 수 없었던 겁니다. 나답게 살면 좀 더 나은 삶은 알아서 뒤따른 다는 것을 깨달았습니다. 선을 넘어오기 전까지는 알 수 없었습니다.

어쩌면 나에게서 멀어졌다가 다시 돌아오는 번거로움이 어른이 되기 위해 필수적인 요소는 아닐까요. 잃어버린 것을 되찾으려는 절실함이 삶의 이유가 되는 것은 아닐까요.

36
손익분기점

책을 몇 부 팔아야 손해가 아닌가. 몇 명의 관객을 동원해야 망하지 않는가. 매출이 얼마 이상이라야 적자를 보지 않는가. 우리는 대부분의 일에 손익을 따지면서 삽니다. 대박을 꿈꾸면서도 손해 보지 않을 지점을 계산합니다. 손익분기점을 설정하는 기준은 '금전' 입니다. 하지만 손익분기점의 기준이 금전뿐인 것은 아닙니다. 금전적으로 손해를 입었다 해도 인생 전체를 봤을 때 잘못된 일이 아닐 수 있습니다. 이익을 보면서 배우는 것도 있지만 손해를 입었을 때 보다 절실한 교훈을 얻을 수 있습니다. 사랑하다가 결국 이별했다고 아무런 추억도 남지 않던가요. 시험에 합격하기 위해 몇 년간 공부하다 실패했다고 인생이 끝장나던가요. 생각보다 책이 팔리지 않았다고 해서 진실 된 글의 의미가 퇴색하던가요. 인생에 낭비는 없습니다. 실패를 낭비라고 생각할 필요 없습니다. 스스로 선택한 일은 마음에 새겨집니다. 선택한 길에서 다한 최선은 몸이 기억합니다. 다시 안을 수 없는 사람이라도 그 날의 온기가 사라지지 않습니다. 밤을 새며 공부한 경험이 쓸모없어지지 않습니다. 의미 없는 것은 아무것도 없습니다. 모두 생의 일부입니다. 인생에 손익분기점의 기준을 삼아야 할 것이 있다면 그것은 경험일 겁니다. 손해가 두려워 아무것도 하지 않았다면 아무 일도 없었을 겁니다. 무엇이든 시도해야 합니다. 당신이 하고 싶은 무언가를 해도 됩니다. 당신의 시간을 써서 경험을 쌓아가야 합니다. 아무 의미 없는 경험은 없습니다. 인생에 이어지지 않는 길은 없습니다. 경험은 추억이 됩니다. 길은 다시 이어집니다. 우리가 두려워해야 할 것은 손해 보는 것이 무서워 아무것도 하지 않는 삶입니다. 어차피 의도하지 않고 시작된 삶입니다. 태어나기 전에 내 것이었던 것은 아무것도 없습니다. 가지고 떠날 수 있는 것은 세상 어디에도 없습니다. 우리는 지금을 살 수 있을 뿐입니다. 지금 여기까지 살아온 이야기들이 우리의 생입니다.

37
결핍의 충족

이런 나라서 미안하지만
이런 나라도 아껴주는 너희가 있어
생을 지속할 힘을 얻는다.
사람이 사람을 사랑하게 되면
사랑하는 사람이 늘어나면

동시에 몇 개의 생을 사는 것이다.
비록 내게 결핍이 있어도
너희가 대신 가져주면 되는 것이다.

아무 의미 없다 해도 좋다.
의미 없는 몸짓이 모여 춤이 된다.
의미 없는 흥얼거림이 노래가 된다.
의미 없는 이야기가 쌓여 생이 된다.
의미 없는 생들이 부딪쳐 사랑이 된다.

38
이사

원래 살던 곳에서 다른 곳으로 옮기기
위해 집을 정리하다 보면 예상보다
훨씬 많은 짐에 놀라게 됩니다. 이렇
게 많은 것들이 생을 지탱하고 있었구
나. 새삼 깨닫습니다. 손이 닿지 않은

물건은 하나도 없습니다. 우리의 과거 또한 그렇겠지요. 힘든 날도, 슬픈 날도, 무의미하게 버텨내던 나날들도 전부 우리 생을 지탱하는 이야기로 남아있지요. 이사 하는 김에 쓰지 않는 물건들을 버리지만 추억들은 사라지지 않지요. 두 번 다시 이 집에 올 일은 없겠지요. 사람 일은 알 수 없다더니 몇 년간 잠을 자고 밥을 먹던 이 집 안에 들어오는 일은 없게 됩니다. 한 때 생의 토대가 되어 주었던 보금자리가 영영 찾을 수 없는 장소가 됩니다. 사람 또한 그러합니다. 한 때 전부였던 사람이 다시 부를 수 없는 이름이 됩니다. 다시 부를 수 없게 되고 난 후에 이름은 추억이 됩니다. 변하지 않는 소중한 가치가 되어 가슴 속에 자리하게 됩니다. 어제는 다시는 돌아올 수 없는 곳이 되지만 그래야만 한 번도 살아보지 못한 오늘을 맞이할 수 있는 공간이 생기는 거겠지요.

39
소원

나이가 들면서 점차 이룰 수 있는 소원을 바라게 됩니다. 복권에 당첨되었으면 좋겠다는 바람이 일을 지속하길 바라는 마음으로 바뀌었습니다. 행운에 기대지 않고 자신에게 기대는 사람이 되었습니다. 누군가의 기대를 충족시키기보다 내일의 나를 기대할 수 있는 오늘을 사는 사람이 되었습니다. 딱히 훌륭한 인간이어서가 아닙니다. 무수한 실망을 거듭한 후 현실을 깨달은 것뿐입니다. 막연한 희망 따위 갖지 않으려 합니다. 어차피 이루어지지 않을 거니까요. 만 번 말하면 이루어진다는 말은 거짓말입니다. 말하는 대로 행동해야 이루어집니다. 행동으로 얻을 수 있는 것을 소원해야 하므로 구체적인 것을 소원할 수밖에 없게 됩니다. 잘 팔리는 유명작가가 되고 싶다 소원해봐야 이루어지지 않습니다. 계속 글을 쓰며 살 수 있기를 소원할 뿐입니다. 스스로 납득할 수 있는 글과 타인의 마음을 울리는 글을 어떻게든 이을 수 있길 바랄 뿐입니다. 세상에 소원을 들어주기 위한 편리한 신은 없습니다.

소원을 이루어 줄 수 있는 신은 자신뿐입니다. 엄청난 부자가 되거나, 이상형을 만나 운명적인 사랑에 빠지는 일은 소원보다 공상에 가깝습니다. 절실하게 원하는 것이 무엇인지 알아야 합니다. 자신에게까지 거짓말 하지 않아야 합니다. 연습장을 펴 새로운 페이지에 당신이 원하는 것들의 목록을 적어보세요. 아무 제약 없이 적고 다음 페이지에 소원을 이루기 위해 당신이 할 수 있는 것을 적어 보세요. 지금 당장 그것을 위한 계획을 짜고 행동해 보세요. 현실적이고 구체적인 소원을 하나씩 이루어 보세요. 작은 성취를 습관화해 보세요. 그렇게 일 년만 살아보세요. 일 년 전까지만 해도 허무맹랑해서 가망조차 보이지 않던 소원에 한 걸음 다가선 당신을 발견하게 될 것입니다.

나를 위한 한 걸음이
나를 향한 한 걸음입니다

40
용서하지 못한 자

아직도 용서하기 힘든 사람들이 있습니다. 용서는 고사하고 도저히 이해조차 하기 힘든 일들을 겪었습니다. 그럼에도 불구하고 견딜 수 있었던 것은 더 이상 그들에게 도대체 왜 그런 행동을 했는지 물을 수 없게 되었기 때문입니다. 아무래도 용서할 수 없다면 보지 않으면 그만입니다. 그를 용서하기 위해 애쓴 것은 내 마음을 편하게 하고 싶어서입니다. 그에게 기회를 주었습니다. 기회를 줘도 사죄하지 않는 사람을 볼 이유는 없습니다. 이해하기 힘든 일을 겪었다면 이해하지 않으면 됩니다. 그렇지 않아도 힘든 시간을 겪고 있는데 고통의 이유까지 생각해 내려고 스스로를 괴롭힐 필요는 없습니다. 시간이 지나 상처가 아물 무렵이면 자연스럽게 납득할 수 있습니다. 용서하지 않아도 괜찮습니다. 용서할 수 없는 일을 이해하려 애쓰지 마세요. 교통사고를 당한 사람이 사건의 원인까지 분석해야 할 의무는 없습니다.

41

걱정 중독

제게는 걱정이 없습니다. 아무 근심도 없고 문제가 없다는 뜻이 아닙니다. 걱정해도 소용없는 것에 대해서는 생각하지 않기로 결정했기 때문입니다. 이미 일어난 일에 대해 걱정한다고 해서 일이 저절로 해결되지 않습니다. 엎질러진 물을 다시 컵에 채우는 일은 불가능합니다. 불가능한 일에 대해서 고민해봐야 소용없습니다. 아직 일어나지 않은 일에 대해 걱정해도 아무 소용없습니다. 걱정을 위한 걱정을 하지 않습니다. 걱정의 절반은 과거에 있고, 나머지 절반은 미래에 있습니다. 그것들을 빼고 나면 극소수의 걱정이 남을 뿐입니다. 사소한 걱정은 해결할 수 있습니다. 해결할 수 없는 것이라면 걱정해봐야 소용없습니다. 불안을 걱정으로 착각하지 않아야 합니다. 불안을 연료로 삼아 행동해야 합니다. 불안을 행동으로 태워 없애야 합니다. 빈센트 반 고흐는 자신의 내면에서 너 따위가 무슨 그림을 그릴 수 있냐는 환청이 들릴 때마다 붓을 들었습니다. 붓을 들고 그림을 그리는 순간만은 목소리가 들려오지 않았기 때문에. 반 고흐처럼 위대한 예술가는 될 수 없겠지만 그가 절망을 대한 방법 정도는 배울 수 있습니다. 우리도 그와 같이 불안에 떠는 인간이니까요.

42

감정 차별

긍정적 감정과 부정적 감정을 차별할 필요 없습니다. 사랑, 설렘, 기쁨, 즐거움, 환희, 열정, 믿음 같은 것들은 고귀하고 상실, 권태, 슬픔, 고뇌, 불안, 분노, 불신은 잘못된 것이라 생각해서는 안 됩니다. 모두 한 사람의 마음을 이루는 감정입니다. 살면서 부정적 감정을 겪지 않는 것은 불가능한 일입니다. 일부러 부정적 감정에 휩싸일 필요는 없지만 부정적 감정을 거부할 필요도 없습니다. 오히려 제대로 살기 위한 지혜 대부분은 부정적 감정에서 배우게 됩니다. 상실에서 사랑의 가치를 배웁니다. 권태에서 새로운 시작에 대한 열망이 피어납니다. 슬픔을 통해 마음을 위로하는 법을 배웁니다. 고뇌에서 더 나은 내가 되는 방법을 찾을 수 있습니다. 불안도 분노만큼 생을 불태울 훌륭한 연료가 될 수 있습니다. 타인에 대한 불신으로 인해 자기에 대한 믿음을 키울 수 있습니다. 즐겁지 않은 감정은 있지만 잘못된 감정은 존재하지 않습니다. 당신은 잘못된 것이 아닙니다. 지극히 자연스러운 감정을 소유한 정상적인 사람입니다. 긍정적 감정이 계속 지속되지 않듯이, 부정적 감정도 당신을 영원히 지배하지 못합니다. 모든 감정을 인정해야 합니다. 감정을 받아들여 당신을 위해 쓸 수 있습니다.

43

선물

역시 오래 기억되는 것은 가장 좋은 선물이 아니라 가장 좋아했던 사람이 주었던 선물입니다. 그가 주었던 선물은 셀 수 없이 많지만 값비싼 시계나 향수보다 소중하게 간직하는 것은 그가 가끔 써주었던 편지입니다. 그에게 편지를 매일 써 줄 때도 그는 거의 답장을 하지 않았습니다. 물론 답장을 기대하고 쓴 편지는 아니었습니다. 그는 편지를 쓰는 사람이 아니었습니다. 그래서 나의 편지는 일상이었으나 그가 쓴 편지는 선물이 될 수 있었습니다. 그가 쓴 편지는 모두 나를 위해 쓰였습니다. 편지를 받은 날이면 기뻐 울었습니다. 그가 나를 생각하며 써 준 편지가 닳을 때까지 지갑 안에 넣고 다녔습니다. 그가 준 편지는 세상의 불행을 막아주는 부적이었습니다. 오로지 나를 생각하며 썼습니다. 세상에 그의 편지를 읽을 수 있는 나뿐입니다. 지금도 서랍 속 상자 안에는 그가 준 세 통의 편지가 들어있습니다. 세 통의 편지는 한 때 세상에서 가장 아름다운 사람에게 사랑 받았던 날의 증거입니다. 두 번 다시 열지 않을 상자 속에 들어있는 편지는 지금껏 받은 선물 중 제일 귀합니다. 그가 함께 한 모든 날들이 내게는 선물이었습니다.

인생은 아름다운 선물이다.

가장 좋았던 선물은 당신이었다.

여지없이 밤은 새었고 비는 그쳤다.

당신은 안녕이라 말했다.

가끔 잠 못 이루는 밤이 있어 생은 깊어진다.

44

꽁치 통조림

어머니가 통조림 공장을 다닐 때 우리 집은 아직 연탄을 때고 있었습니다. 연탄을 피워 구들장을 데우고 물을 끓였습니다. 어머니는 가끔 구겨지거나 흠집이 생긴 통조림을 싸게 사오시곤 했습니다. 비록 가난했지만 겨울이면 골뱅이를 질리도록 먹었고 여름에는 복숭아를 물리도록 먹을 수 있었습니다. 자주 사오시진 않았지만 꽁치통조림도 있었습니다. 시중에서 파는 것보다 훨씬 큰 꽁치통조림 캔을 그대로 연탄 불 위에 올려놓은 뒤 김치를 넣고 끓였습니다. 보글보글 끓던 꽁치김치 찌개냄새를 잊을 수 없습니다. 비린내가 심해 어릴 때는 좋아하지 않았지만 이제 겨울만 되면 꽁치찌개 냄새가 그리워집니다. 엄마의 작업복에 늘 배어있던 냄새. 나이 든다는 것은 비린 것을 먹게 되는 일일까요. 비린 것들이 그립습니다. 그리운 모든 것들에는 비린내가 배어 있습니다. 돌아갈 수 없는 시절. 겨울바람 사이를 떠돌던 비린내 안에 나의 유년이 숨 쉬고 있습니다.

그 시절의 비린내는 어떤 향기보다 달콤합니다. 비린 것들이 그리워지면 통영으로 가야 합니다. 바다 비린내로 가슴을 채우지 않으면 견딜 수 없게 되어 버립니다. 바다에서 낚아 올린 것들을 안주로 삼고 친구의 얼굴을 보며 취해야 하는 밤이 가끔 있습니다.

45
충동구매의 좋은 예

시간은 우리가 가진 가장 소중한 자산입니다. 소중한 자산으로 살 수 있는 가장 좋은 상품은 선택입니다. 아무것도 선택하지 않는 것은 길바닥에 돈을 뿌리는 것보다 바보 같은 짓입니다.

길바닥에 흘린 돈은 주울 수나 있죠. 시간을 주울 방법은 어디에도 없습니다. 선택하세요. 실패해도 좋습니다. 성공하면 더 좋습니다. 실패하면 경험을 얻고, 성공하면 성과를 얻을 수 있습니다. 성공하면 손에 잡히는 것을 얻고, 실패하면 눈에 보이지 않는 것을 얻을 수 있습니다. 어느 쪽이건 손해 볼 일은 없습니다. 돈은 쓰고 후회하지만 시간은 쓰지 않아서 후회하게 됩니다.

당신을 위해 상상하세요. 상상과 현실을 잇는 것은 오직 행동뿐입니다. 당신의 시간을 당신을 위해 쓰세요. 당신을 위해 행동하세요. 삶을 즐겁게 해줄 모든 것들을 사세요.

46
바람

어떤 브랜드의 시계를 차는가보다 시간을 어떻게 쓰느냐로 자신을 증명해야 합니다. 어떤 차종을 모느냐로 당신을 나타낼 수 없습니다. 자신을 위해 향기로운 차 한 잔 끓여줄 여유를 가져야 합니다. 어떤 직장에 다니는가보다 자신을 위한 일을 하는 것이 행복에 가까워지는 길입니다. 어떤 집에 사는가보다 어떤 삶을 집 안에 들일 것인지 고민해야 합니다. 타인에게 보이기 위한 삶이 아닌 자신을 보기 위한 삶을 살아야 합니다. 당신의 길을 걸으면 됩니다. 당신이 선택한 길 중 옳지 않은 길은 없습니다.

47
입지 못한 옷

니트, 셔츠, 슈트, 작업복, 군복까지 많은 옷을 입어봤지만 아직 턱시도를 입어 본 적 없습니다. 턱시도를 입은 채 사람들의 박수소리를 들으며 웨딩드레스를 입은 한 사람을 기다려 보지 못했습니다. 십년 가까운 연애를 통해 걸어온 길보다 예식장 안의 불과 몇 미터 되지 않는 길이 더 멀다는 걸 알게 되었습니다. 그래서 턱시도를 벗은 후 둘이서 함께 걸어가는 길에 대해서도 알지 못하게 되었습니다. 연인이 영원을 약속하고 부부가 되고 가정을 이루는 행복을 알지 못합니다. 그들이 다시 남이 되는 이유를 짐작할 뿐 말하지 못합니다. 군복을 입어보지 않으면 병영에서의 생활을 알 수 없습니다. 조리사복을 입고 주방에 서보지 않은 사람은 음식을 만드는 고됨을 알 수 없습니다. 교복을 입어보지 않은 어린아이가 고등학교 시절을 그리워 할 수 없습니다. 입어보지 않으면 영영 알 수 없게 되는 옷들이 있습니다. 입는 순간 입기 전으로는 돌아갈 수 없게 만드는 옷이 있습니다. 이 때 옷은 의복이 아니라 일종의 관문이 됩니다. 수만 가지의 문 중 하나의 문을 선택할 때마다 우리는 돌이킬 수 없는 길에 들어서게 됩니다.

48
10억이 생긴다면

복권에 당첨되어 10억이 생긴다면, 치밀한 수령계획부터 짜볼까요. 일요일에 서울로 가는 버스를 타야겠네요. 서울 인근에 숙소를 잡고 잠을 자야겠죠. 물론 회사원이 입을 법한 양복을 챙겨 가야지요. 비밀스레 당첨금을 받아 바로 집으로 내려와야죠. 주류매장에 가서 근사한 위스키 한 병을 사서 혼자 축하를 할 거예요. 그러고는 다음 날 다시 일을 할 겁니다. 목돈이 생겼다고 인생을 바꾸고 싶진 않아요. 사실 돈으로 인해 생이 달라지는 것이 두려워요. 소중한 사람들과 관계가 어색해지는 것이 무서워요. 생명보험금 하나 생겼다고 여기고 다시 일상을 살아갈 거예요. 물론 든든한 마음은 있겠지만 당첨금을 꺼내 쓰지는 않을 거예요. 건방진 말이 될지 모르지만 아끼는 사람들과의 관계에 돈 따위가 끼어들 틈은 없어요. 좋은 쪽으로든 나쁜 쪽으로든 용납할 수 없어요. 무엇보다 지금까지 살아온 삶은 물론이고 앞으로 살아갈 생도 10억 보다는 귀하니까요. 돈에 휘둘리는 삶을 살고 싶지 않아요. 그렇게 되면 생은 너무나 하찮아져 버릴 테니까요.

49
희망을 내다

희망을 품고 산다. 듣기에는 좋지만 그다지 도움 되는 말은 아닙니다. 희망을 품고 있기만 해서는 아무것도 변하지 않습니다. 희망을 표현해야 합니다. 타인에게도 자신에게도 계속 말해야 합니다. 말한 대로 행동해야 합니다. 대단한 인간이 되라는 말이 아닙니다. 모두가 슈퍼히어로가 되고 전 국민이 CEO 가 될 필요는 없습니다. 자신이 원하는 사람이 되면 충분합니다. 자신의 인생을 경영하면 됩니다. 그러기 위해서는 희망을 끊임없이 바깥으로 내보내야 합니다. 세상에 내보내지 않으면 누구도 당신 희망의 존재를 모릅니다. 자신의 주위를 희망으로 채워야 합니다. 희망을 채우는 일은 오직 언행으로 이루어집니다.

50
바다

바다를 떠올려보세요. 바다 위에 작은 섬이 하나 있습니다. 섬은 자아입니다. 눈으로 볼 수 있고, 헤엄칠 수 있는 얕은 바다가 표층의식입니다. 해면 아래에는 흔히 무의식이라 말하는 심층의식이 있습니다. 무의식이 아닙니다. 볼 수 없다고 해서 아무것도 없는 장소라 생각하면 안 됩니다. 심층의식은 심해입니다. 심해어처럼 무시무시한 형체의 감정도 있지만 어마어마한 수의 가능성도 있습니다. 의식의 심연에 모든 것이 있습니다. 우리 손에 닿은 모든 것들의 기억, 눈으로 보고 귀로 듣고 냄새 맡은 모든 것들. 우리가 들었던 모든 이름이 그곳에 있습니다. 물론 심층의식에 쉽게 들어가진 못합니다. 일부 사람들이 종교적 의식을 통해서, 선이나 명상 같은 방법을 동원해 심층의식의 세계를 탐험합니다. 일반 사람들이 심층의식을 경험하는 방법은 꿈입니다. 우리가 잠들었을 때 영혼은 의식 깊은 곳으로 잠수를 시작합니다. 심층의식을 탐험하는 과정을 영상으로 기억하는 것이 꿈입니다. 가끔 생각지도 못한 꿈을 꾸는 것은 그런 이유입니다. 생각의 영역 밖을 보고 있으니까요. 그래서 꿈에는 도덕을 적용할 수 없습니다. 오늘 꿈을 꾸었습니다. 꿈에 나오리라고 생각도 하지 못한 사람을 보았습니다. 증오하는 사람입니다. 아침에 깨어 불쾌했습니다. 더할 나위 없이 스스로가 미워졌습니다. 하지만 한낱 꿈이라고 생각하기에는 너무 선명합니다. 아마 오늘 꾼 꿈은 내가 가보지 않은 세계가 아닐까요. (평행우주 이론을 생각하면 이해가 쉬울 거예요.) 꿈이라는 신비한 체험 저 너머에 무언가 있다고 믿고 있습니다. 섬은 떨어져있지만 바다는 이어져 있습니다. 바다는 상상할 수 없는 깊은 곳에서부터 연결되어 있습니다. 사람들이 꿈을 꿀 때 의식의 저 깊은 곳에서 영혼들이 만나는 일도 있지 않을까요. 그 곳에는 시간이나 공간의 제약 따윈 없지 않을까요. 꿈에서 본 것들 중 몇 장면이 의식 어딘가에 남아있다 기시감으로 나타나는 것은 아닐까요.

51
신문

매일 아침 식탁에서 신문을 펼치며 하루를 시작하는 가장의 시대는 끝났습니다. 어느 날을 기준으로 끝났을까요. 무더기로 실직하는 가장들의 슬픔이 뉴스로 쏟아져 나오던 때 부터였을까요 아니면 가장이었던 사람들이 신문지를 덮고 지하철에서 잠들기 시작했을 때일까요. 성인이 되지 못한 아들이 교과서가 아닌 교차로에 밑줄을 그으며 세상을 배우던 때부터였을까요. 세상은 계속 변해서 아무도 신문을 읽지 않는 시대가 되었습니다. 아직 찍혀 나오는 신문에는 신문의 부고기사가 실리지 않습니다. 이제는 아무도 읽지 않는 회색 지면에 가장들이 세상의 변두리로 내쫓겼다는 소식을 찍어냅니다. 그의 자식들이 가정을 이루지 못한 채 절망한다는 소식을 찍어냅니다. 나쁜 소식들이 넘쳐서 세상을 덮어버렸습니다. 신문지는 허리 굽은 노인들의 생활비가 되었지만 뉴스는 세상의 어느 누구도 구하지 못한 채 저 편으로 사라집니다.

52
엥겔지수

엥겔지수를 기준으로 삼으면 극빈층의 삶을 살고 있습니다. 대부분의 소비가 식료품을 사기 위해 이루어집니다. 글을 쓰며 사는 것은 아무래도 경제적으로 윤택하기 어렵습니다. 하지만 이런 상황은 멀쩡하게 직장을 다닐 때도 마찬가지였습니다. 월급의 육십 퍼센트를 아무 목적 없이 저축한 뒤에는 좋은 음식이나 술을 사는 것이 지출의 대부분이었습니다. 하지만 정신적으로 빈곤한 인간이라고는 생각하지 않습니다. 그저 다른 쪽에 돈이 들지 않는 유형의 인간입니다. 운동은 동네에 있는 운동장으로 충분합니다. 옷에도 관심이 없고 자동차나 인테리어에도 전혀 흥미를 느끼지 못합니다. 애초에 소유욕이 없습니다. 먹고 살기 위한 돈은 벌어야 하지만 생활비 이상의 돈을 벌어야 할 절실함은 느끼지 못했습니다. 물론 경제적으로 여유로우면 좋은 일이지만 경제적 여유를 위해 더 이상 나를 희생하고 싶지는 않았습니다. 경제적 여유보다 정신적 여유를 원했습니다. 돈을 기준으로 삼기보다 시간을 기준으로 살고 싶었습니다. 소득이 적으면 불행해 질 확률이 높아지지만 소득이 많아진 만큼 행복해지는 것도 아니었습니다. 인간의 가치는 얼마만큼의 돈을 버느냐로 결정될 수 없습니다. 생의 가치는 돈의 비중이 아닌 시간의 비중으로 결정됩니다. 얼마나 자신을 위해 시간을 쓸 수 있는가. 그것이 첫 번째 입니다. 나를 위해 시간을 쓰는 것이 먼저입니다. 최소한의 생활을 할 돈을 벌어들이는 건 다음 문제입니다.

53
거름종이

외출 하는 길에 전단지를 한 장 받았습니다. 전단지를 받아 접어 호주머니에 넣었습니다. 매끄러운 전단지가 거름종이처럼 느껴집니다. 실제로 전단지는 거름종이가 될 수 있습니다. 전단지는 관계를 거르는 거름종이가 될 수 있습니다. 두 손으로 전단지를 받아 호주머니에 넣어 집으로 가져오는 사람이 좋습니다. 전단지를 받지 않는다고 나쁜 사람은 아니지만 좋아하기는 어렵습니다. 전단지를 내미는 손을 뿌리치는 사람과 친해지기 힘듭니다. 괜찮다고 거절하는 것까지는 이해하지만 무겁지도 않은 종이 한 장 받는 걸로 사람을 무안하게 하는 사람과는 공적인 관계 이상으로 이어질 수 없습니다. 전단지처럼 거름종이 역할을 하는 것이 또 있습니다. 식당을 비롯한 가게에 들어가 종업원을 대하는 모습입니다. 상황에 따라 함부로 행동하는 사람이 생각보다 많습니다. 반말하고 종처럼 부리려 듭니다. 가까운 사람이라면 좋게 타이르겠지만 가깝지 않은 사람이라면 애초에 사적인 관계를 형성할 욕구 자체가 싹 사라집니다. 공적인 부분도 마찬가지입니다. 지금은 나에게 잘 보이려 들지만 상황이 바뀌면 얼마든지 나에게도 그럴 수 있는 사람입니다. 기본적 매너도 익히지 못한 사람과 어떻게 비즈니스를 논하겠습니까. 사소한 친절에 사람이 좋아지듯 사소한 무례함 때문에 사람이 꼴도 보기 싫어지기도 합니다. 담배를 피운다고 해서 나쁜 사람은 아닙니다. 하지만 아이들이 있는 장소나, 공공장소에서 피우지 않아야 합니다. 함부로 꽁초를 버리거나 침을 뱉으면 없던 정도 떨어집니다. 매너는 사람과 함께 살기 위한 기본적 소양입니다. 아무리 가면을 쓰고 표정을 감춰도 매너는 행동으로 드러나 숨길 수 없습니다.

54
—
트렌드

귀찮다. 답답하다. 근심하다. 걱정하다. 심란하다. 불안하다. 지겹다. 좋다. 행복하다. 우울하다. 고맙다. 재미있다. 즐겁다. 허무하다. 외롭다. 편안하다. 속상하다. 화나다. 후회하다. 아쉽다. 초조하다. 작년 한해 사람들의 생각을 빈도순으로 나열한 것입니다. 사람들이 가장 많이 한 생각이 귀찮다. 입니다. 무엇이 그렇게 귀찮았을까요. 물론 귀찮은 것은 얼마든지 있습니다. 가족들의 잔소리. 주위 사람들의 간섭. 직장에서의 복잡한 역학관계, 서열 등등. 하지만 그것만은 아닐 겁니다. 중요한 것은 귀찮다 앞에 붙을 주어입니다. 사실 '내 일도 아닌데 귀찮다' 가 정확한 표현이 아닐까요. 내 일도 아닌 일에 소모하는 시간이 너무 아깝습니다. 내 소유의 회사도 아닌데 직장에서 받는 스트레스가 너무 많습니다. 내 사람도 아닌데 계속 신경 쓰는 관계가 싫습니다. 사람들은 오롯한 자신만의 시간을 갖고 싶어 합니다. 나만의 공간에서 나를 위한 삶을 살고 싶은데 뜻대로 되지 않으니 귀찮다는 말을 달고 살게 되는 겁니다. 그래서 답답한 겁니다. 답답하지만 밥을 먹고 살기 위해 귀찮음을 감수하고 있을 뿐입니다. 귀찮음을 감수하고 열심히 사는데도 미래는 보장되지 않습니다. 근심이 생기고 심란하고 불안할 수밖에 없습니다. 그런 일상을 계속하는데 지겨운 마음이 들지 않을 수 없습니다. 좋은 일도 행복한 일도 없는 것은 아니지만 우울합니다. 우울함의 원인은 자신이 살고 싶은 삶과 지금 살고 있는 삶의 거리가 너무 멀기 때문입니다. 아무도 우리를 구원해 줄 수 없습니다. 자신이 살고 싶은 삶을 살기 위해서는 무언가를 포기해야 합니다. 포기해야 할 것이 경제적 안정일수도 있고 다른 사람과의 관계일수도 있습니다. 편리한 도시생활 일수도 있습니다. 하지만 만약 포기할 수 있다면 적어도 나를 포기하지 않고 살아갈 수 있게 됩니다.

55
투명인간

투명인간이 되고 싶다 생각해 본 적 있으신가요. 하루 투명인간이 될 수 있다면 무엇을 하고 싶으신가요. 무엇이 되었건 그것이 도덕적이냐 그렇지 않은가에 상관없이 '자유롭게' 무언가를 하는 상상을 했을 거예요. 지금의 나로서는 할 수 없다 여기는 것을 할 테지요. 타인의 시선으로부터 구애받지 않는 상황을 원할 거예요. 어떤 의미에서 우리는 이미 투명인간이죠. 지구에 존재하는 대부분의 사람은 우리의 존재 자체를 모르죠. 어느 날 우리가 지구에서 사라진다 해도 대부분의 사람에게는 아무 상관없을 거예요. 우리를 아는 사람은 많아도 수 백 명을 넘지 않을 거예요. 수 백 명 중에서도 우리와 관계를 맺고 있는 사람은 기껏해야 수 십 명에 불과할거에요. 매일을 공유하는 사람은 많아야 십 수 명이겠죠. 그들은 우리가 무엇을 해도 이해 해 줄 거예요. 그게 아니라면 어때요. 그래봤자 몇 명이에요. 하고 싶은 것을 해도 괜찮아요. 타인의 시선에 구애받지 말고 자유로워져도 괜찮아요. 당신이 원하는 것을 얼마든지 해도 되요.

56
상상

새소리에 잠에서 깬다. 문을 열고 밖으로 나오면 풀냄새가 나면 좋겠다. 신선한 생명의 냄새. 풀과 나무 외에는 아무도 없는 숲 속이다. 햇살은 따뜻하고 딱히 할 일도 없다. 숲 속을 내키는 대로 걷고 싶다. 집으로 돌아와 찌개를 끓여 간단히 아침 겸 점심을 먹고 텃밭을 가꾼다. 해가 질 때까지 일한다. 어스름이 질 무렵 집으로 돌아와 불을 피워 소시지나 버섯을 구워 먹으며 술 한 잔을 마신다. 모닥불이 꺼질 때까지 가만히 바라본다. 바람이 쌀쌀해지면 불씨를 집 안으로 들여와 낡은 난로에 불을 지핀다. 타닥타닥 나무가 타는 소리를 들으며 읽고 싶은 만큼 책을 읽는다. 그거면 충분 할 것 같다. 내가 상상할 수 있는 최고의 공간은 고작 이 정도다. 금으로 된 세면대가 있고 최고급 위스키가 진열되어 있고, 창문을 열면 에메랄드 빛 바다가 보이는 풍경은 왠지 내 것이 아닌 것 같다. 나의 것이 아닌 것을 즐길 수는 없다. 오롯한 내 것이 있으면 충분하다. 그 날 먹을 음식, 불과 전기, 씻을 물이면 된다. 그마저 갖기 힘든 세상이지만 - 가질 수 있다 해도 지속하려면 돈이 필요하겠지만 그래도 그 곳에 가고 싶다. 나의 것은 적어도 괜찮다. 나의 것이 아닌 것들 속에서 자유로워지고 싶다. 공간에 갇히지 않는 삶을 살고 싶다. 공간을 즐길 수 있는 숲 속의 작은 집에서 살고 싶다.

57

등대

처음 입을 맞춘 장소는 등대였다. 그 날의 느낌만 남아 있을 뿐. 그녀의 이름은 기억나지 않는다. 그 날 이후로 어떻게 여기까지 오게 된 건지도 모르겠다. 몇 년째 살고 있는 집도 낯설다. 지금까지 살아온 날들이 때로 꿈처럼 느껴진다. 현실이 아닌 게 분명하다고 생각 될 때도 있다. 나라는 존재가 낯설 때도 많다. 현실을 외면하거나 과거를 부정하고 싶은 것은 아니다. 그냥 그토록 많은 일들이 한 사람에게 일어날 수 있다는 것이 믿기 힘들 뿐이다. 그 날의 일을 이해할 수 없다. 그녀가 무슨 생각을 했는지 알 수 없다. 많은 세월이 흘렀다. 그녀에게 어땠는지 알 수 없지만 나는 이름을 기억할 수 없는 그녀를 기억한다. 아마 잊지 못할 것이다. 첫 사랑과의 아름다운 입맞춤은 없었다. 하지만 그녀와의 순간이 내게는 특별했다. 그녀 또한 그랬으리라 믿는다. 그랬으면 좋겠다. 잠시였지만 한 남자와 여자 사이에 무언가가 오고 갔다. 소중한 무언가가 그 곳에 있었다. 그녀의 목을 받치던 내 손, 내 목을 감싸 안은 그녀, 그녀의 머리칼이 바닷바람처럼 밀려와 내 볼을 간질이던 순간. 그 순간은 실재했다. 그녀를 그리워 한 적은 없다. 그리워 할 자격도 없다. 하지만 이따금 그 순간이 떠오를 때마다 그녀가 행복하기를 바랐다. 세월을 견디는 것은 생각보다 어렵다. 지금 세상에 살고 있는 사람은 모두 생존자다. 모두가 생존자기 때문에 살아남는 것이 얼마나 지난한 일인지에 대해 곧잘 잊어버린다. 그녀도 무사히 세월을 견뎌냈길 바란다. 이런저런 일을 겪었겠지만 그 일들을 추억하며 웃을 수 있는 사람이 되었길 바란다. 앞으로도 계속 살아가길 바란다. 그녀에게 허락된 시간들을 온전히 살아내길 바란다.

58
안전

안전한 장소 따위 세상 어디에도 없습니다. 어릴 때는 이불 안에 들어가기만 하면 핵폭발이 일어나도 안전하리라 믿었습니다. 어머니의 품에 안기면 불행은 내게 손 끝 하나 대지 못하리라 여겼습니다. 방의 문을 닫으면 고난 따윈 들어오지 않으리라 생각했습니다. 사람이 얼마나 쉽게 부서지는지요. 관계는 얼마나 가벼운가요. 단란한 가정이 얼마나 쉽게 무너질 수 있는지요. 영원하리라 믿었던 것은 찰나에 머무르다 어디론가 사라졌습니다. 안전한 장소가 없다는 현실은 사람은 모두 세상을 떠나야 한다는 사실만큼 공평합니다. 공평하다는 말은 더 없이 단호합니다. 우리는 공평하게 주어진 불안함 속을 헤매는 존재에 불과합니다. 누구도 완벽하게 안전할 수 없습니다. 누구도 영원히 세상에 머물 수 없습니다. 하지만 영원히 머물 수 없기에 빛을 염원합니다. 어디도 완벽하게 안전하지 않기에 새롭게 시작해야 합니다. 완벽하게 안전하고 영원한 평화 속에서 살 수 있는 장소, 그 곳을 어떤 사람들은 천국이라 부릅니다. 우리가 사는 세상은 천국은 아닙니다. 하지만 천국보다 더 한 것도 찾을 수 있는 곳입니다. 자칫 잘못하면 나락으로 떨어질 위험 또한 존재합니다. 그래서 생은 모험이 됩니다. 우리는 단 한 번의 기회를 얻은 모험가로써 세상에 왔습니다.

59
유년기의 끝

유년시절이 행복하기만 했다고 말할 수 없습니다. 꿈같은 시절이라 말한다면 거짓말입니다. 괴롭지만 무력했고, 절실했지만 나약했습니다. 타인이 주는 고통을 그대로 받아들일 수밖에 없었습니다. 방어하는 방법을 알지 못했습니다. 그나마 다행인 것은 어렸기 때문에 고통에 대해 잘 몰랐다는 사실입니다. 예민한 아이였지만 고통을 알기에는 아직 어렸습니다. 고통에 대해 잘 알았다면 오히려 견딜 수 없었을 겁니다. 유년은 책 읽는 것 외에는 견디기 힘들었습니다. 어처구니없을 정도의 가난이었습니다. 이웃사람들이 우리처럼 살았기에 세상사람 모두 그렇게 사는 줄 알았습니다. 지식이 아닌 무지가 사람이 구원하기도 합니다. 어쩌면 세월은 견딜 수 있는 만큼의 고통만 주는지도 모릅니다. 가끔 사람에게 견딜 수 없는 고통을 주는 것은 단순히 실수인지도 모릅니다. 행복이 가득한 유년은 아니었지만 부모님이 의도한 것은 아니었습니다. 고통은 아버지가 힘을 다해 막으려 애쓴 것이었습니다. 아버지가 지키려 한 것은 오직 가족이었습니다. 어머니가 살아가는 이유는 우리 남매였습니다. 어머니가 준 것은 모두 사랑이었습니다. 그걸로 충분합니다. 앞으로 얼마나 살게 될지 몰라도 그 때 그들보다 나를 사랑하는 사람을 만날 수 없을 겁니다. 파도에 휩쓸려 생각지도 못한 낯선 장소에 떠내려 온 것 같은 기분입니다. 하지만 사랑은 남아 있습니다. 그들이 준 사랑 덕분에 그래도 여기까지 올 수 있었던 겁니다.

아무 의미 없는 경험은 없습니다.
인생에 이어지지 않는 길은 없습니다. 경험은 추억이 됩니다.
어차피 의도하지 않고 시작된 삶입니다.
태어나기 전에 내 것이었던 것은 아무것도 없습니다.
가지고 떠날 수 있는 것은 세상 어디에도 없습니다.
우리는 지금을 살 수 있을 뿐입니다.
지금 여기까지 살아온 이야기들이 우리의 생입니다.

홀로이되
혼자가 아닌 풍경

일상의 주인이 되지 않으면 삶은 내게서 멀어질 뿐입니다.
생의 끝이 어떨지 알 수 없지만 적어도 나로 살다 나로 죽을 수 있게 되었습니다.
다행입니다. 그만 둘 수 있어서, 놓아 버릴 수 있어서, 잊어버릴 수 있어서.

01
목록

좋아하는 것의 목록에 갖고 싶은 물건이 포함되는 것은 어쩌면 당연한 일인지도 몰라요. 하지만 갖고 싶은 물건의 목록이 그대로 좋아하는 것의 목록이 되는 것은 좀 쓸쓸한 일이 아닐까요. 가질 수 없어도 좋아할 수 있는 것들을 늘려가는 일은 욕망한 물건을 갖는 것만큼 중요한 일이 아닐까요.

02
생계

지금 이십대들 대부분은 월세를 내야 할 겁니다. 방세는 매달 적어도 삼 십 만원은 듭니다. 지역에 따라 오 십 만 원이 넘을 수도 있습니다. 교통비가 듭니다. 식비도 생각보다 많이 듭니다. 학자금 대출도 갚아야 합니다. 한 달에 최소한 백 오십에서 이 백 만원을 단순히 '살기' 위해 지불해야 합니다. 하지만 대한민국에 그 정도를 버는 이십대는 많지 않습니다. 그 이상을 번다고 해도 부담스러운 금액임은 틀림없습니다. 저축을 해야 미래를 계획할 수 있는데 여유가 없습니다. 그런 상황에 연애는 사치라 느껴집니다. 데이트 비용을 댈 여유도 없고, 데이트 할 시간도 없이 일해야 그나마 지금의 삶이라도 유지할 수 있습니다. 희망이 없다고 느낄 수밖에 없습니다.

절망을 늘어놓을 수밖에 없는 구조입니다. 단순히 개인적인 문제로 몰아가는 것은 위험한 발상입니다. 한 달 대부분의 시간을 노동으로 채워도 삶을 유지하는 것만으로도 벅차다면 사회 구조의 문제입니다. 사람이 사람답게 살 수 있는 제도적 장치가 준비되어야 합니다. 삶이 힘들수록 정치에 관심을 가져야 합니다. 무능한 인간이 우리를 이용하게 용납해서는 안 됩니다. 탐욕으로 가득한 인간을 정치계에서 쫓아내야 합니다. 대한민국의 주권은 국민에게 있고 모든 권력은 국민으로부터 나와야 합니다. 국민이 정당한 권력을 행사하지 않으면 정치는 더욱 추악하게 변할 겁니다. 국민의 사정 따윈 신경도 쓰지 않을 겁니다. 변하지 않을 것 같아도 끊임없이 목소리를 내야 합니다. 좀 더 나은 삶을 요구해야 합니다. 투표해야 합니다. 투표율이 높아져야 정치인들이 민생에 관심을 갖게 만들 수 있습니다. 우리는 무능하지 않습니다. 문제는 무능한 자들이 우리를 지배하도록 용납하는 겁니다. 지긋지긋한 세상을 바꾸기 위해 정치가 존재합니다.

03
생을 이루는 것

인간의 몸이 단백질로 이루어진 물주머니에 불과하다 해도 좋습니다. 인간의 마음이 회색 뇌세포에 의한 신경작용이라도 괜찮습니다. 하지만 사람의 생은 세포나 원자 따위가 아닌 그가 관계한 사람들과의 만남으로 이루어집니다. 사람의 생은 관계로 이루어집니다. 그가 마주친 사람들은 세포처럼 그의 생을 구성하는 최소 단위가 됩니다. 무수한 마주침은 사라지지 않고 사람의 생을 이루는 토대가 됩니다. 사람의 생은 사람과의 만남으로 구성됩니다.

04
자문

감정을 소화시키기 위해 말 하는가.
감정을 소화시킨 후 말 하는가.

걱정하기 전에 생각하는가.
걱정하기 위해 생각하는가.

생각하기 전에 행동하는가.
행동하기 위해 생각하는가.

함께 하기 위해 사랑하는가.
사랑하기 위해 함께하는가.

살기 위해 꿈을 꾸는가.
꿈을 꾸기 위해 사는가.

대답하기 위해 사는가.

질문하기 위해 사는가.

당신의 생은 당신 것인가.

누군가와 더불어 살기 위해

당신은 자신의 생과 함께 사는 일을

포기하지는 않았는가.

05
연습장

미래가 불투명할수록

선명한 꿈을 그릴 수 있는 거라고.

불투명한 미래가 두려워 질 때마다

허공에 흔적을 새길 수는 없다고.

물 위에 그림을 남길 수는 없는 거라

고.

밤이 짙어야 별이 빛나듯

06

빌리 밀리건

그는 핵심인격인 윌리엄 스탠리 밀리건 외에도 박학다식한 영국인 아서, 유고슬로비아인인 전사 레이건, 사기꾼 앨런, 예술가 토미, 고통의 수호자 데이비드 등 전혀 다른 24개의 인격을 가진 다중인격자였다. 어떻게 그럴 수 있을까. 그의 영혼이 부서진 조각들이 각각의 인격이 된 것일까. 빙의의 일종인 것일까. 생각하다 문득 환생이란 단어가 떠올랐다. 빌리 밀리건은 학창시절 겪은 불행한 사건으로 인해 심층의식 안에 잠들어 있는 전생의 기억들과 마주하게 된 것은 아닐까. 환생이 존재하는 세상이 좀 더 멋지지 않을까. 보통 사람들은 전생을 기억하지 못한다. 하지만 의식이 닿지 않는 마음의 심연에 전생의 기억이 존재한다. 대부분의 사람들은 전생의 기억을 꺼낼 수 없다. 그러나 알게 모르게 영향을 받는다. 보지 못한다고 해서 영향을 받지 않는 것은 아니다. 자라온 환경과 전혀 무관한 무엇을 좋아하는 것이 전생의 영향을 받은 거라면 어떨까. 고양이를 좋아하는 사람은 최근의 생이 고양이었다거나, 음악에 재능을 가진 사람은 전생에 음악가였다거나, 처음 본 누군가에게 거부할 수 없는 끌림을 느낀다면 전생에 이어지지 못한 연인이었다거나. 생각해보니 꽤 근사한 일이다. 생은 한 번으로 이해하기에 버겁다. 그렇다고 모든 기억들을 가진 채 다시 살아가는 일은 고통이다. 그래서 신은 인간 마음 안 깊은 곳에 전생의 기억들을 봉인 하고 다시 살아갈 기회를 주는 것은 아닐까. 그럼으로 인해 영적 성장을 이끌어내는 학습의 장이 이 세상인 것은 아닐까.

07
결국 모두 그리움

지금까지 사랑했던 것들은 모두 그리움이 되었습니다. 이루지 못한 사랑도, 미처 끊어내지 못한 미련도, 다가가지 못한 인연도 그리움이 되었습니다. 사랑하지 못했던 것들도 결국은 그리움이 되었습니다. 모진 말도, 차가운 표정도, 멸시도, 혐오까지도 세월에 녹아 그리움이 되었습니다. 이다지 사소한 것까지 그리워하게 되는 것에 놀라고, 그토록 미워했던 사람까지 그리워하게 되는 것에 때로 무서워집니다. 그리움은 끝내 모든 것을 담아내고 말았습니다. 지나온 날들, 보고 듣고 끌어안았던 모든 것들이 그리움이 되었습니다. 지금 이 순간도 그리움이 될 것입니다. 그리운 것들을 그리워하는 마음 또한 그리움이 될 것입니다. 마음껏 울어도 좋습니다. 울음도 그리움이 될 테니까요. 그러나 계속 슬퍼하지는 말아주세요. 언젠가 세상을 떠난 후에 나 또한 누군가에게 그리움이 될 수 있도록, 온 힘을 다해 사랑해야 합니다. 그리운 것들을 찾아 떠나는 여행이 있듯이, 먼 곳으로 떠나 그리운 것들을 남기는 여행도 존재합니

다. 생은 사랑을 찾는 여행이면서 그리움을 남기고 가는 여행이기도
합니다.

08
뒷모습

뒷모습을 지켜보는 것은 항상 나였습니다. 상대방이 문제가 아니라 내 성향의 문제였습니다. 소설 속 주인공이 되고 싶은 것은 아니었습니다. 그저 뒤돌아서는 쪽과 돌아선 뒷모습을 지켜보는 쪽 중 뒷모습을 바라보는 쪽이 되는 편이 낫다고 결정했고 그렇게 살아왔습니다. 무수한 뒷모습을 지켜봤습니다. 누군가는 뒤돌아보았고 누군가는 어깨를 들썩였습니다. 하지만 누구도 다시 돌아오지는 않았습니다. 내가 그들보다 더 아파했던 것은 아닙니다. 그들은 그들의 슬픔을 지고 떠났고, 나는 나의 슬픔을 지고 살아갑니다. 그들의 뒷모습까지 기억하고 싶었습니다. 아름다운 한 시절의 마지막 장면을 지켜봐야만 했습니다. 그들이 돌아오기를 바란 것은 아니었습니다. 그 곳은 끝을 애도하는 자리임과 동시에 그들의 새로운 시작을 배웅하는 자리였습니다.

09

여유로움, 자유로움

물질적으로 넉넉하면 여유로운 삶을 살 수 있을까요. 돈을 많이 벌면 여유로운 삶을 살 수 있을까요. 생의 대부분의 시간을 투자해서 넓은 집을 장만하고, 노후를 풍요롭게 보내기 위해 어릴 때부터 기를 쓰고 경쟁하고, 젊음은 물론이고 중장년의 모든 시간을 투자해야만 하는 걸까요. 넓은 집을 마련해도 들어갈 쉴 시간이 없습니다. 나이 먹고 나면 넓은 집 외에 무엇이 남아 있을까요. 인생 대부분을 투자해서 풍요로운 노년을 보내는 것만이 답이 될 수 있을까요. 열심히 사는 사람은 모두 부자가 될 수 있을까요. 물론 돈이 없으면 마음도 가난해지기 쉽습니다. 그렇다고 돈이 있다고 마음까지 부자가 되는 것은 아니더군요. 여유는 마음에서 비롯합니다. 마음에 여유를 가진 사람은 물질이나 시간, 공간에 구애받지 않습니다. 그들은 마음 안에 자신만의 카페를 갖고 있습니다. 신호 대기 중에도, 짧은 점심시간에도, 일인용 침대 위에서도 언제든지 자신만의 카페 안으로 들어갈 수 있습니다. 누구도 방해할 수 없는 공간입니다. 그들은 자신의 풍경을 갖고 있기에 애써 다른 풍경을 찾아다닐 필요를 느끼지 못합니다. 마음에 여유를 가진 사람들은 자유로울 수밖에 없습니다.

10
눈을 뜨면

베이지 색 천장, 차가운 공기, 창문에 흘러내리는 결로, 숨 막힐 듯 적막한 방안에서 눈을 뜬다. 고독한 이 공간이 내가 살아가는 곳이다. 앞으로 내가 살아가야 할 곳이다. 마음에 들지 않는다 해도 어쩔 수 없다. 마음에 들지 않아하는 것은 자유지만 이 장소를 사랑하지 않으면 안 된다. 나마저 이곳을 사랑하지 않게 되면 나는 더 이상 이곳에서 살아갈 수 없게 되어 버릴지도 모른다.

11
기분 좋은 상실

저녁은 물론 주말과 명절까지 포기하고 살았습니다. 하루 대부분의 시간을 일하면서도 불안했습니다. 일을 마치고 돌아오는 새벽마다 마음은 공허했습니다. 불과 작년 여름까지 당연한 일상이었던 직장의 풍경이 이제 떠오르지 않습니다. 기억하고 있지만 떠올릴 필요가 없는 과거가 되었습니다. 이토록 빨리 기억이 세월 저 편으로 사라진 것은 '열심히' 살고 있다고 여긴 날들이 나를 제외해 버린 삶이기 때문입니다. 내가 영위하던 일상에 나는 존재하지 않았습니다. 그러니 떠올릴 필요 없습니다. 더 일했다면 달라졌을까요. 과연 행복했을까요. 그렇지 않습니다. 더 이상 견딜 수 없어 그만둔 것뿐입니다. 최소한 이 곳에는 나의 삶이 있습니다. 삶에서 나를 제외하지 않아도 되어 기쁩니다. 내 곁을 둘러싼 사람들이 얼마나 쉽게 멀어지는지. 내가 아니면 안 된다고 여긴 일은 얼마나 쉽게 대체되는지. 하지만 삶은 아무도 대신 살아주지 않습니다. 일상의 주인이 되지 않으면 삶은 내게서 멀어질 뿐입니다. 생의 끝이 어떨지 알 수 없지만 적어도 나로 살다 나로 죽을 수 있게 되었습니다. 다행입니다. 그만 둘 수 있어서, 놓아 버릴 수 있어서, 잊어버릴 수 있어서.

12
생각하지 않는 것들

지나간 아픔에 대해 생각하지 않습니다. 잃어버린 것에 대해 생각하지 않습니다. 가질 수 없었던 것에 대해 생각하지 않습니다. 그릇된 판단에 대해 생각하지 않습니다. 돌이킬 수 없는 잘못에 대해 생각하지 않습니다. 어제 무엇을 했는지 생각하지 않습니다. 앞으로 무엇을 할 수 있을지 생각하지 않습니다. 무엇을 할 수 없는지 생각하지 않습니다. 어떤 삶을 살았는지 어떤 삶을 살 수 없었는지에 대해 생각하지 않습니다. 더 이상 내 것이 아닌 것에 대해 생각하지 않기로 했습니다. 내 것이 아닌 생각을 끌어당겨 근심하지 않기로 했습니다. 이미 생각은 충분히 했습니다. 생각하지 않고 행동했으면 바뀌었을 오늘이 있습니다. 생각만 했을 뿐 아무 행동도 하지 않았습니다. 영혼의 소리에 귀 기울이지 않았습니다. 주변을 울리는 잡음에 휩싸여 살았습니다. 잡음을 사색이라 오해했습니다. 주변을 둘러싼 생각과 내 마음의 경계를 구분하지 못했습니다. 나는 더 이상 생각하지 않습니다. 행동을 통해 사색합니다. 몸이 원하는 대로 살아 갑니다. 마음이 향하는 대로 살아갑니다. 이미 생각했던 것들 – 꿈꾸던 것들을 실천하며 살아갑니다. 마음의 주인이 되는 방법은 필요한 생각 외에 모든 잡념을 버리는 일입니다. 생각은 꿈에 이르는 지도일 뿐입니다. 길은 얼마든지 있습니다. 꿈에 다가가게 해주는 것은 나의 발걸음 뿐입니다.

13
남겨진 사랑

그 사람은 당신을 사랑하던 마음을 잊었습니다. 당신은 그를 사랑할 시간을 뺏겼습니다. 이제 그와 당신이 만날 일은 없습니다. 하지만 사랑이 사라진 것은 아닙니다. 그와 당신 사이에 존재했던 사랑은 그 곳에 남아 있습니다. 손에 닿을 수 없는 곳에서 빛나고 있습니다. 돌아갈 수 없지만 그렇다고 존재하지 않는 것은 아닙니다. 별을 만질 수 없어도 별이 빛나고 있단 사실은 변하지 않습니다. 이제 사랑은 당신 것도 그의 것도 아닙니다. 그 시절을 함께한 '우리' 의 것으로 남았습니다. 그때의 그들 외에 누구도 훼손할 수 없습니다. 그래서 사랑이 끝난 후에도 사랑은 변하지 않고 남게 됩니다. 서글픈 일이지만 그렇기에 변치 않는 사랑을 간직할 수 있습니다. 다시 살아 갈 수 있습니다. 그를 사랑했던 당신으로, 당신을 사랑했던 그로 남습니다. 각자의 길을 걸어가게 됩니다. 사랑했던 날로 돌아갈 수는 없지만 사랑했던 나로 계속 살아가게 됩니다.

14
─
가치

강아지 비싸 보인다. 얼마야? 이런 말을 아무렇지 않게 내뱉는 사람들이 있습니다. 이런 사람들은 가격 이외의 것으로 가치를 판단하지 못합니다. 생명의 가치조차 돈으로 환산하지 않으면 이해할 수 없습니다. 강아지가 사랑을 받아 예쁘게 자랐다는 사실을 납득하지 못합니다. 족보 있는 개를 사서 비싼 사료를 먹이고 명품 옷을 입히면 강아지가 행복해 진다고 믿습니다. 이런 사람들과 함께해서 불행해지는 것은 동물만은 아닙니다. 이들은 얼마나 버는 가로 사람을 평가합니다. 얼마나 비싼 차를 타는 가로 삶을 판단합니다. 몇 평짜리 집에서 사는 가로 가정의 행복을 재단합니다. 돈이 없으면 살 수 없습니다. 하지만 돈이 세상에 존재하는 유일한 가치인 것은 아닙니다. 생명은 돈으로 환산할 수 없습니다. 돈으로 막을 수 있는 불행에는 한계가 있고 돈으로 살 수 있는 행복에도 한계가 존재합니다. 한 사람이 평생 모을 수 있는 자산은 제한적입니다. 세상에 존재하는 다른 가치들을 인식조차 하지 못한 채 끝나 버릴 이들의 삶이 서글픕니다.

15
사랑할 수밖에 없는

가사가 아름다운 노래를 좋아합니다. 멜로디가 감미로우면 좋습니다. 맑고 깊은 목소리도 좋습니다. 하지만 아름답게 쓰인 노랫말이면 충분합니다. 우습게도 가장 사랑하는 노래에는 가사가 없습니다. 노랫말 없는 음악을 콧노래로 흥얼거립니다. 아름다운 선율 위에 내 이야기를 흘려보냅니다. 노랫말이 없는 노래를 나는 사랑하고 있습니다. 좋아하는 노래는 왜 좋아하는지 얼마든지 설명할 수 있습니다. 이 부분 가사가 너무 좋아, 진실한 이야기가 담겨 있어서 좋아, 라고 말할 수 있습니다. 하지만 사랑하는 노래를 설명할 방법은 알지 못합니다. 알지 못하는 것을 사랑하는 이유를 설명할 수 없습니다. 언어가 닿지 못하는 곳에 있는 것들, 알 수 없어도 사랑할 수밖에 없는, 그런 노래가 있습니다. 사랑 또한 마찬가지일까요. 좋아하는 것은 왜 좋은지 설명할 수 있지만 사랑하는 것은 설명할 수 없습니다. 말로 설명할 수 없는 저 편에 우리가 사랑해야 할 모든 것이 있습니다.

16

이해할 수 없는

당신의 모든 것을 이해하고 싶었어요. 하지만 당신의 모든 것을 이해하기에 나는 부족한 사람이었죠. 그래서 헤어진 거겠죠. 이별을 이해하기 위해 많은 날을 보냈어요. 마침내 납득할 수 있게 되었어요. 왜 우리는 이별이 끝난 후에야 사랑을 이해할 수 있는 걸까요. 사랑이 이해의 범위를 넘어선 곳에서 시작되기 때문일까요. 사랑은 이해 바깥에 있다. 되뇌어 보니 마음이 편해지네요. 이해할 수 없는 방식으로 사랑은 시작되고, 사랑하면서 이해하려 노력하고, 사랑이 끝난 후에야 사랑을 이해하게 되는 것. 역시 이해하기 어렵지만 받아들이지 않으면 나아갈 수 없음은 알겠어요. 이해할 수 없는 것들은 사랑 외의 방법으로는 받아들일 수 없음을 알겠어요. 어차피 삶도 이해할 수 있는 것으로만 이루어지진 않았으니까요. 그래서 받아들였어요. 그래도 이해할 수 없는 것들을 계속 사랑하려 해요. 이해할 수 없는 것들을 사랑하는 사람들을 사랑하려 해요. 사랑할 수 없는 것들은 사랑하지 않으려 해요. 제 이해의 바깥에 있는 것들을 그대로 받아들이며 계속 살아보려 해요.

17

Since 보다 Scene

모처럼 실내등을 켜고 운행하는 버스 기사 덕분에 머리가 아플 때까지 로저 젤라즈니의 책을 읽을 수 있었다. 어지러움이 심해져 맞은 편 차선의 헤드라이트 불빛을 본다. 헤드라이트 불빛은 세월처럼 빠르게 스쳐 지나간다. 어차피 우리 곁에 남는 건 세월이 아니다. 세월은 위치를 알 수 없는 저 너머에서 와 손에 닿지 않는 저편으로 가버린다. 우리에게 남는 것은 장면이다. 얼마나 살아왔는지 보다 중요한 것은 얼마나 많은 장면을 품고 있는가이다. 잊을 수 없는 장면들이 생이 된다. 부디 잊지 않기로 하자. 지금 이 순간을 잃어버린 시간으로 만들어서는 안 된다는 사실만은.

18

소화제

그녀는 붕어빵을 좋아했다. 가난한 연인이었던 우리는 겨울이 되면 항상 붕어빵을 사서 먹었다. 붕어빵은 따뜻하고 달콤했다. 김밥 한 줄을 천원에 파는 분식집이 마구 생기기 시작하던 시기였다. 그녀는 음식을 많이 씹지 않고 삼키는 버릇이 있었다. 한 입 베어 문 붕어빵을 그대로 삼키거나, 라면 국물로 김밥을 넘기기도 했다. 많이 씹으라고 그러다 체한다고 잔소리를 해도 고쳐지지 않았다.

그녀는 자주 체했고 소화제를 사다 주는 것은 일상이었다. 소화제를 사다주고 배를 만져주었다. 손바닥으로 배를 문지르고 있으면 좀 더 강하게 문질러 달라고 주문하곤 했다. 손날을 세워 도배하듯 힘을 주어 쓸어 내렸다. 9년간 그녀의 배를 쓸어내렸다. 그녀의 눈물을 닦아 주었다. 함께 한 세월을 다른 세월이 밀어낼 때까지 제법 많은 시간이 필요했다. 눈물은 가장 강력한 소화제였다. 세월이 요구하는 고통을 소화시키기 위해 많이 울어야 했다. 필요한 만큼의 눈물을 마시지 않으면 고통은 사라지지 않는다. 집으로 돌아오는 길 붕어빵을 5마리에 이 천 원에 팔고 있다. 그녀는 세월의 저 편으로 사라졌지만 붕어빵 냄새는 여전히 달콤했다. 붕어빵을 보면 문득 생각이 난다. 떠올려도 더 이상 눈물은 흐르지 않는다. 그녀가 어딘가에서 잘 살고 있기를, 자신에게 주어진 세월을 꼭꼭 씹어 삼키기를 바란다. 세월에 체하는 일 없이 허락된 날들을 따뜻하고 달콤하게 살아가길 바란다.

19
포기해야
살 수 있는 것

현재를 즐기며 살 것인가, 미래를 준비하며 살 것인가. 반드시 둘 중 하나를 선택해야 하는 건 아니다. 자신에게 적절한 균형점이 어디인지 알아내면 된다. 지금까지 오지 않을 미래를 준비하면서 살았다. 나를 포기하고 꿈을 포기하고 닥쳐오는 일들에

휩쓸려 살았다. 얼마나 많은 현재를 포기했는지 모른다. 무수한 지금을 포기하고 온 지금, 과연 행복한가. 스스로 물었을 때 나는 대답할 수 없었다. 열심히 살았다는 사실 외에 남은 것은 아무것도 없다. 오늘의 행복을 포기한다고 내일 행복할 수 있는 것은 아니다. 행복은 언제나 지금에만 존재한다. 내일에 대한 불안감을 떨쳐내기 위해 오늘을 쉽게 포기해서는 안 되는 거였다. 그래서는 안 됐다. 하지만 이제 어쩔 수 없다. 흘러 간 날들을 돌이킬 수는 없다. 오직 지금을 살려 한다. 떨칠 수 없는 것이 내일에 대한 불안이라면 불안을 연료로 나를 태우려 한다. 즐길 수 있는 것이 있다면 즐기려 한다. 이왕이면 현재를 즐기려 한다. 청춘을 바치고 사랑을 잃고 꿈을 버려야 주어지는 것이 미래라면 정중히 거절하겠다. 스스로에게 충실한 현재를 사는 일이 미래를 포기하는 일이라 생각하지 않는다.

20
초콜릿

단 음식을 좋아하는 편은 아니었다. 초콜릿을 먹으면 가슴이 갑갑하고 너무 달아 혀가 녹아내리는 기분이 들었다. 초콜릿을 삼키고 난 뒤의 씁쓰레한 뒷맛이 서글펐다. 초콜릿을 좋아하지 않아도 연애를 하면 밸런타인데이마다 초콜릿을 받게 된다. 연인이 주는 초콜릿은 달랐다. 그녀가 준 초콜릿은 달콤한 행복이었다.

달콤한 것이 좋아졌다. 사랑은 사람을 달콤함에 중독 시킨다. 그래서 초콜릿을 얼마든지 먹을 수 있게 된다. 몸이 힘든 날이면 초콜릿을 약처럼 먹었다. 초콜릿은 불행을 막아주는 부적이었다. 생을 지속하게 만드는 마약이었다. 사랑은 끝나게 마련이고 씁쓰레한 눈물을 삼키면 상실도 추억이 된다. 편의점마다 매장 앞에 불을 밝히고 초콜릿을 잔뜩 쌓아두었다. 누군가는 고백을 하고 누군가는 사랑을 확인할 거다. 그들의 사랑이 한 없이 달콤하기를.

21
꼰대에 관하여

나이 먹는 일은 서럽습니다. 제대로 나이 먹는 일은 어렵습니다. 나이 좀 먹었다고 꼰대 소리를 듣는 것은 피하고 싶습니다. 아직은 꼰대라 불린 적이 없지만 앞으로 어떻게 될지 모르니 마음의 준비는 해둬야 합니다. 꼰대라고 불려도 웃어넘길 수 있는 여유로움을 준비해야 합니다. 나이 때문에 꼰대라고 불리는 건 어쩔 수 없지만 실제로 꼰대 질을 하는 꼰대가 되고 싶지는 않습니다. 꼰대가 되지 않으려면 입을 조심해야 합니다. 경험을 쌓고 관록에 대해 자부심을 갖는 것은 좋습니다. 하지만 자부심을 말로 표현하지 않아야 합니다. 상대가 묻지 않은 자신의 신념을 먼저 말하지 않아야 합니다. 나 때는 말이야 라고 말하지 않고 나라면 이렇게 할 것 같다고 말해야 합니다. 상대가 나보다 어리다고 그가 답을 찾는 과정을 뺏을 권리가 있는 것은 아닙니다. 내가 찾은 답이 정답이 아닐 수 있고 나의 정답이 그에게는 정답이 아닐 수 있음을 기억해야 합니다. 매뉴얼 외의 것을 가르치려 하지 않아야 합니다. 스스로 다 안다고 생각하는 순간 지혜는 빠져나가기 시작합니다. 나이 어리다고 반말하지 않아야 합니다. 상대가 존중받아야 할 인격체임을 항상 상기해야 합니다. 내가 그를 이해할 수 없다면 그 역시 나를 이해하지 않을 권리가 있습니다. 먼저 말을 조심하고 끝까지 행동을 조심해야 합니다. 함부로 손가락질 해서는 안 됩니다. 손가락질 당할 일이 생깁니다. 사과하는 것을 부끄러워하지 않아야 합니다. 사과 한 번에 무너질 자존심이라면 없는 편이 낫습니다. 남의 일에 간섭하지 않아야 합니다. 자신의 삶에 관심을 가지면 남의 일을 신경 쓸 시간이 없습니다. 도움을 요청하면 돕고, 조언을 구할 때만 충고하기로 합시다. 늘 자신을 경계해야 합니다. 나이 먹은 것이 벼슬이 아니듯 나이 어린 것도 죄가 아닙니다. 가르치려 하지 말고 배우려고 해야 합니다. 아는 것을 자랑하는 동안 그들에게 배울 기회가 사라집니다.

22
시련

도저히 견딜 수 없을 것 같은 시련과 마주 할 때가 있습니다. 살아남으려 이를 악물고 버티는 것 외에는 할 수 없는 순간이 있습니다. 웅크린 채 아픔을 견디다보면 결국 시련은 지나가기 마련입니다. 하지만 시련의 시간을 버티기 위해 발휘해야 했던 강력한 힘은 사라지지 않고 마음속에 온전히 남아 있습니다. 시련이 반가운 순간은 한 번도 없었지만, 시련이 아무것도 남기지 않고 떠난 적도 없습니다. 시련은 언제나 선물을 두고 갑니다.

23
소복소복

콜라를 마실 때 유리잔에 얼음을 몇 개 넣고 콜라를 부으면 바다소리가 난다. 파도처럼 부풀다 가라앉는 거품이 근사하다. 쭉 들이킬 때의 청량함이 좋다. 달그락거리며 입술에 부딪치는 각 얼음이 좋다. 여름이면 맥주 한 병과 유리잔을 냉동실에 넣어놓고 샤워를 한다. 씻고 나와 맥주를 따르면 컵 가장자리에 살얼음이 맺힌다. 선 채로 쭉 들이켜야 한다. 참고 있던 숨을 내뱉는 듯 상쾌하다. 사는 건 근사한 일이다. 치킨에는 치킨무보다 양배추가 좋다. 양배추 위에 케첩과 마요네즈를 한 바퀴 두른다. 닭다리를 한 입 가득 물고 입 안에 샐러드를 와구와구 밀어 넣으면 평화로워진다. 쌈은 입에 넣기 힘들 정도로 커야 좋다. 얼굴을 구겨 쌈을 밀어 넣어 우적우적 씹으면 삶은 균형을 잡는다. 음식을 먹는 일은 즐거워야 한다. 입이 바빠야 삶이 충실해진다. 무엇을 먹건 맛있게 먹는 법을 배워야 한다. 자기가 원하는 삶을 살고 싶다면 자신이 좋아하는 음식을 원하는 방법으로 먹는 것에서 시작해야 한다. 어머니는 입 놔뒀다가 밥 먹을 때만 쓰지 말라 하셨다. 물론 하고 싶은 말을 하지 못하면 불행해지기 쉽고, 해야 할 말을 하지 않으면 불편을 겪기 십상이다. 하지만 세상에는 이미 충분할 만큼 말이 존재한다. 가끔은 하지 않아도 될 말을 하지 않는 것도 괜찮다. 말이 아닌 것으로 입을 바쁘게 하는 것도 작은 행복이 아닐까.

24
상실, 분실

제법 차가 밀렸습니다. 교통체증 덕분에 가지고 온 책을 다 읽어버렸습니다. 책을 덮고 창밖을 보니 노을이 내립니다. 근래 보지 못한 멋진 노을입니다. 차를 타면 대체로 책을 읽는데 활자를 읽는 동안 바깥 풍경은 볼 수 없습니다. 그 때 창밖으로 스쳐 지나간 풍경들은 잃어버리고도 잃어버린 것을 알 지 못하는 풍경이 됩니다. 잃어버린 것도 모른 채 잃어버린 것이 과연 풍경뿐일까요.

잃어버리고도 잃어버렸음을 깨닫지 못하는 상실이 있습니다. 상실을 느끼지 못했기에 상실을 위해 울어줄 수 없습니다. 안녕이란 말도 전하지 못하고 떠나보낸 사람이 있습니다. 눈물 대신 한숨만 남은 이별이 있습니다. 슬픔 대신 서글픔만 남는 부재가 있습니다. 무언가를 선택하는 순간 무언가는 제외될 수밖에 없습니다. 그럼에도 선택을 멈출 수 없는 것이 생입니다. 스스로 한 선택을 선택에서 제외 된 것들의 무게만큼 사랑하는 것 외에 우리가 할 수 있는 일은 없습니다.

25
진정한 배려

진정한 배려는 상대방이 필요로 하는 만큼 시간을 허락합니다. 조급하게 반응을 끌어내려 하지 않습니다. 필요한 만큼 기다릴 줄 압니다. 상대를 보호가 필요한 나약한 대상으로 바라보지 않습니다. 스스로를 보살필 수 있도록 도와줍니다. 진정한 배려는 말하지 않습니다. 진정한 배려는 귀를 기울입니다. 상대를 편하게 만들어 하고 싶은 만큼 이야기 하게 만듭니다. 배려는 상대에게 메모할 만한 명언을 건네는 일이 아닙니다. 상대에 대한 존중을 경청으로 증명하는 일입니다. 상대의 몸짓에 반응하고 상대의 감정에 공명합니다. 상대로 하여금 자신이 받아들여지고 있음을 느끼게 해줍니다. 진정한 배려를 건네는 사람은 스스로 배려한다고 여기지 않습니다. 다만 함께 있음을 알리려 할 뿐입니다.

26
가면의 밤

타인에게서 마음을 보호하기 위해 가면을 쓰지 않아도 되는 날이 있으면 좋겠습니다. 표정을 감추기 위해 가면을 쓰지 않아도 되는 장소가 있다면 좋겠습니다. 가면무도회가 열리면 좋겠습니다. 일상 속에서 감춰야 했던 욕망을 마음껏 폭발시킬 수 있다면 얼마나 근사한 일이 될까요. 자신이 되고 싶었던 모습이 되어 보는 것. 자신이라면 선택하지 않았을 자세를 취해보는 것. 상상하지 못했던 장소에 가서 상상만 해본 무언가가 되어보는 경험은 어떤 약보다 정신건강에 도움이 될 겁니다. 보이지 않는 가면을 시원하게 벗어던지는 겁니다. 자신을 보호하기 위해 썼던 가면을 하루쯤 벗어던지고 자신을 드러내기 위한 가면을 쓰는 겁니다. 가면 위로는 나이도 직업도 성별도 나타나지 않습니다. 가면무도회는 편견 없이 사람에게 다가갈 수 있는 장소입니다. 친절한 행동으로, 신나는 춤으로, 멋진 화술로 상대에게 나를 드러낼 수 있다면 얼마나 즐거울까요. 하루만이라도 좋습니다. 자신이 쓴 가면이 벗겨지길 두려워하지 않는 날이 있으면 좋겠습니다. 가면을 쓴 채 마음껏 보낼 수 있는 그런 하루가.

27

지갑

어떤 지갑을 갖고 있느냐로 자신을 표현할 수 있습니다. 하지만 제대로 사는 것은 지갑의 브랜드보다 돈을 어떻게 쓰느냐에 달려 있습니다. 어른이라면 필요한 일에 지갑을 열고 필요하지 않은 일에 지갑을 닫을 줄 알아야 합니다. 수백 수 천 만 원짜리 지갑을 갖고 다닌다면 부유한 사람임은 증명할 수 있지만 품격 있는 사람임을 증명할 수는 없습니다.

지갑은 돈을 모으는 장소가 아니라 돈이 빠져나가는 통로입니다. 지갑은 세상과 나를 잇는 창이 되기도 하고 노동의 결과가 새어나가는 구멍이 되기도 합니다. 사람의 입을 통해 화와 복이 드나드는 것처럼 지갑을 통해 행복과 불행이 드나듭니다. 돈을 제대로 쓸 줄 아는 것은 어른이 갖춰야 할 덕목입니다. 입은 다물고 지갑은 열라는 말은 쓸데없는 말을 줄이고 써야 할 곳에 돈을 쓰라는 말입니다. 나이가 많다고 무조건 지갑을 열 필요는 없습니다. 나이가 많다고 해서 고생하지 않고 돈을 버는 것도 아니고, 나이 들었다고 돈을 더 버는 것도 아닙니다. 자신을 위해 새겨야 할 금언이 될 수는 있으나 타인이 요구할 권리는 아닙니다. 어떻게 소비할 것인가 스스로 결정해야 합니다. 행복을 위한 지출을 망설여서는 안 됩니다. 의미 있다고 여기는 것을 위해 과감해 져야 합니다. 소중한 사람을 위해 쓸 줄 알아야 합니다. 소중한 사람에는 반드시 자신을 포함시켜야 합니다. 돈을 버는 것부터 돈을 쓰는 것까지 모두 삶의 일부임을 잊지 않아야 합니다. 만족할 만큼 돈을 버는 것은 불가능할지 몰라도, 만족할 것에만 돈을 쓰는 것은 가능합니다.

28
밤의 기도

달빛이 녹아든 바다처럼
슬픔을 녹여낸 인생 또한
빛날 수 있기를

해가 진자리를 대신하는 별처럼

하나의 기쁨이 사라진 뒤에
희망을 찾을 수 있기를

늦은 밤 나뭇가지에서
날개를 쉬는 새처럼
자유로움을 놓고 마침내 평안하기를

29

화투

카페에서 차 마시며 이야기하는 데 익숙하지 않습니다. 카페가 여유로운 장소라는 걸 머리로는 알지만 즐기지는 못합니다. 차를 마시는 대신 화투를 치며 가족과 이야기를 나눕니다. 화투를 치며 대화를 하고 있노라면 옛날 사람들이 짚신을 꼬며 했을법한 사소한 이야기들이 새어 나옵니다. 술을 마시며 이야기해야 좋을 주제가 있듯이, 한 줌의 무게감도 없이 꺼내져야 할 주제도 있습니다. 아버지 건강은 좀 어떠셔? 요즘 몸은 좀 어때? 아무렇지 않게 오고가는 말들 속에서 알게 되는 것들이 있습니다. 화투를 치며 나누는 대화가 좋은 것은 좀처럼 심각해지지 않는다는 겁니다. 가볍게 말하고 가볍게 듣습니다. 심각하지 않다고 해서 깊은 이야기가 되지 못하는 것은 아닙니다. 바쁘게 손을 움직이고 다른 생각을 곁들이기 때문에 심각한 이야기도 편하게 할 수 있습니다. 요즘 화투 치는 재미에 빠졌습니다. 누가 돈을 따고 누가 돈을 잃었는가는 상관없는 일입니다. 중요한 것은 서로 얼굴을 마주하고 앉아 있다는 사실입니다. 우리 이야기 좀 할까? 그러면 심각해질 상황이 엄마 우리 고스톱 한판 칠까? 하면 소소한 기쁨으로 바뀝니다. 화투는 꽃으로 싸우는 일이 아닙니다. 대화를 던지는 일입니다. 가족끼리 함께 이야기를 나눌 수단으로써 48장의 패가 존재합니다.

30

사람은 버려도 음식은 버리지 않는다

음식 버리는 것을 좋아하지 않습니다. 일단 만든 음식은 남기지 않고 모두 먹어치웁니다. 주문한 음식도 다 먹어치웁니다. 음식이 남으면 다른 요리로 재활용해서 먹습니다. 치킨이 남으면 볶음밥을 만들어 먹습니다. 너무 쉬어 버린 깍두기가 있다면 조림을 만들 때 넣습니다. 족발을 시켜 먹고 남은 상추가 있다면 무쳐서 먹습니다. 음식을 남기는 것이 제게는 일종의 죄악처럼 느껴집니다. 물론 다른 사람들에게 강요하지는 않습니다. 강요할 정도로 대단한 철학도 아닙니다. 배고픈 어린 시절을 보냈기 때문인지, 아니면 세상에 배고픔을 겪는 사람이 얼마나 많은지 알고 있기 때문인지 이유는 중요하지 않습니다. 그냥 마음이 편치 않으니 어쩔 수 없습니다. 속이 불편한 것은 괜찮아도 마음이 불편한 건 참기 힘듭니다. 제게 어머니는 사람도 버리는데 음식 못 버리겠냐고 웃으며 말씀하시지만 그래도 어쩌겠어요. 사람은 버릴 수 있습니다. 사람에게 버려질 수도 있습니다. 서글프지만 현실입니다. 어차피 뜻대로 되는 일이 아닙니다. 하지만 음식을 버리지 않고 사는 것은 뜻대로 가능합니다. 아무 의미 없는 신념이라 해도 좋습니다. 하지만 신념은 지금껏 지켜온 믿음입니다. 아무것도 아닌 믿음들이 나를 지키는 힘이 되기도 합니다. 아무것도 아닌 습관이 일상을 유지하는 힘이 됩니다. 세상 사람이 모두 나를 버린다 해도 나는 음식을 버리지 않고 살아갈 겁니다. 남은 음식을 어떻게 먹을 지 궁리하듯이, 남아 있는 생을 어떻게 살아갈지 궁리할 겁니다.

31
꽃

타인의 꽃이 아무리 아름다워도
지금 내 앞의 꽃보다 향기로울 수 없다.

타인의 생이 아무리 부러워도
결국 자기 앞의 생을 사랑할 수밖에 없다.

타인을 아무리 사랑해도
자신의 생을 살아갈 수밖에 없다.

32
과거를 바꾸는 힘

과거에 있었던 사건을 이제와 없었던 일로 만들 수 없습니다. 하지만 과거에 있었던 사건에 의미를 부여하는 오늘을 살 수 있습니다. 오늘의 단순한 고통을 성장을 위한 시련으로 바꿀 수 있습니다. 과거에 하지 못했던 일을 지금 이 순간 할 수 있습니다. 과거는 바꿀 수 없지만 과거에 대한 해석은 오늘을 어떻게 사느냐에 따라 달라집니다. 어제가 있어 오늘이 존재하는 것처럼 오늘이 있어 어제가 의미를 획득합니다. 어제 한 생각이 지금이 되듯 오늘의 행동이 어제에 대한 정의를 바꿀 수 있습니다. 이야기는 아직 끝나지 않았습니다.

33

한계를 바라보는 삶, 경계를 마주하는 삶

한계라는 말 대신 경계라고 부르는 것을 좋아합니다. 별 차이 없어 보이지만 한계는 타인이 규정한 점이고, 경계는 스스로 정한 선입니다. 한계가 수동적 타협이라면, 경계는 능동적 개척입니다. 한계는 갇힘이지만 경계는 닫힘입니다. 영영 벗어날 수 없는 것과, 지금 벗어나지 않는 것은 엄연히 다릅니다. 한계는 머릿속에서만 피상적으로 존재하지만, 경계는 몸으로 직접 부딪쳐 알아낸 '지금'입니다. 한계는 포기지만 경계는 인정입니다. 지금의 한계를 인정하되 모든 것이 끝났다고 생각하지 않습니다. 능력의 부족을 받아들이지만, 충분한 노력이 부족한 능력을 메울 수 있다고 믿습니다. 자기 앞에 놓인 선을 '여기서 멈춤'으로 받아들일지 '여기서 시작'으로 여길지는 각자의 선택입니다. 남들이 말하는 한계를 기회를 포기할 핑계로 삼을 것인지, 지금 자신이 가진 조건의 일부로 받아들일 것인지 선택해야 합니다. 나이, 성별, 여건, 시간. 핑계거리는 얼마든지 있습니다. 핑계거리가 없는 사람은 세상 어디에도 없습니다. 사는 동안 한 번은 선택해야 합니다. 한계점을 바라보고만 있을 것인가. 아니면 경계선에 서서 세상을 마주할 것인가.

34
하루에 한 번은

내가 먹은 음식은 어디에서 왔는가.
내가 뱉은 말들은 어디로 가는가.

생각해 볼 것.

35
이름에게

누이의 이름은 어디로 갔을까. 동생의 꿈은 어디로 갔을까. 동생이 꾸고 있는 가장 소중한 꿈이 아이들이란 것은 이해할 수 있는데 동생의 이름이 어디로 갔는지는 알 수 없다. ○○ 이의 엄마가 그녀가 선택한 첫 번째 가치란 것은 알겠는데 그녀의 이름은 어디로 갔을까. 엄마의 이름은 어디로 갔을까. 민이 엄마, 태어 난 순간부터 나의 엄마였던 그녀의 이름은 어디로 갔을까. 그녀의 아름다웠던 청춘은 어디로 갔을까. 여보, 자기, 누구의 엄마로 불리는 것은 분명 그녀들의 선택이었지만 그녀들의 이름은 포기된 적 없다. 어른이 된다는 것은 이름을 포기하지 않으면 얻을 수 없는 것인가. 누군가의 아버지, 누군가의 딸, 누군가의 형제, 회사의 직함 말고 자신의 이름을 원하는 것은 잘못된 일일까. 소중한 것으로 인해 자신의 이름을 빼앗기는 것이 사랑이어야 하는 건가. 나는 이름을 부르고 싶다. 아직도 누군가에게 이름을 불리고 싶다. 누군가에게 이름 불릴 기회는 없을지 몰라도 누군가의 이름을 계속 불러 줄 순 있다. 그래서 잃고 싶지 않은 - 잃어서는 안 되는 이름을 계속 부르려 한다. 이름은 계속 말해져야 한다. 말해지지 않는 이름은 희미해진다. 희미해지다 사라진다. 한 사람이 누군가의 무엇으로 살아야 한다 해도 그의 이름만은 잊히면 안 된다. 친구에게, 부모에게, 형제에게, 아내에게, 남편에게 그의 이름을 말해줘야 한다. 경애를 담아 이름을 불러야 한다. 동생의 이름을 불러 그의 삶을 응원하고, 엄마의 이름을 부르며 그녀의 생을 기억해야 한다.

36
중년, 글쓰기를 시작할 나이

글쓰기를 배울 때마다 느끼는 건데, 야구 배트를 어떻게 잡는지 가르쳐 주는 것보다 중요한 가르침이 있지 않을까요. 야구 규칙이 무엇인지 스트라이크가 무엇이고 볼이 무언지, 도루가 뭐고 홈런이 뭔지 가르치는 것도 중요한 일이지만, 이치로는 어떻게 메이저리그 최다 안타를 칠 수 있었는지, 베이브 루스가 어떻게 홈런왕이 되었는지 같은 사실은 좀 더 시간이 지난 후에 다뤄도 좋은 문제가 아닐까요. 일단 먼저 배트를 휘두르는 기쁨을 알려줘야 하지 않을까요. 공을 주고받는 즐거움을 느끼게 해줘야 하지 않을까요. 어떻게 해야 잘 쓸 수 있는지 가르치는 사람은 얼마든지 있죠. 하지만 어떻게 해야 즐겁게 쓸 수 있는지 가르쳐주는 사람은 없더군요. 계속 쓰게 만드는 힘은 성공이 아니라 기쁨으로부터 오는데 말이죠.

의미 있는 글을 쓰려 하지 마세요. 글을 쓰는 것만으로도 의미 있는 행동이니까요. 노트를 한 권 사세요. 이왕이면 집에서 쓰던 다이어리나 연습장 말고 새 노트를 사세요. 그리고 쓰세요. 무엇을 써야 할지 생각하지 마세요. 당신의 일상을 그대로 쓰면 되니까요. 아내와의 권태기가 힘들다면 거기에 대해 쓰세요. 자식들이 말을 듣지 않아 힘들다면 그것에 대해 쓰세요. 요즘 애들이 마음에 들지 않는다면 그걸 쓰세요. '무언가'를 쓰려 하지 마세요. 아무거나 쓰세요. 마음에 떠오른 거라면 뭐든지 좋아요. 당신 마음에 떠오르지 않은 걸 쓰는 일은 아무 의미도 없어요. 진심이 담기지 않은 글에 감동할 사람은 아무도 없어요. 당신이 즐겁지 않다면 글을 쓰지 않아도 좋아요. 하지만 즐겁다면 계속 쓰세요. 무엇을 써도 좋고 몇 줄을 써도 상관없어요. 하지만 한 가지 약속만은 지켜야 해요. 하루 중 한 시간이라도 좋고 십 분이라도 좋으니까. 정해진 시간에는 무조건 글을 쓰세요. 그렇게 채워나가세요. 날짜만 적고 엿 같은 하루였다. 이렇게 써도 좋아요. 일단 쓰세요. 당신의 글을 판단하려 하지 마세요. 당신의 인생을 평가하려 하지 마세요. 그저 살아가듯 그냥 쓰세요. 한 권의 노트를 다 채우고 나면 노트 앞에다 제목을 지어 주세요. 제목을 쓰기 어렵다면 처음 쓴 날짜와 마지막 날짜를 적어도 좋아요. 매일 하루도 빠지지 않고 한 줄 이상의 글을 썼는데도 아무것도 바뀌지 않을 리가 없어요. 지금 알아채지 못해도 괜찮아요. 매일 쓰는 과정을 통해 당신 안에서 무언가가 변하고 있는 것은 확실해요. 매일 무언가를 버린 사람과 그렇지 못한 사람의 차이가 무엇일까요. 매일 스스로를 돌아본 사람과 그렇지 않은 사람은 어떻게 달라질까요. 첫 줄을 쓴 당신과 마지막 줄을 쓴 당신은 분명히 달라요. 결코 그럴 일은 없겠지만 아무 변화를 느끼지 못한다 해도 당신만을 위한 노트 한 권이 생겼네요. 지금까지 가져본 적 없는 자신만을 위한 십 분이 모였네요.

괜찮다면 두 번째 노트를 사러 출발하세요.

37

중년, 운동을
시작할 나이

이왕이면 조금이라도 어릴 때 운동을
시작하는 편이 낫지만 조금 늦어도 상
관없어요. 오히려 나이 들어 운동을
시작하면 지금껏 겪어보지 못한 성장
을 경험할 수 있으니까요. 남들보다
축구를 잘하고 싶다. 저 사람처럼 복근을 갖고 싶다. 이런 생각으로
비교를 위해 운동을 시작하지 않으니까요. 육체의 쇠퇴에 저항하기
위해 시작하거나, 주위에서 갑작스럽게 쓰러진 사람을 보거나, 건강
한 삶에 대한 필요를 느끼고 시작하는 게 대부분이니까요. 누군가와
경쟁해서 이길 필요는 없어요. 마흔이 넘어 올림픽에 나갈 것도 아니
고, 오십이 넘어 월드컵에 출전할 것도 아니니까요. 중요한 것은 자
신과의 경쟁뿐 이에요. 자신과 경쟁할 준비만 되어 있다면 다른 건
상관없어요. 가족이 있다면 가족을 위해서, 가족이 없다면 자신을 위
해서 시작하면 되요. 시작은 가벼워야 해요. 처음부터 몇 시간 운동
하겠다. 몇 킬로를 감량하겠다. 과한 다짐은 절대 하지 마세요. '지금
의 내가' 감당할 수 있는 수준의 가벼운 운동을 시작하세요. 시작은
유산소가 좋아요. 달리기, 수영, 등산, 줄넘기, PT체조 효과 좋은 유
산소는 넘치도록 많지만 개인적으로 줄넘기를 추천하고 싶어요. 달
리기는 생각보다 무릎에 많은 부담을 주더군요. 수영은 관절에 부담
이 없지만 장소가 부담되고, 매일 산을 오르는 것은 시간상으로 부담

이 되니까요. 줄넘기를 매일하는 것만으로 충분해요. 하루에 1000개 혹은 2000개 개수를 정하고 10분에서 20분만 투자하세요. 다른 운동을 할 필요도 없고 식이요법도 필요 없어요. 지금 중요한 건 운동하는 습관을 기르는 거예요. 저 같은 경우 줄넘기만으로도 6개월이 되지 않았을 때 21킬로그램이 빠졌어요. 90킬로에서 69킬로가 되는데 얼마 걸리지 않았어요. 새벽 3시에 라면을 먹고 일주일에 세 네 번씩 술을 마셔도 상관없었어요. 다만 매일 줄넘기를 한다는 약속만은 지켰어요. 35인치 허리가 29인치가 되는데 딱 반년이에요. 넉넉 잡아 하루 20분이면 3600분이네요. 반년 간 딱 60시간이네요. 3일도 안 되는 시간을 투자했을 뿐이에요. 물론 사람에 따라 다르고, 체질에 따라 다르겠지만 생각보다 엄청난 성과를 얻는 것만은 보장해요. 비가 오는 날에는 PT체조를 하세요. 체중은 무조건 빠져요. 변화를 온 몸으로 느낄 수 있어요. 유산소만 하면 부작용이 하나 있더군요. 몸이 좀 처지는 기분이 들어요. 근육이 물렁해지는 느낌이 있어요. 그러면 근력운동을 곁들이면 되요. 저는 간단하게 푸시 업을 했어요. 처음에는 열 개도 제대로 못했어요. 한 번에 몇 개를 하던지 하루에 백 개는 무조건 채운다. 그렇게 정했어요. 열 개가 스무 개가 되고 스무 개가 되고, 스무 개가 마흔 개가 되고, 한 번에 백 개를 하는데 백일도 걸리지 않았어요. 다만 이때부터는 몸무게가 조금씩 늘더군요. 몸무게는 신경 쓸 필요 없어요. 거울 속 몸을 보면 조금씩 변화하고 있는 걸 느낄 수 있으니까요. 사실 이것만 해도 충분해요. 거울을 볼 때 기분이 좋으면 좋았지 나빠진 적은 한 번도 없어요. 헬스장 갈 필요 없어요. 힘들게 번 돈 트레이너에게 줄 필요가 뭐가 있어요. 줄넘기 하나면 반년에서 일 년을 써요.

자신을 위해 자신과 타협하지 마세요. 오래 살아야죠. 멋진 몸이 아니라 멋진 인생을 위해 운동해야죠. 사랑하는 가족을 지켜야죠. 사랑하는 가족과 좀 더 함께해야죠. 혼자라면 더 건강해야죠. 혼자인데 몸이 아프면 얼마나 서러운가요. 나이 들어 시작하는 운동은 살기 위해서이기도 하지만 멋지게 나이 들기 위해서기도 해요. 운동의 가장 큰 매력은 땀은 결코 거짓말을 하지 않는다는 거예요. 운동은 원했던 만큼이 아니라도 반드시 성과를 보여줘요. 세상에 그런 일이 얼마나 있던가요? 해도 해도 끝이 없는 업무와 영원히 끝나지 않을 것 같은 육아와 달라요. 일하느라 바빠서. 아이 키우는 게 얼마나 힘든지 아냐고 말해도 좋아요. 운동하지 않으면 더 오래 일할 수 없고, 운동하지 않으면 아이들과 더 오래 함께 할 수 없을지도 몰라요. 그리고 무엇보다 중요한 건 운동을 하는 시간만은 오직 당신을 위한 시간이라는 사실이에요. 그것이야말로 당신에게 필요했던 시간이죠.

38

바디클렌저와 향기로운 삶

바디클렌저를 샀다. 블루밍 화이트 플라워 퍼퓸. 바디클렌저를 살 때면 조금 지나치다 싶은 문구가 쓰여 있는 게 마음에 든다. "봄날에 수줍게 피어나는 꽃향기를 닮은 달콤한 체리블라섬"이라던가 "맑고 깨끗한 화이트 릴리 향으로 우아하고 관능적인 분위기를 연출"한다는 등의 낯간지러운 문장이 즐겁다. 고작 몇 천 원으로 살 수 있는 향기가 있어 행복하다. 밥 한 끼 사먹을 돈으로 몇 달 동안 향기로운 바디클렌저로 몸을 씻어낼 수 있어 고맙다. 얼마나 다행스러운가. 새 바디클렌저를 살 때마다 삶에 감동한다. 특별하고 지속적인 기쁨을 만끽 할 수 있어 좋다. 일상에서 좀 힘든 일이 있어도 괜찮다. 부드러운 스펀지에 향기로운 바디클렌저를 묻혀 깨끗한 물에 몸을 헹궈낼 수 있다. 그것만으로도 삶은 충분히 살아갈 만 하다. 어렸을 때 서랍 장 속 비누들을 꺼내어 향기를 맡는 것을 좋아했다. 아무도 없는 집 안 햇볕 사이로 떠다니는 먼지들을 바라보며 가슴 깊숙이 비누향기를 들이마시던 어린아이의 마음을 잃지 않고 살려 한다. 세상에 존재하는 향기들을 놓치지 않고 살고 싶다. 이른 봄 피어난 매화꽃을 그냥 지나치지 않으려 한다. 어머니가 끓여준 된장찌개 냄새를 깊숙이 들이마시며 살려 한다. 숲 속 가득한 솔잎 냄새를 찾아가려 한다. 향기로운 것들을 사랑하며 살고 싶다. 향기로운 것들에게 감사하다는 인사를 건네며 살아가려 한다. 묵직한 바디클렌저를 가방에 넣고 돌아가는 길. 저 앞 어디에선가 문어 빵 냄새가 풍겨온다.

39

인사

식당에서 음식이 나오면 감사합니다. 음식을 먹고 나오며 잘 먹었습니다. 버스에서 내릴 때 감사합니다. 사람을 만나면 반갑습니다. 인사 건네는 일은 사소해 보이지만 중요합니다. 인사에 인색한 사람은 마음이 궁금합니다. 나이 들수록 인사를 잊지 않아야 합니다. 아이 때부터 인사를 가르치는 것은 인사가 습관이 되어야 하기 때문인데 정작 가르치는 어른들이 인사를 하지 않는다면 아이들이 무엇을 보고 배우겠습니까. 나이 먹는 것을 벼슬로 여겨서는 안 됩니다. 나이 들수록 고개 숙여 인사하는 것을 망설이지 않아야 합니다. 스스로 낮출 줄 아는 사람은 자신에 대한 확신을 가진 사람입니다. 무거운 포도송이일수록 고개를 숙입니다. 몸에 배인 겸손만큼 향기로운 것은 없습니다. 기분에 상관없이, 그 날 어떤 일을 겪었는지에 관계없이, 따뜻한 인사를 건네는 사람은 신뢰할 수 있습니다. 어떤 경우에도 기본을 잃지 않는 건 생각보다 어려운 일입니다. 사소한 인사를 건네는 사람이 갈수록 줄어드는 시대입니다. 자신의 뛰어남을 과시해야 하는 시대입니다. 그러니 기본을 지키는 사람이 오히려 빛날 수 있습니다. 어떤 상황에도 인사를 건넬 줄 아는 사람은 어떤 상황에도 여유로움을 잃지 않습니다. 고귀한 이념을 말하는 사람보다 태도가 변하지 않는 사람이 좋습니다. 사람에 따라 태도가 변하지 않는 사람이 아름답습니다. 상황에 따라 태도가 변하지 않는 사람이 멋집니다.

아무리 자세를 낮추어도 인격은 낮아지지 않습니다. 태도를 보면 인격을 짐작할 수 있습니다. 사람의 태도를 보는 가장 확실한 방법이 인사입니다. 늘 한결같은 모습으로 인사를 건네는 사람을 나는 신뢰합니다.

40
검소, 감사

검소함은 미덕입니다. 궁핍해보이지 않는 검소함은 삶을 풍요롭게 만듭니다. 많은 것을 가져야 풍요로운 것이 아니라, 가진 것에 감사하며 살아야 풍요로워집니다. 물건이 많다고 행복해지는 것이 아니라, 가진 물건들을 효율적으로 사용해야 행복합니다. 필요하지 않은 것을 너무 많이 채우면 물건의 부피만큼 자신을 위한 공간은 줄어듭니다. 몇 년간 입지 않은 옷, 한 번도 쓰지 않은 운동기구, 한 번도 펼치지 않은 책 이런 물건들이 쌓여갈수록 삶을 놓을 장소가 없어집니다. 법정스님은 무소유가 단지 필요 없는 것들을 버리는 것에 그치지 않고, 필요한 것만을 가지는 것을 뜻한다고 말씀하셨습니다. 필요한 것만 가지고 가진 것에 감사하며 살면 됩니다. 검소함은 물질적으로 빈곤한 상황이 아닙니다. 마음이 풍요로운 상태를 말합니다. 지금 가진 것으로도 충분히 살아갈 수 있는 여유로움을 말합니다. 검소한 사람은 타인을 위해 자신을 꾸미지 않습니다. 꾸미지 않은 본연의 모습으로 살아가는 것은 처음에는 용기가 필요하지만 나중에는 습관이 됩니다. 검소한 습관은 생에 대한 태도가 됩니다.

41
화폐 없는 사회

덴마크는 2017년부터 동전은 물론이고 지폐 생산까지 중단했다. 캐시리스 사회로 가는 것이 세계적 흐름이다. 우리나라의 신용카드 보급률은 90퍼센트에 육박하고 체크카드나 직불카드의 사용량은 96퍼센트에 이른다. 대부분의 사람들은 현금 대신 카드를 들고 다닌다. 카드의 시대도 얼마 남지 않은 듯하다. 모바일결제 시스템이 상용화 되었고 조만간 모바일결제가 카드를 대체할 것이다. 이런 흐름에도 불구하고 나는 신용카드를 사용해 본적이 없다.

신용카드는 물론이고 체크카드도 쓰지 않는다. 오직 현금만 쓴다. 신용카드를 만들지 않은 것은 어릴 적 집안이 카드빚 때문에 무척 힘들었던 기억 때문이다. 그 때 결심했다. 내 인생에 신용카드는 없다. 신용카드가 가진 혜택이 얼마나 많은지 알고 있다. 모바일결제가 얼마나 편리한 지도 안다. 지폐나 주화를 만들기 위해 소모되는 자원이 어마어마하다는 것도 안다. 하지만 현금만 쓰는 생활에도 장점이 있다. 현금만 쓰면 써야 할 돈만 쓸 수 있게 된다. 비싼 물건을 살 때 몇 번이고 생각하게 된다. 무엇을 사고 쓰는지 소비를 정확하게 파악할 수 있다. 할부가 나쁜 것은 아니지만 할부도 빚의 일종이다. 그래서 지금 당장 살 수 있는 여건이 아니라면 사지 않게 된다. 그리고 현금을 쓰다 보면 동전이 많이 생긴다. 백 원짜리와 오백 원짜리 동전을 모으는 저금통이 하나 있고, 십 원짜리와 오십 원짜리를 모으는 저금통이 하나 있다. 둘 다 1년쯤 모으면 가득 찬다. 오백 원과 백 원짜리 저금통이 가득 차면 그걸로 나를 위한 선물을 사거나 가족과 외식을 한다. 십 원짜리와 오십 원짜리가 가득 차면 저금통채로 기부한다. 현금이 없어지는 것은 어쩌면 당연한 흐름이지만 이런 사소한 기쁨이 사라질 것 같아 아쉽다. 옛날 월급봉투가 사라진 뒤에 돈을 버는 자의 자부심도 사라졌다. 현금이 완전히 사라지고 나면 또 어떤 것이 사라지게 될까.

42
—
등산

사람 만나는 일은 산에 오르는 것과 닮아 있습니다. 누구나 정상에 오르고 싶어 하지만 모두가 정상에 오르진 못합니다. 어떤 사람과는 오를 수 있었던 정상에 다른 사람과는 오르지 못하기도 합니다. 사랑할 때마다 각자 다른 봉우리에 도달하지만 올라갔다가 내려온다는 기본적인 과정은 다르지 않습니다. 그래서 어떤 사람들은 아예 산에 오르는 것을 거부하기도 합니다. 한 번 올라가면 올라갔던 만큼 다시 내려와야 합니다. 올라갈 때는 함께였지만 내려오는 길은 언제나 혼자입니다. 뜨거웠던 사랑은 어느 한 쪽을 데이게 만들고서야 끝납니다. 고통스러운 과정을 다시 시작할 엄두가 나지 않는 것은 어쩌면 당연한 반응입니다. 사랑이 끝난 후 아무렇지 않은 듯 다시 사랑을 시작하는 사람들이 어떤 면에서는 존경스럽습니다. 지금까지 몇 개의 산을 올랐습니다. 어떤 사람은 생각도 못한 풍경을 보여주었습니다. 어떤 사람은 산의 중턱쯤에서 사라져 버리기도 했습니다. 하지만 대부분 정상까지 함께였습니다. 인생에서 가장 높은 곳에 오른 것은 언제나 사랑할 때였습니다. 하지만 정상에서 다시 내려오는 길에 대부분의 사랑은 끝이 납니다. 올라갈 때는 언제나 함께였지만 내려올 때는 어김없이 혼자가 됩니다. 소중했던 사람은 끝내 남이 되고 맙니다. 어쩌면 함께 손을 잡고 내려가기로 약속하는 것이 결혼이 아닐까요. 어떤 일이 있어도 손을 놓지 않기로 다짐하는 일이 결혼이 아닐까요. 불확실함을 제거하는 단호한 약속. 물론 모든 약속이 지켜지진 않습니다. 무참히 깨져버린 약속이 있습니다. 사랑을 믿지 못하게 만든 사람도 있었습니다. 사람에게 다가서지 못하게 만든 사랑도 있었습니다. 그로 인해 홀로 견뎌야 했던 아픔은 내 안에 남아 있습니다. 하지만 그들 덕분에 볼 수 있었던 풍경도 내 안에 온전히 남아 있습니다.

43

완벽하지 않아
온전했던 그 때

책을 읽다 고개를 들면, 너는 웃으며 나를 보고 있었다. 행복한 미소를 보며 왜 그렇게 보는지 물으면 오빠는 너무 완벽한 것 같아. 너는 그렇게 답해주었다. 원래 나는 네가 원하는 종류의 사람이 아니었다. 오히려 네가 싫어하는 부류에 가까웠다. 네가 싫어하는 모습을 골고루 갖춘 사람이었다. 가까운 사람으로는 괜찮지만 결코 연인이 되어서는 안 될 사람이라 여겼다. 하지만 너는 내게 이상형이었다. 첫 눈에 반한다는 말이 진실임을 알았다. 우리는 사귀게 되었다. 너에게 어울리는 사람이 되고 싶었다. 너를 행복하게 해주고 싶었다. 지금의 나를 송두리째 고쳐 네가 사랑할 만한 사람이 되려했다. 몇 년이 흘렀다. 시간이 쌓여갈수록 나는 네가 원하는 사람에 가까워졌다. 네가 원하는 사람이 되는 것은 내게도 좋은 일이었다. 네가 원하는 사람이 될수록 좀 더 나은 사람이 되고 있음을 느낄 수 있었다. 나는 다시 태어났다. 네가 나를 완벽하다 말했을 때, 만약 그렇다면 모두 네 덕분이라 생각했다. 네가 떠나고 많은 시간이 지났다. 돌이켜 보면 네 생각처럼 완벽한 사람은 아니었다. 너와 함께이기에 완전한 나로 사랑할 수 있었을 뿐이었다. 그런 기회를 주어 고맙다. 네가 아니었으면 상상도 못했을 모습으로 살아갈 수 있게 되었다.

완벽하지 않아 온전했던 그 때
불안한 서로를 완전히 신뢰하던 그 시절,
누구나 한 번은 겪는, 누구도 돌이킬 수 없는.
그 날은 내게 더 이상 아픔이 아니다.

44
재능

고등학교 때 노력하지 않아도 잘하는 과목이 있는 것이 은근히 자랑스러웠다. 누구나 가지고 있는 흔해 빠진 재능에 자부심을 가졌다. 교과서 대신 판타지 소설이나 무협지, 시집과 철학 서적을 들여다보며 지냈다. 공부와 동떨어져 있어도 뛰어난 부분이 있어 좋았다. 언어영역이나 윤리, 한국사 같은 과목들은 독서만으로도 괜찮은 성적을 거둘 수 있다. 노력하지 않아도 뛰어나다는 것이 그 때의 내게는 매력적이었다. 지금 생각해 보면 그 때 재능을 꽃 피울 수 있었다. 노력했다면 분명 달라졌을 거다. 아무것도 아닌 재능이라도 노력을 곁들였다면 좀 더 나은 삶을 살 수 있었다. 하지만 그러지 않았다. 후회해도 소용없고 후회하지도 않는다. 오히려 다행이라 여긴다. 그 때의 알량한 자존심은 부끄럽지만 어쩔 수 없다. 이제 재능 따위 한 줌도 남아있지 않다. 그래서 후련하다. 노력만으로 얻어낼 수 있어 기쁘다. 재능이 사라진 지금 노력해서 얻은 결과가 별 볼일 없을지도 모른다. 아무것도 이루지 못할지도 모른다. 하지만 그럼에도 불구하고 계속 시도해 볼 생각이다. 쉽지 않을 걸 알면서도 지속하는 끈기가 내게 남은 유일한 재능이다.

45
악몽

다시 생각해봐도 그렇게까지 비참한 일은 겪지 않는 편이 나았다. 그런 일을 겪지 않았다면 훨씬 나은 삶을 살 수 있었다. 하지만 생에는 상상도 못한 일이 일어나는 법이고 어떻게든 견디려 온 힘을 다할 수밖에 없다. 거친 파도에 휩쓸리는 동안 내일을 생각할 여유 따윈 없다. 정신을 잃지 않는 것만으로도 벅차다. 그 때 그랬더라면 혹은 그러지 않았다면 생각해봤자 소용없다.

감당하지 못할 행운은 사람을 망가뜨리기도 한다. 감당할 수 없는 불행이 사람을 성장시키기도 한다. 생각한 대로 이루어지지 않았지만 생각도 못한 삶을 살게 되었다.

46

보통의 지식

사람들이 일반적으로 알고 있거나 알아야 한다고 생각되는 지식. 사람들이 상식이라고 지칭하는 것들. 어디서부터가 교양이고 어디까지가 상식인 것일까. 자신이 하고 있는 공부, 자신이 근무하고 있는 직장에서 사용하는 스킬 따위를 상식이라 부르지는 않을 것이다. 그렇다고 나라의 수도나 국기 모양 따위가 상식이 될 수 없다. 애초에 지식이 상식이 될 수 있는 거라고 생각하지 않는다. 잡다한 지식을 대량으로 알기만 하면 상식적인 사람이 될 수 있다면 얼마나 좋을까. 나도 조금쯤은 상식적인 사람이 되어 제법 반듯한 삶을 살 수 있지 않았을까. 하지만 모든 지식은 결국 개인의 지식일 뿐이다. 모두에게 통용되는 상식은 존재하지 않는다.

우리가 알아야 할 유일한 상식은 자신의 상식을 타인의 상식으로 강요하지 않는 것뿐이다.

47

가사로 돌보는 마음

빨래를 좋아합니다. 설거지를 좋아합니다. 우울 할 때 빨래를 돌리면 힘이 납니다. 세제를 부은 뒤 힘차게 돌아가는 세탁기 모터소리를 들으면 뭔가 다시 시작할 마음이 솟아납니다. 잘 마른 빨래를 차곡차곡 개어서 넣는 차분함도 좋습니다. 세탁기가 돌아가는 동안 활기를 되찾습니다. 깨끗해진 빨래를 널면 부드러운 향기가 집 안에 가득합니다. 평화로워집니다. 설거지도 좋습니다. 양념이나 기름 따위가 묻은 그릇에 세제를 묻히고 씻어내는 과정을 좋아합니다. 깨끗한 물로 그릇을 헹굴 때의 청량한 기분이 좋습니다. 마른 행주로 싱크대를 닦아낸 후의 개운함이 좋습니다. 일정한 시간을 투자해서 일 하나를 완전히 마무리 하는 즐거움이 여기 있습니다. 살아가며 겪는 대부분의 문제는 완전히 해결되지 않습니다. 직장에서의 일은 하루 종일 해도 끝이 없습니다. 때로는 며칠이나 몇 달이 걸리는 프로젝트를 맡아야 합니다. 공부도 마찬가지입니다. 해도 해도 끝이 없습니다. 그래서 '끝이 있는' 가사노동이 좋습니다. 무언가를 완전히 끝냈다는 성취감이 듭니다. 아무 생각도 하지 않습니다. 노래를 틀어놓고 부지런히 손을 움직입니다. 어느새 한 가지의 일이 끝납니다. 청소 같은 경우는 그렇지 않습니다. 꼼꼼하지 못한 것도 문제지만 청소는 아무리 해도 끝이 나지 않습니다. 그래서 세분해서 청소

할 수밖에 없습니다. 어느 날은 변기를 깨끗이 닦아야지. 어느 날은 샤워헤드를 씻어야지. 서랍장을 정리해야지 이런 식으로 세분합니다. 가사를 귀찮게 여기는 사람들도 있습니다. 가사를 끝나지 않는 노동으로 여기기 때문입니다. 물론 가사를 제대로 돌보는 일은 무척 어렵습니다. 하지만 이왕 해야 한다면 즐거운 마음으로 임하는 편이 낫습니다. 가사는 손을 움직여 마음을 쉬게 하는 시간입니다. 투자한 시간만큼 삶의 질이 올라가는 행위라고 생각하면 낫습니다. 새로운 취미를 찾는 것도 멋지지만 가사를 돌보는 것도 나쁘지 않은 취미입니다. 아무 생각 없이 좋아하는 노래에 몸을 맡기고 그저 손을 움직입니다. 가사를 돌보는 시간은 마음을 쉬게 하는 시간입니다. 부지런히 손을 움직여 마음을 어루만지는 시간입니다.

세탁기를 위한 찬가

너희는 저 힘찬 파도 소리를 들어라.
세찬 파도에도 태산처럼
굳건히 버티고 서 있는 다리를 보라.

더러움을 씻어내는 숭고한 반복을 배워라

새해가 아니라도
해는 매일 아침 떠오른다.
바다는 멀리 있지 않고
너희 가슴 안에 있다
차곡차곡 빨래를 개듯이
너희 삶에 이미 주어진 행복을
마음껏 채워 넣어라.

48
결로

한 편은 뜨거운데
다른 한 편이 차가울 때
눈물 흘리는 것이
사랑만은 아니었구나.

뜨거운 쪽에서
차가운 쪽을 향해
눈물 흘리는 것이
이별만은 아니었구나.

내가 쉬는 숨은
누구의 몸도

데우지 못하고

외로운 벽에

얼룩만 새기는 구나.

49

끝과 시작

뜨겁게 타오른 연탄이

차가운 재가 되어 버려지는 것처럼

밤을 비추던 초가

눈물 한 덩어리로 굳어진 것처럼

즐겁게 노래하던 모닥불 위에

흙이 뿌려지는 것처럼

사랑 또한 끝이 났으나

당신을 뜨겁게 채우던 날들이 있었다.

당신을 눈부시게 비추던 날들이 있었다.

당신을 위해 노래 부르던 날들도 있었다.

기어이

나의 사랑이 끝난 곳에서

생은 다시 시작되었다.

50

밥솥 – 친구의
결혼식에 바침

너희는 이것을 갖고 가서
따뜻한 밥을 지어 먹어라
진밥도
된밥도
함께 먹어라

세상 모든 찬을 너희 앞에 놓지 못해도
너희가 가진 모든 것을 함께 나누어라
누군가 너희에게 손을 내밀 때
따뜻한 밥 한 끼를 나누어줄
넉넉함을 간직하라.
평생 함께 뜨거운 밥을 지어 먹고
뜨겁게 사랑하라.

서로를 사랑으로 먹여
행복을 길러라

51
———
안부

나를 위해 애쓰지 말고
너를 위해 아프지 마라

네가 잘 지내주는 일이
내게 잘 대해주는 일이다

네가 잘 되는 것만큼
네가 잘 있는 것 또한

내겐 기쁨이다

너는 내게
이미 기쁨이다

52
———
부재중 전화

일에서 관계에서
부재중이 되지 않기 위해
때로 우리는
스스로를 삶에서 소외 시킨다.

53

남강에서

다만 잊지 마라

해가 지는 저 편에서
반드시 아침이 시작되듯이
너의 세계 한 쪽에는
해가 뜨고 있음을
강물이 달려간 그 곳에서
너의 바다가
너를 기다리고 있음을
기억하라

마음껏 서러워하라
강물만큼 울어라
해가 지면 추워지는 것처럼
아프면 우는 것이 당연하다

54
——
고독

결코 좋아할 수 없다 해도
끝내 사랑할 수 없어도
전혀 서로를 원하지 않아도
오랜 세월을 함께하면
결국엔

잘 지낼 수 있게
된다는 것을

외로움에게 배웠다

55
——
사람이라는 풍경

사람을 풍경을 바라보듯 그저 바라볼 수 있다면 얼마나 좋을까 상상합니다. 하지만 사람은 바라보는 것만으로 만족하기 어렵습니다. 바라보다 보면 그 사람의 풍경의 일부가 되기를 바라게 됩니다. 심지어 풍경의 전부가 되는 것을 욕심내기도 합니다. 나의 풍경 안으로 들어와 머물기를 강요하기도 합니다. 한 사람이 살아온 풍경을 모두 품는 것은 불가능합니다. 불가능을 인정해야 합니다. 서글프지만 한 편으로는 근사한 일이기도 합니다. 불가능을 인정하고 나면 한 사람을 완전히 알 수 있다 생각하는 오만에서 벗어나게 됩니다. 한 사람을 소유하려는 탐욕이 사라집니다. 장대한 풍경을 보듯 겸손한 마음으로 한 사람을 보게 만듭니다. 탐욕이 아닌 여행으로 한 사람을 받아들이게 됩니다. 서로 다른 길을 걸어왔지만 서로의 풍경이 겹치는 지금에 경탄하게 됩니다. 계속 함께 걸어가더라도 각자가 보는 풍경이 완전히 같을 수는 없을 겁니다. 하지만 괜찮습니다. 같은 풍경 안에 잠시 머무는 것만으로도 멋진 기적입니다. 영원한 것은 세상 어디에도 없습니다. 그렇기에 사랑하는 것 중 소중하지 않은 것이 없습니다. 어디선가 쓸쓸한 풍경소리가 들립니다. 쓸쓸하기에 아름다운 소리가 가슴을 울립니다.

56
어른의 연애

어른의 연애라고 어리광을 피우지 않아야 한다거나, 유치하게 굴지 말아야 한다고 정해져 있지 않다. 가끔 어리광도 피우고 우스꽝스러운 표정으로 상대를 웃게 만들기도 해야 한다. 때로 유치해지지 못한다면 진지하게 사랑하고 있지 않은 거다.

어른의 연애는 상대를 홀로 내버려두지 않는다. 화가 났다고 혼자 걷게 하지 않는다. 서운한 말을 들었다고 혼자 내버려두지 않는다. 함께 있어야 하는 순간에 도망치지 않는다. 그러면서도 혼자인 순간이 필요할 때를 놓치지 않는다. 사랑하는 사람들이 같은 모양의 반지를 나누어 끼는 것은 같은 마음을 증명하기 위해서지 서로를 구속하기 위해서가 아니다. 나와 같은 마음을 가진 사람이 있음은 얼마나 근사한 일인가. 상대를 길들이려 할 필요 없다. 사람은 대부분의 것에 쉽게 익숙해진다. 내버려두면 익숙해질 것을 굳이 서두르지 않아도 된다. 나와 다른 - 그렇기에 사랑스러운 모습을 지켜주면 된다. 상대에게 나를 강요하지 않아야 한다. 낯선 것들은 조금씩 익숙해지고 익숙함은 따뜻함이 된다. 조급해 하지 않아야 한다. 어릴 때보다 덜 사랑해서가 아니다. 상대를 더 사랑하기 위해서다.

57
에쿠니 가오리

작가 한 명에 꽂히면 한동안 그의 책만 읽습니다. 광맥을 발견하고 캐내려 가는 광부처럼 책장을 넘깁니다. 한 사람 안에서 나온 인물들, 그들이 사는 세상 속에 파묻힙니다. 요즘은 에쿠니 가오리가 그런 작가입니다. 그녀의 작품에는 주위에서 쉽게 볼 수 없는 인물들이 나오고 그들은 이해하기 힘든 관계를 맺고 있습니다. 하지만 페이지를 넘기다보면 그들을 납득하게 만듭니다. 작가가 가진 문장의 힘은 놀랍습니다. 낙하하는 저녁이나 저물듯 저물지 않는 등의 소설을 홀린 듯 읽었습니다. 그녀의 소설을 모조리 읽어버렸습니다. 그녀의 에세이를 읽습니다. 「부드러운 양상추」란 몽글몽글한 푸드 에세이를 읽고 곧바로 「당신의 주말은 몇 개 입니까?」를 읽었습니다. 시간여행을 한 기분이었습니다. 1997년 서른네 살의 에쿠니 가오리와 2011년 마흔 여덟 살이 된 에쿠니 가오리 사이에 끼어 동시에 양 쪽을 바라보는 묘한 기분이 들었습니다. 남편과 설날을 함께 보내지 않고, 친정에 가서 남편을 그리워하는 것을 좋아하는 그녀와 대구탕을 끓이는 그녀 사이의 간격. 변한 것과 변하지 않은 것들 사이에 한참 머물렀습니다. 이제 막 결혼생활을 시작한 그녀와 설날이면 남편과 입춘 전날에 콩을 뿌리는 그녀 사이의 간격. 그래도 그녀의 삶은 끊이지 않고 이어져 왔을 겁니다. 14년의 간격, 1997년과 2011년의 사이 나는 어떤 선을 그렸을까요. 1997년의 나를 생각해 봅니다. 2011년의 나를 생각해 봅니다. 국제통화기금에 구제 금융을 요청한 날부터 세계 인구가 70 억 명을 돌파한 날까지. 어떻게든 살아남았습니다. 삶을 놓으려 한 날도 있었습니다. 많은 것들을 떠나보내고 많은 것을 포기한 채 살아왔습니다. 때로는 무엇을 잃었는지조차 흐릿합니다. 하지만 내 삶 안에 1997년의 나와 2011년의 내가 그대로 남아 있습니다. 1997년 고3이었던 나와, 2011년 결혼을 계획하던 나. 그리고 여기까지 온 나까지 모두 하나의 선 위에 서 있습니다. 살아온 날들의 숫자만큼의 내가 한 줄 위에 서 있습니다. 무수한 선이 교차했다가 다시 멀어지지만 하나의 선은 계속 이어집니다. 될 수 있는 한 긴 선을 긋고 싶습니다. 할 수 있는 한 짙은 선을 그리며 계속 살아가 볼 일입니다. 오늘 양상추를 사러 가야겠습니다. 양상추를 깨끗이 씻어 드레싱을 듬뿍 뿌려 먹어야겠습니다. 생기 가득한 양상추를 입 안에 밀어 넣고 난 후에 내게 남은 주말에 대해 생각해야겠습니다.

58

기부에 관하여

한 사람이 세상을 바꿀 수는 없습니다. 하지만 누구나 세상에 신념을 말할 수 있는 기회는 갖고 있습니다. 모든 사람을 도울 수는 없습니다. 모든 사람이 봉사자가 될 수도 없습니다. 후원단체를 믿을 수 없다고 합니다. 물론 그런 단체도 있습니다. 하지만 그렇지 않은 단체와 순수한 마음으로 봉사하는 사람들이 압도적으로 많습니다. 그것조차 믿을 수 없다면 세상은 너무 쓸쓸한 곳이 되지 않을까요. 자세히 알아보고 유심히 지켜보면 됩니다. 혹시 만에 하나 잘못된 일이 생기더라도 얼마간의 돈을 잃을 뿐입니다. 당신의 선의는 사라지지 않습니다. 오히려 누군가를 돕는 마음을 잃어버리는 쪽이 훨씬 손해가 아닐까요. 물론 기부나 봉사를 하지 않는다고 잘못된 것은 아닙니다. 혼자를 감당하기도 힘든 세상입니다. 자신의 가족을 먹여 살리는 것만으로도 고귀한 일입니다. 모든 사람을 도울 수는 없습니다. 하지만 누군가를 돕는 행위는 상대를 도울 뿐 아니라 자신의 삶을 일으켜 세우는 일입니다.

아프리카에 한 아이가 수술을 받지 못해 위급한 상황이란 소식을 보았습니다. 왠지 그 모습이 계속 떠올라 마음이 답답하고 아팠습니다. 얼마 되지 않는 돈을 입금하고 돌아오는 길 햇살은 어느 때보다 따뜻했습니다. 어느새 봄입니다.

59
필요로 하는 말

카프카의 책에서 어디가 목적지인지 알고 있냐는 하인의 물음에 주인공은 물론 알고 있다고 이곳에서 떠나는 것이 목적이라고 답하는 구절을 읽은 적이 있습니다. 노트에 옮겨 쓰기 전 이미 가슴에 새겨질 만큼 강렬했습니다. 잊지 못할 문장이 될 것을 예감했습니다. 그 문장은 그 때 내게 필요한 문장이었습니다. 그 문장을 새기지 못했다면 훨씬 오래 길을 헤맸을 겁니다. 오늘 로저젤라즈니의 책을 읽다 문장 하나가 가슴 속으로 파고들었습니다. "계속 나아가겠네." 나는 말한다. "그곳이 내가 원하는 장소야" 단순한 문장입니다. 하지만 지금의 내게 필요한 문장입니다. 오늘 내게 들려줘야 할 단 하나의 문장이었습니다.

60

공터

물론 놀이터에서도 놀았습니다. 우주뱅뱅이라 불렀던 선명한 노랑과 파랑, 빨강으로 칠해진 놀이기구를 돌리며 놀았습니다. 그네를 타고 누가 높이 오르는지 경쟁하고, 누가 멀리 뛰는지 겨루며 놀았습니다. 하지만 유년기 대부분은 공터에서 놀았습니다. 아무것도 없는 넓은 공간이 오히려 가장 멋진 놀이터였습니다. 구슬치기를 하고 자치기도 했습니다. 비석치기를 가장 좋아했습니다. 비석치기 전용 돌도 갖고 있었습니다. 사다리꼴 모양의 매끈한 돌을 보물처럼 아꼈습니다. 공터는 갯벌로 이어져 있었는데 갯벌로 가는 길에는 물고기용 아파트가 잔뜩 쌓여 있었습니다. 주사위 모양의 콘크리트 기둥 사이를 뛰어다니며 놀았습니다. 여름에는 쌍쌍바와 폴라포를 사다 먹었고, 겨울이면 나무를 모아 불을 피웠습니다. 고구마를 구워 먹었습니다. 고구마는 너무 타거나 설익었지만 항상 맛있었습니다. 고구마를 먹고 나면 불에 넣어둔 돌을 꺼내 시린 손을 녹이며 놀았습니다. 언젠가부터 공터에 조선소 자재들이 쌓이기 시작했습니다. 공터를 잃은 아이들은 골목으로 들어왔습니다. 네모난 딱지로 딱지치기를 하며 놀거나 동그란 딱지를 갖고 놀았습니다. 그러다 오락실이 생겼습니다. 오락실은 성스러운 곳이었습니다. 오락실 주인은 위대한 사람이었습니다. 파마머리에 수염이 덥수룩했던 그는 늘 무심한 얼굴로 스쿠터를 타고 왔습니다. 기다리는 아이들에게 눈길조차 주지 않았습니다. 그가 시크하게 셔터를 올리면 조명이 켜지기도 전에 아이들은 뛰어 들어가 각자 원하는 오락기 앞에 들러붙었습니다. 그 때 하루 용돈이 300원이었고, 오락은 한 판에 50원이었습니다. 오락실 한 쪽에는 50원짜리를 바꿔주는 교환기가 서 있었습니다. 여동생과 나는 보글보글 오락기 앞에 자리를 잡았습니다. 여동생은 신기한 기술을 갖고 있었습니다. 오락기의 전원을 껐다 키자마자 버튼과 조이스틱을 탁탁 몇 번 누르면 공룡들이 신발 아이템과 사탕 아이템이 기본으로 장착된 채 시작할 수 있었습니다. 여동생이 얼마나 멋져 보였는지 모릅니다. 어디서 배운 걸까요. 여동생 덕분에 파이널 스테이지에 가는 건 그리 어려운 일은 아니었습니다. 보글보글 게임이 끝나면 스노우브라더스 게임을 했습니다. 오락을 두 세판 하고 나면 하면 배가 고파 옵니다. 오락실 옆 구멍가게에서 50원짜리 갱엿을 사서 먹거나 먼지 쌓인 문어다리를 사 먹었습니다. 라면을 사서 생으로 부셔 먹기도 했습니다. 그러는 동안 공터는 잊혀 졌습니다. 초등학교 저학년 때는 오락실에서 놀았고, 고학년이 되어서는 시립도서관에 가서 책을 읽으며 놀았습니다. 다시 중학교에서 고등학교로 군대를 다녀오고 성인이 될 때까지 공터를 생각할 여유가 없었습니다. 정신 차려보니 어느새 중년이 되어 버렸습니다. 중년이 되고 나니 저 너머에 두고 온 것들이 그리워집니다. 공터는 모두 어디로 사라졌을까요. 그 때 그 아이들은 어디에 살고 있을까요. 동네에 한 명씩 있던 바보들은 어디로 가버린 걸까요. 쓸쓸해집니다. 공터는 사라지고 마음속 공허함은 커져 갑니다. 비어 있는 공간에 대한 막연한 그리움. 가슴이 먹먹해 동네를 산책합니다. 흙이 드러난 곳마다 푸른 것들이 자라고 있습니다. 할머니들은 아파트 숲 사이에서도 저마다의 텃밭을 찾아냅니다. 아이들은 아파트 귀퉁이에서 알 수 없는 놀이를 하며 까르륵 웃고 있습니다. 아이들 웃음소리가 하늘에 울려 퍼집니다. 어쩌면 공터는 사라진 것이 아닐지도 모릅니다. 공터를 버리고 온 것은 나였는지도 모릅니다. 공터를 버리고 삶의 기쁨을 놓아버린 것은 나였습니다. 유년 시절은 다시 오지 않을 테지만 공터는 어딘가에 있습니다. 나를 위한 공터를 찾아 낼 수 있을 겁니다. 희망은 아직 남아 있습니다.

61
___
증명, 생명

증명사진은 이마를 드러내고 귀를 보여야 합니다. 단정한 자세가 기본이고 엄숙한 표정은 필수입니다. 하지만 찍혀 나온 증명사진을 볼 때마다 낯섭니다. 이게 나야? 내가 이렇게 생겼다고? 저만 낯설어하는 것은 아닙니다. 주위 사람들도 마찬가지입니다. 왜 그럴까요.

증명사진에는 표정이 없습니다. 자유가 없습니다. 정체성이 없습니다. 사회적 규격에 맞춘 형상만 있을 뿐입니다. 증명에는 웃음도 슬픔도 배제됩니다. 증명은 생명의 자연스러운 움직임을 박탈합니다. 규격 속에 갇힌 삶은 고됩니다. 자아를 실현할 수 있는 일을 하지 못하면 삶은 무표정해집니다. 무미건조한 삶을 살고 싶지 않다면 용기를 내야 합니다. 하고 싶은 일에 도전해야 합니다. 하고 있는 일을 바꿀 수 없다면 하고 싶은 무언가를 찾아내 취미로 삼아야 합니다. 오롯이 자신을 위한 일을 해야 합니다. 잘하지 못해도 상관없습니다. 즐겁다면 그걸로 된 겁니다. 누군가에게 증명할 필요가 없는 일을 하는 걸로 충분합니다.

62
망작, 열연

영화가 흥행에 실패하는 이유는 수 없이 많습니다. 시나리오가 엉망이라서, 시대상황과 맞지 않아서, 단순히 운이 없어서, 억지 설정이라서, 예측 가능한 평면적 인물만 가득해서, 도저히 납득할 수 없는 인과관계 때문에. 영화 보는 내내 아니 억지 부리지 말아줘. 설마 그런 대사(혹은 행동)를 하려는 건 아니지. 마음 졸이게 만드는 영화도 있습니다. 그런 영화일지라도 기억에 남는 멋진 장면이 등장합니다. 멋진 장면에는 배우의 열연이 있습니다. 죽은 영화

안에도 살아있는 장면들이 있습니다. 영화는 잊어도 장면은 사라지지 않습니다. 인생도 그렇지 않던가요. 인생의 시나리오는 제멋대로입니다. 동료와 호흡을 맞추는 일은 버겁고, 애초에 호흡을 맞출 마음이 있긴 한지 의문스러운 동료도 있습니다. 계속 사건만 터져서 도무지 집중할 수 없게 만드는 영화 같습니다. 그래도 최선을 다해볼 수밖에 없습니다. 세상에서의 역할이 무엇인지 몰라도 할 일은 해야 합니다. 도대체 어느 인간이 이따위 시나리오를 썼는지 몰라도 자신의 배역에 집중해야 합니다. 결코 전체를 볼 수 없겠지만 내가 등장하는 장면은 통제할 수 있습니다. 세상에서는 하찮은 엑스트라에 불과할지 모르지만 그래도 생의 주인공은 나입니다. 내가 등장하는 모든 장면의 주인은 나입니다. 컷 사인이 나올 때까지 열연을 펼쳐볼 수밖에 없습니다.

63
쓸모없는 약속의 힘

약속은 신성합니다. 약속을 했으면 반드시 지켜야 합니다. 시간약속을 지키는 것은 당연합니다. 누군가와 만나기로 했을 때 내 쪽에서 늦은 기억은 없습니다. 약속을 지키지 않는 사람과는 관계를 이어갈 수 없습니다. 그들이 나쁜 사람이어서가 아닙니다. 약속을 잘 지킨다고 내가 좀 더 나은 인간인 것도 아닙니다. 그저 약속을 지키지 않는 사람을 신뢰할 수 없을 뿐입니다. 신뢰할 수 없는 사람과는 마음을 나눌 수 없습니다. 물론 타인과의 약속만 중요한 것은 아닙니다. 사소한 나와의 약속도 중요합니다. 새벽녘 차 한 대 지나다니지 않는 신호등 앞에서 멍하니 기다리는 일, 공과금을 연체시키지 않고 제 때 납부하는 것, 쓰레기를 함부로 버리지 않는 것, 그런 사소한 것들도 약속입니다. 자신과의 약속을 어기면 스스로를 믿을 수 없게 됩니다. 사소한 것이니 어겨도 좋다고 여기는 순간, 아무래도 좋을 인생이 됩니다. 약속을 잘 지킨다고 대단한 사람이 되는 것은 아닙니다. 대단한 사람이 되지 못해도 좋습니다. 대단치 않은 것을 지키며 살아가려 합니다. 약속을 지키는 습관이 지금까지 나를 지켜준 힘이라 믿고 있습니다.

64
그대로의 슬픔

7년만이다. 그녀가 어떻게 내 연락처를 알았는지는 물을 수 없었다. 어쨌든 중요한 것은 그녀에게 전화가 왔다는 사실이다. 그 시절 자주 가던 찻집에서 만나기로 했다. 서호시장 맞은편 이층에 있던 시공이란 찻집. 그 때 나는 생의 길고 우울한 터널을 통과하는 중이었다. 어둠이 어디까지 이어져 있는지 알 수 없었고, 어둠에서 빠져나갈 생각이 있는지도 모호했다. 하지만 그녀를 만나러 나가지 않을 수 없었다. 그녀는 내게 처음 꽃을 준 사람이다. 내가 사랑한 사람이다. 정식으로 사귄 것은 아니지만 처음으로 좋아했던 사람이다. 그 날 누가 먼저 와서 기다리고 있었는지는 선명하지 않다. 하지만 그녀가 웃으며 "오빠는 그대로네"라고 말했던 순간은 선명하게 기억난다. 그 다음 무슨 말을 했던가. 그녀의 피부는 여전히 희었다. 그녀의 눈은 조금 어두운 찻집 안에서 별처럼 반짝거렸다. 고등학교 때는 얼굴도 제대로 보지 못했다. 오히려 그녀의 턱 선을 선명하게 기억하고 있다. 그녀가 그대로라고 말한 마음에는 순수한 기쁨이 들어있었다고 확신한다. 왠지 안심하는 느낌이 드는 말투였다. 변하지 않고 그대로인 것을 보고 마음을 놓게 되는 안도감이, 그녀의 표정 안에 있었다. 이런저런 이야기를 나누었다. 얼마나 이야기를 나누었는지 기억나지 않는다. 그 날 그녀에게 청첩장을 받았다. "오빠 나 결혼해, 그 전에 한 번은 만나고 싶었어." 축하한다는 말을 했고 결혼할 사람에 대해 물었다. 아마 그랬을 거다. 찻집에서 나온 기억은 나지 않는다. 영업시간이라는 것이 있으니 분명 나오기는 했을 것이다. 아마 그 찻집에 나의 무언가가 그대로 남겨진 것은 아닐까 짐작한다. 그대로인 사람은 그 곳에 계속 있을 거다. 찻집이 사라지건 그대로 있건 상관없이 그 때의 그 곳에 남겨졌을 거다. 그녀가 잘못한 것은 없다. 진심으로 반가웠다. 어디선가 나처럼 나이를 먹고 있을 그녀가 행복하기를 바란다. 그녀에게는 그럴 자격이 있다. 그녀가 첫사랑이었다는 사실에 감사한다. 문제는 그대로인 나다. 사람들은 변한다. 세월에 맞서며 어딘가로 나아간다. 나아가며 조금씩 다른 사람이 되기도 한다. 하지만 세월이 지나도 전혀 변하지 못하는 사람이 있다.

그대로인 사람은 언제나 사람들이 변해버리는 것을 끝까지 지켜보아야 한다. 서글픔을 감당해야 한다. 변해가는 것들의 뒷모습을 견뎌야 한다.

65
말씀

겨울 볕이라 그을지 않던가.
여름 소나기라서 감기 들지 않던가.
아픔은 사소한 틈에서 온다.
아픔은 무심함에서 시작 된다.

66
떠오르다

프리지아 하면 첫사랑이 생각납니다.
꽃을 보고 누군가를 떠올릴 수 있는
삶은 풍요롭습니다. 떠오르는 사람은
과거에 존재하기도 하고 현재에 존재
할 수도 있습니다. 떠오른 누군가로

인해 슬퍼질 수도 행복해 질수도 있습니다. 아무래도 좋습니다. 꽃을 보고 누군가의 얼굴을 떠올릴 수 있다면 나쁘지 않은 삶입니다. 꽃이 아니라도 좋습니다. 갓 지은 밥을 보고 누군가를 떠올려도 좋고, 붕어빵을 보며 누군가를 떠올려도 좋습니다. 떠올릴 과거를 갖고 있다면 감사한 삶입니다. 떠올릴 수 있는 시간을 갖고 있다면 삶은 여유롭습니다. 누구도 깨끗하기만 한 삶을 살진 못합니다. 이별, 실패, 고통, 아픔 무수한 얼룩이 삶에 새겨집니다. 얼룩은 세월로 녹입니다. 세월에 녹은 얼룩들은 생의 무늬가 됩니다. 삶의 색깔이 됩니다. 깨끗한 물에서는 무엇도 떠오르지 않습니다. 깨끗한 물에 물고기가 살지 못하듯, 아픔이 없는 삶에는 색이 입혀지지 않습니다. 지저분한 삶이라도 좋습니다. 흙탕물이 연꽃을 피워 올리듯, 떠올릴 수 있는 것이 존재하는 삶은 그저 아름답습니다.

67

대학가에서 사는 것

졸업

길 곳곳에 탁자와 의자가 널려 있습니다. 뭔가 했더니 내일이 대학교 졸업식입니다. 꽃을 파는 장사치들이 미리 자리를 잡으려 탁자와 의자를 갖다 놓은 겁니다. 체인과 자물쇠를 사용해 가로수에 묶어 놓은 의자들이 쓸쓸해 보입니다. 내일부터 학교에는 졸업생을 위한 의자가 없습니다. 졸업생 몇몇을 제외하고는 사회에도 아직 그들의 의자가 준비되어 있지 않습니다.

내일 장사치들이 팔고 남은 꽃을 들고 돌아갈 때, 졸업식을 마친 그들도 남은 희망을 잊지 않고 무사히 찾아가길 바랄 뿐입니다. 단어 graduation(졸업)과 gradation(단계적 차이)는 무척 닮았습니다. u가 있고 없고의 차이 뿐입니다. 졸업생들이 어떻게든 스스로의 삶을 개척해나가길 바랍니다. 그들이 다채로운 색으로 삶을 물들이길 기원합니다.

입학

졸업한 학생들이 떠난 자리를 새로운 얼굴들이 채웁니다. 신입생들의 얼굴에 두려움은 없습니다. 설렘과 묘한 긴장감 사이에서 젊음이 반짝거립니다. 두려움이 구체화되지 않은 멋진 시절입니다. 신입생들은 술 마시고 연애하고 실연하고 공부하고 시험을 보며 세상을 배울 겁니다. 해마다 입학하는 신입생 덕분에 대학은 늙지 않습니다. 늘 젊고 활기찹니다. 그래서 나이 듦이 도드라지는 서글픔이 있습니다. 하지만 젊음의 기운을 느끼는 기쁨도 있습니다. 20년 전 이맘 때 나 역시 신입생이었습니다. 같은 학교의 국문학과 새내기였습니다.

국제구제금융 여파로 가장들은 실직하고 대기업들이 줄줄이 넘어졌습니다. 그래도 어디서건 생은 계속되는 법입니다. 1년만이라도 대학교를 다니고 싶었습니다. 수능 다음날부터 주유소아르바이트를 해서 등록금을 벌었습니다. 졸업 사진도 찍지 못했습니다. 졸업식에 참석했다가 다시 주유소로 돌아와 기름을 넣고 차를 닦았습니다. 대학 1년간은 무척 즐거웠습니다. 선배에게 건방지다며 얻어맞기도 하고, 방학 때 학비를 벌려고 나간 이삿짐센터에서 일하다 허리가 박살나기도 했지만 그래도 즐거웠습니다. 새로운 사람들을 만나고 멋진 경험도 했습니다. 군대에 있어보니 학교로 다시 돌아오고 싶었습니다. 비로소 학업에 대한 열망을 느꼈습니다. 그래서 군복무를 마친 후 악착같이 돈을 벌었습니다. 여러 일을 전전했지만 끝내 학교로 돌아오지 못했습니다. 이제는 모두 추억입니다. 해마다 어김없이 3월이면 싱그러운 얼굴들이 캠퍼스를 채웁니다. 그들의 1년이 즐겁기를 바랍니다. 취업을 걱정하고, 학점에 고달프고, 사랑에 상처받더라도 삶에 조금쯤은 즐거운 일이 있다는 사실을 잊지 않기를.

68
인생감독관

잠들기 전에는 어김없이 아이디어가 떠오릅니다. 자고 일어나면 잊어버릴까봐 메모합니다. 새벽에 많은 아이디어가 떠오르는 이유는 감독관이 없기 때문입니다. 무조건 '일단' 적고 봅니다. 좋은 아이디어인가, 나쁜 아이디어인가 '판단' 하지 않습니다. 우리는 모든 것을 잘하려 합니다. 잘 할 수 있는 지 계산해 보고 미리 포기합니다. 시작을 막는 것은 잘하려는 마음입니다. 잘하지 않으면 어떻습니까. 감독관의 힘이 강해지면 희망은 설 자리가 없습니다.

판단은 불행을 피하게 해주지만, 일단은 행복을 찾을 기회를 줍니다. 너무 많은 것을 판단하느라 시작할 기회를 놓치는 것은 안타까운 일입니다. 경기를 판단하는 감독으로 살 것인지 아니면 경기를 즐기는 선수가 될 것인지 결정해야 합니다.

69
그 때

죽고 싶다 생각하면 가슴이 타는 듯 했고, 살고 싶다 생각하면 머릿속이 하얘졌습니다. 그러나 어쨌건 아직 죽지 않고 살아남았습니다. 살고 싶었던 그 때, 죽고 싶었던 그 때를 과거형으로 말할 수 있어 다행입니다. 그 때를 생각하면 아득합니다. 그 때로 다시 돌아가면 더 나은 선택을 할 수 있을까요. 그렇지 않을 겁니다. 그 때처럼 견딜 수 있을 것 같지 않습니다. 나는 그 때보다 강해지지 못했습니다. 하지만 한 가지는 알게 되었습니다. 모든 순간이 결국 그 때가 되어 세월의 저 편으로 사라지는 것을 깨달았습니다. 모든 순간이 그 때가 될 것을 압니다. 모든 것이 사라지고 마는 것은 생이 끝나는 날까지 남아 있을 희망입니다.

70
심야버스

밤의 버스 안은 조용합니다. 야간 조명을 켤 수 있는 시외버스를 만나기란 쉽지 않습니다. 책을 읽을 수 없으니 멍하니 창밖을 바라봅니다. 반대편 차선으로 스쳐가는 헤드라이트 불빛을 셉니다. 터널 속 하얗고 노란 불들이 뒤편으로 사라집니다. 한 번도 가본 적 없는 도시에 총총 떠있는 불빛을 바라봅니다. 시선은 더 먼 곳을 향합니다. 어둠 속에서도 선명한 산의 실루엣을 바라봅니다. 별빛을 바라봅니다. 아무 말도 필요하지 않습니다. 침묵을 받아들입니다. 아무 생각도 하지 않습니다. 온 몸으로 밤을 흡수합니다. 깊은 밤을 향해 달리는 버스 안에서 마음은 어느 때보다 평안합니다. 어둠 속에서 작게 빛나는 것들을 바라보는 정겨움이 여기 있습니다.

71
양배추

양배추 4분의 1통을 샀습니다. 양배추 채를 썰어 케첩과 마요네즈를 뿌려 치킨에 곁들여 먹었습니다. 다음 날 아침에는 남은 양배추를 끓는 물에 5분간 데쳤습니다. 부드러워진 양배추에 밥을 올리고 간장을 적셔 먹었습니다. 700원짜리 양배추로 두 끼를 먹었습니다. 생양배추는 억셉니다. 입을 다문 악어처럼 고집이 셉니다. 하지만 양배추는 뜨거운 물을 만나면 금방 달고 포근해집니다. 싱싱한 기운을 몸으로 흡수해 양배추 같은 사람이 되고 싶습니다. 억세고 싱그러운 하지만 뜨거운 마음을 만나면 한 없이 부드럽고 달콤해지는 그런 사람이 되고 싶어졌습니다.

72
가짜뉴스

속담은 시대를 초월한 지혜를 품고 있지만 현재는 통용되기 어려운 속담도 존재합니다. 오랜 세월을 버텨왔다고 해서 영구불변한 진리가 되는 것은 아닙니다. 특히 아니 땐 굴뚝에 연기 나랴. 는 속담은 더 이상 통용되기 어렵습니다. 굴뚝이 사라진지가 언제입니까. 어디서 왔는지도 모를 뉴스가 사실처럼 유통됩니다. 누가 말했는지 확실하지 않은 소문이 진실로 포장됩니다. 이익을 위해 생산되고 확대됩니다. 가짜뉴스가 범람하는 시대를 살고 있습니다.

나부터 무심결에 가짜뉴스를 만들지 않게 조심하려 합니다. 확실하지 않으면 이야기 하지 않으려 합니다. 확실해도 누군가를 해칠 우려가 있다면 말하지 않으려 합니다. 혹시 어디선가 뉴스를 듣게 되어도 소문을 나에게서 끝내고 퍼뜨리지 않습니다. 가짜는 진실보다 몇 배 빨리 전해집니다. 뉴스가 진실인지는 중요하지 않습니다. 유통되는 뉴스가 혹시 진실이라고 해서 무슨 상관입니까. 나와는 아무 상관없는 일입니다. 자극적인 음식으로 스트레스를 푸는 건 괜찮지만, 자극적인 말에 중독되면 마음이 병듭니다. 나와 상관없는 말로 마음을 오염시키지 않으려 합니다. 타인이 해석한대로 세상을 바라보지 않으려 합니다. 타인이 원하는 대로 놀아나지 않으려 합니다. 멀리서 연기가 난다고 허둥지둥 할 필요 없습니다. 스스로 중심을 잡고 있는 사람은 가짜뉴스에 놀아나지 않습니다. 한 번뿐일 자신의 생에 집중하는 편이 세상을 위해서도 나은 일입니다.

"세상에 뉴스라니!
그보다는 시간이 지나도 변치 않는 것을 아는 게
훨씬 중요하지 않은가!"

– 헨리 데이비드 소로

73

—

문장을 만나다

대부분의 문장은 단순히 읽혀질 뿐이지만 간혹 만남이라 느껴지는 문장이 있습니다. 마주친 문장은 실재로 살아있습니다. 외울 필요도 없습니다. 옮길 필요도 없습니다. 문장과 마주친 순간 가슴에 새겨집니다. 살아있는 문장은 어쩌면 나를 찾아오는 건지도 모릅니다. 절망의 순간 나를 안아주기 위해 옵니다. 기쁨의 순간 겸손을 가르쳐주기 위해 옵니다. 일상에 지쳤을 때 반복의 위대함을 알려주기 위해 내게 옵니다. 내게 와 나를 이루는 무언가가 됩니다. 문장은 나를 대신해 말해줍니다. 살아있는 문장은 화려하지 않습니다. 미사여구로 치장할 필요가 없습니다. 살아있는 문장은 간결합니다. 아름다운 말보다 진심이 담긴 말이 가슴을 울립니다. 글도 다르지 않습니다. 진심을 담는 그릇은 빛날 필요가 없습니다. 진심을 담을 만큼 단단하기만 하면 됩니다. 살아있는 문장에 담긴 진심은 만남의 순간 인간의 영혼에 스며듭니다. 풍요로운 생은 그저 물질만으로 이루어지지 않습니다. 떠올릴 수 있는 이름들, 사랑으로 가득했던 날의 추억, 특별하게 간직한 장면들. 그리고 진심이 담긴 말이 넉넉해야 삶이 풍요로워집니다. 누군가 진실한 마음을 담아 말을 전하면 듣는 순간 가슴에 스며듭니다. 생이 놀라운 것은 아무도 곁에 없을 때조차 진심이 담긴 말을 얻을 기회가 있는 겁니다. 독서라는 여행을 통해 얻는 선물입니다. 새로운 페이지를 펼치는 것은 한 번도 만난 적 없는 풍경 속으로 들어가는 일입니다. 풍경 속에서 새로운 이야기를 접하고, 가끔 살아있는 문장을 만나게 됩니다. 그를 만나기 전까지 알 수 없으나 만나는 순간 깨닫습니다. 그를 필요로 했음을 알게 됩니다.

우리가 다시 태어나는 순간이 있다.
진정으로 사랑할 때
절실한 꿈을 위해 행동할 때
그리고 한 권의 책을 덮었을 때

74
곧게 늙다

곱게 나이 먹는 일에 대해 미리 생각해야 할 때입니다. 한참 뒤의 일이라고 내버려 두었다가는, 너무 늦어 손쓸 수 없게 될지도 모릅니다. 곱게 나이 먹는다는 건 예쁘게 늙으라는 말이 아닙니다. 삶에 순응하는 겸손을 배우라는 뜻입니다. 어릴 때는 치기로 받아들여질 언행도, 나이 먹고 난 후에는 모나 보이기만 합니다. 곱게 나이 먹는 것은 세상의 변화를 인정하는 일입니다. 관용을 품는 일입니다. 욕심을 조금 부리자면 곱게 늙는 것에 그치지 않고 곧게 나이 먹고 싶습니다. 지금껏 삶에서 얻은 지혜를 행동으로 실천하며 살고 싶습니다. 깊게 나이 먹고 싶습니다. 세월이 주는 이야기들을 마음에 받아들이며 살고 싶습니다. 타인의 말만 듣고 살 것을 두려워해야 할 시기가 청춘이라면, 지금부터는 타인의 말에 귀를 막는 것을 두려워해야 합니다. 지금까지처럼 살면 된다고 여겨서는 안 됩니다. 배울 것은 얼마든지 있습니다. 나이 먹는 것을 두려워 할 것이 아니라, 배우지 못할 것을 두려워하며 살고 싶습니다.

75
두부

두부는 조리하지 않아도 완전한 음식입니다. 그냥 먹어도 맛있습니다. 충직한 맛이 몸에 스며듭니다. 두부에서는 건강하고 기쁜 맛이 납니다. 몸이 즐거워하는 것을 느낄 수 있습니다. 간장을 뿌려 먹어도 좋고 김 가루를 뿌려 먹어도 좋습니다. 노릇노릇하게 구워 먹으면 몸을 감싸 안는 기분이 듭니다. 차가운 연 두부를 떠먹어도 좋고 따끈따끈한 순두부도 좋습니다. 이렇게 충실한 음식은 흔치않습니다. 밥 해 먹기 애매할 때는 두부만 먹어도 든든한 한 끼가 됩니다. 인간이 만든 제품 중에 이보다 완벽한 음식이 있을까요. 우유는 먹기에는 수월하지만 아쉬움이 남습니다. 포만감이 모자랍니다. 게다가 한국사람 중에는 우유를 제대로 소화시키지 못하는 사람이 상당히 많습니다. 바나나는 포만감은 있지만 쉽게 변질됩니다. 바나나는 요리할 방법도 마땅치 않습니다. 셰이크가 고작입니다. 두부는 여러 면에서 압도적입니다. 두부 자체로 충분한 요리가 되지만 그러면서도 전혀 뽐내지 않습니다. 어떤 재료와도 어울릴 줄 압니다. 두부가 어울리지 않는 요리는 거의 없습니다. 김치찌개에 들어가도, 부대찌개에 들어가도, 된장찌개에 들어가도 원래 거기 있어야 할 재료처럼 완벽하게 어우러집니다. 두부에 김치만 곁들여도 훌륭한 안주가 됩니다. 두부는 스스로 오롯하면서도 겸손함을 잃지 않습니다. 뜨거우면 뜨거운 대로, 차가우면 차가운 대로 맛있지만 본연의 맛을 잃지 않습니다. 담백하게 스며드는 정직한 맛을 지닌 두부가 좋습니다. 순백의 고결함을 가지고 있지만 어디에나 섞여드는 두부의 품격을 배우고 싶습니다.

76
2020 원더키디의 생애

어릴 때 접한 만화영화는 대체로 암울했습니다. 은하철도 999에서 어린 철이는 기계인간이 되기 위해 안드로메다로 떠나 우주를 헤맵니다. 엄마 찾아 삼 만리에서 9살짜리 마르코는 엄마를 찾아 밀항까지 시도하지만 어긋나기만 합니다. 마침내 찾은 엄마는 병에 걸려 있습니다. 베르사이유의 장미에서 오스칼은 남장을 하고 살아가야 했습니다. 개구리 왕눈이는 온갖 지질한 짓은 다하고 다닙니다. 그러다 울면서 피리나 붑니다. 13살의 여자아이 하니는 아버지의 재혼에 앙심을 품고 가출합니다. 노총각 선생님의 지도 아래 달리기 선수가 됩니다. 아무 잘못 없는 나애리를 증오합니다. 달리기를 할 때마다 중요한 순간이 되면 엄마의 환상을 봅니다. 외계인에 의해 납치되어 새로운 시대에 던져진 아기공룡 둘리, 엄마를 찾아 떠나는 것은 유행입니다. 심지어 자동차도 엄마를 찾아 떠납니다. – 아기 자동차 붕붕. 플란다스의 개에서 네로와 파트라슈는 얼어 죽습니다. 개구쟁이 스머프는 공산주의가 가미된 이야기였습니다. 배추도사 무도사라던가, 모래요정 바람돌이 같이 즐겁게 기억되는 만화도 있긴 하지만 아무리 그래도 비극적인 설정이 너무 많았던 것은 아닐까요. 아무리 일본에서 수입된 만화를 대충 틀었다 해도 납득이 되지 않을 정도로 비극적인 내용이 많았습니다. 사람의 마음에는 희극 보다 비극이 쉽게 자리 잡습니다. 마음에 자리 잡은 비극은 쉽게 사라지지 않습니다. 그 때 어른들은 무슨 생각이었을까요. 이런 만화를 아이들에게 보여줘도 괜찮다고 판단했을까요. 그런 것까지 생각하기에 사는 것이 너무 힘들었던 걸까요. 독재, 빈부격차, 급격한 산업화, 핵가족화, 탈 농촌 현상의 심화. 민주화에 대한 갈망. 그러한 현실 앞에서 아이들이 어떤 만화를 보는지는 생각할 겨를이 없었을까요. 이제 그 시절 만화를 보고 자란 아이들이 사회 시스템에서 중추적인 역할을 맡게 되었습니다. 지금 시대의 아픔을 만든 것은 그런 만화의 영향도 조금쯤은 잊지 않을까요. 머나먼 행성에서 홀로 악당과 싸우던 아이캔은 지금 어디에 있을까요.

77
마왕을 위하여

마왕의 시대가 있었습니다. 그의 음악이 내 아이덴티티의 일부를 이룬다는 사실은 부정할 수 없습니다. 성인의 트로트, 청년의 포크음악이 주류이던 시절에 나타난 그의 음악은 혁명이었습니다. 물론 마왕 이전에도 락은 존재했습니다. 하지만 그토록 강렬하게 영혼에 새겨진 가수는 그가 처음이자 마지막입니다. 처음 그를 만나던 날을 기억합니다. 외종 사촌형의 방이었습니다. 사촌형의 방에는 mc 해머의 흑백 포스터가 붙어 있었습니다. LP 가 몇 장 있었습니다. LP말고도 테이프도 잔뜩 있었습니다. 사촌형은 내게 마왕의 노래를 들려주었습니다. 충격이었습니다. 놀란 내 표정을 보던 사촌형은 테이프 하나를 주었습니다. 앨범은 넥스트 1집이었습니다. The home, 인형의 기사를 비롯해 도시인, 외로움의 거리, 증조할머니의 무덤가에서, 아버지와 나, 집으로 가는 길, 영원히, turn off the tv로 구성된 음반이었습니다. 테이프가 끊어질 때까지 듣고 또 들었습니다. 결국 테이프가 끊어져서 연필로 테이프를 말아 스카치테이프로

붙여 들었습니다. 나중에 똑같은 음반을 사야 했습니다. 인생과 가족, 텔레비전의 권력, 젊은이의 꿈, 도시인으로써의 삶, 아버지라는 존재를 바라보는 아들까지 다룬 음반에는 단어 하나, 음표 하나 버릴 게 없었습니다. 2집 the return of next는 락 음악으로는 공전의 히트를 쳤습니다. 그 시절 날아라 병아리를 모르는 사람은 없었습니다. 마왕은 내게 교주였습니다. 마왕의 앨범을 전부 샀고 모든 앨범을 닳을 때까지 들었습니다. 닳을 때까지 음악을 들었던 추억이 자랑스럽고 서글픕니다. 반복해서 들으면 테이프는 늘어지기 마련입니다. 기술의 한계 덕분에 음악을 아끼는 법을 배웠습니다. 음악에 집중할 수 있었습니다. 신해철의 음악을 들으며 청소년기를 무사히 보냈습니다. 신해철의 음악도시를 들으며 긴 밤을 견딜 수 있었습니다. 넥스트는 해체했고 마왕은 어처구니없이 세상을 떠났습니다. 그러나 마왕의 음악은 '영원히' 내 마음 안에 있습니다. 그가 내게 보여 준 '대양'은 아직도 나를 설레게 합니다. 마왕이 만든 노래가 아니라도 나를 놀라게 만든 음악은 존재합니다. 하지만 마왕의 음악이 내게 준 특별함은 사라지지 않습니다. 나를 증명하는 아이덴티티로 마왕의 음악은 세상에 남아 있습니다. 마왕의 음악이 지닌 힘은 결코 흩어지지 않습니다.

잘 가요, 마왕 언젠가 다음 세상에서도 당신의 음악을 들을 수 있길 소망합니다.

78

우리가 만든 세상

1994년 10월 21일 오전 7시 성수대교가 무너졌습니다. 출근하던 시민 49명이 한강으로 추락했습니다. 그 중 32명이 사망했습니다. 원인은 공무원들의 부정부패와 건설사의 부실공사 때문이었습니다. 불과 1년이 지나기 전에 삼풍백화점이 붕괴했습니다. 1995년 6월 29일. 이미 심각한 붕괴의 조짐이 있었으나 백화점 경영진은 영업을 강행하기로 결정합니다. 백화점이 완전히 붕괴하는 데 걸린 시간은 고작 20초. 백화점 붕괴로 501명이 사망했고 6명이 실종되었으며 부상당한 사람은 937명이었습니다. 세상은 생각보다 안전하지 않다는 것을 알았습니다. 그 때 나는 고작 중학교 3학년이었습니다. 2003년 2월 18일 대구 중앙로역에서 지적장애를 가진 남성이 휘발유를 뿌리고 불을 붙였습니다. 192명이 불에 타고 연기에 질식해 죽었습니다. 148명이 부상당했습니다. 2014년 4월 16일 제주로 향하던 여객선이 침몰했습니다. 304명의 승객이 사망했습니다. 대부분 어린 학생들이었습니다. 당국은 화물 과적과 무리한 선체 증축 등이 원인이라 밝혔습니다.

잊을 방법은 없습니다. 아무리 괴로워도 잊어서는 안 됩니다. 다리가 끊어지고 백화점이 무너졌을 때 나는 어렸습니다. 나약하고 무력했습니다. 하지만 지하철에 불이 났을 때 나는 어른이었습니다. 잘 죽었다는 택시기사의 멱살을 잡는 것 말고도 할 수 있는 일이 있었을 겁니다. 아이들이 물에 잠길 때 나는 아무것도 하지 못했습니다. 세월이 흘러도 죄책감은 덜어지지 않습니다. 그들은 내가 될 수도 있었습니다. 그들은 나였습니다. 단지 불편하다는 이유로 잊어서는 안 됩니다. 아이를 잃은 어머니에게 이제 그만하라고 말해서는 안 됩니다. 피해 갈 수 없는 위협 앞에서 우리는 힘을 모아야 합니다. 질문해야 합니다. 지금 우리는 나아지고 있는가. 조금 나은 삶을 향해 가고 있는가. 우리 사회를 붕괴시킬 위험은 없는가. 무수한 붕괴의 조짐을 무시하는 것은 아닌가. 너무 두렵습니다. 두려운 일이기 때문에 기억해야 합니다. 아무 이유 없이 죽어간 그들을 추모해야 합니다. 그들을 추모하는 것은 죄책감을 안고 살아가기 위해서가 아닙니다. 그들을 기억함으로써 좀 더 나은 세상을 만들기 위해서 입니다. 그들의 죽음을 아무 의미 없는 것으로 만들지 않아야 합니다. 우리도 희생자가 될 수 있습니다. 떠난 그들을 잊는 것은, 그들의 희생을 아무것도 아니게 만드는 행위입니다. 진실을 밝혀야 합니다. 그들의 피를 기억해야 합니다. 그리고 충실한 삶을 살아야 합니다. 그리고 그런 불행한 일이 일어나지 않도록 지켜봐야 합니다. 그들의 몫까지 분노해야 합니다.

79

초긴장 춘곤증

동백은 추운 겨울부터 피어 애타게 봄을 부릅니다. 동백 지는 것을 기다리지 못하고 홍매화가 피어납니다. 고결한 백매화가 뒤를 따릅니다. 귀한 백목련과 자목련이 나무에서 피어나 하늘을 향합니다. 벚꽃은 봄의 절정입니다. 절정의 아름다움을 개나리가 울타리를 치고 지킵니다. 산에서 들에서 진달래와 산철쭉이 천지로 자라납니다. 봄의 절정이 지난 아쉬움을 단아한 겹 벚꽃의 화려함이 달래줍니다. 라일락 향기가 은은하게 퍼집니다. 불두화가 주렁주렁 매달립니다. 이팝나무 위에 하얀 비가 내립니다. 그래서 매화가 피어나기 시작하면 조바심이 납니다. 어느새 봄. 지금부터 긴장해야 합니다. 화려한 봄의 불꽃놀이가 시작되기 직전의 고양감이 나를 감쌉니다. 깜빡 졸아버리면 어느새 끝나 버릴 것 같은 두려움에 쉽게 잠들지 못합니다. 밤거리로 나가 가로등 아래 빛나는 벚꽃을 한참이나 바라보다 돌아옵니다. 봄철에 꾸벅꾸벅 졸게 되는 것은 단순히 날이 풀렸기 때문만은 아닙니다. 버스 안에서 조는 사람을 보며 저 사람도 어젯밤 지는 꽃이 아쉬워 밤 산책을 하지는 않았을까. 생각합니다. 나는 아직 봄과 연애중입니다.

80

외로움과 고독을 구분하는 법

이제야 조금 알 것 같습니다. 외로움과 고독을 어떻게 구분하는 지를. 외로움은 마음의 가장자리에서 느끼는 소외감이고, 고독은 마음 가장 깊은 곳에 닿을 때 마주하는 풍경입니다.

외로움은 관계로부터 발생하고, 고독은 존재에서 기인합니다. 외로움은 바깥으로 밀려난 자의 아픔이고, 고독은 내면으로 들어가 마주한 슬픔입니다. 외로움이 수평적으로 멀어지는 일이라면 고독은 존재의 깊이를 수직적으로 감당하는 일입니다.

이제야 알 것 같습니다. 외로움과 고독을 구분하는 것이 생에서 얼마나 중요한 일인지를. 외로움은 내 바깥의 일이니 두려워 할 필요 없습니다. 고독은 내 안에 있는 것이니 무서워 할 필요 없습니다. 외로움은 이따금 나를 찾아와 머물다 가는 손님이고, 고독은 가끔 찾아가 가꿔야 할 나의 정원입니다.

81

밥을 짓다

쌀을 씻다.

쌀 한 컵에 잡곡 한 줌을 섞어 씻었습니다. 찰수수, 백태, 차좁쌀, 적두, 찰옥수수, 메밀, 흑미, 약콩, 밤콩, 보리와 현미, 서리태와 찰기장쌀의 이름이 백악기 공룡의 이름처럼 낯섭니다. 분명 아는 이름들인데 처음 만나는 것처럼 어색하기만 합니다. 어릴 적에는 어머니가 지은 밥을 먹었습니다. 사랑하는 사람에게 음식을 해준 기억은 나는데 밥 지은 기억은 나지 않습니다. 기억이 나지 않는 것은 그 때는 밥을 지어 먹는 일이 당연한 일상이었기 때문일 겁니다.

쌀을 불리다.

주로 직장에서 밥을 먹었습니다. 집에서 요리나 반찬을 만들어 먹기도 했으나 밥을 해 먹지는 않았습니다. 십 수 년 간 즉석 밥이나 라면을 먹으며 살았습니다. 대부분의 끼니를 식당에서 사먹거나 인스턴트 음식으로 해결하며 살았습니다. 스무 살 이후로는 나를 위해 밥을 해 줄 시간이 없었습니다. 시간이 있어도 마음에 여유가 없었습니다. 쌀을 불리는 시간조차 내게 허락하지 않고 살았습니다. 간편함을 위해 여유를 포기하고 살았습니다.

밥물을 맞추다.

삼 십 분간 불려 놓은 쌀을 넣고 전기밥솥 전원을 켰습니다. "안녕하
세요. 쿠쿠입니다~" 말하는 밥솥입니다. 그 동안 많은 것이 변했습
니다. 그럼에도 세상의 변화를 느끼지 못하고 살았습니다. 밥 먹고
살기 위해 일 하는데, 밥을 지어 먹을 시간은 없었습니다. 나를 위해
따끈한 밥 한 끼 지어 주지 못했습니다.

밥을 먹다.

밥솥에서 뜨거운 증기가 뿜어져 나옵니다. 증기기관차가 힘차게 달
립니다. 모락모락 김이 나는 뜨거운 밥을 주걱으로 저었습니다. 그릇
에 밥을 옮겨 담았습니다. 오늘 나를 위한 밥을 지었습니다. 갓 지은
밥을 먹었습니다. 지금 막 생이 시작되었습니다.

82

닻을 내리다

만약 지금 내가 가진 것 이상을 원한다면
지금의 나 이상의 사람이 되어야 합니다.
만약 지금 내가 가진 것으로 만족할 수 있다면
아무것도 하지 않아도 괜찮습니다.
내일을 향해 나아가는 삶,
현재를 사랑하는 것 외에 아무것도 할 필요가 없는 삶.
어느 쪽도 나쁘지 않습니다.
돛을 펴고 나갈 것인가, 닻을 내리고 머물 것인가.
선택은 각자의 몫입니다.

83

목록

텔레비전, 아내, 라디오, 에어 프라이어, 커피포트, 고양이, 강아지, 화분, 다이슨 청소기. 내가 갖고 있지 않은 것들의 목록입니다. 몇 권의 책, 더블 사이즈 침대, 데스크 탑, 글쓰기 전용 중고 노트북, 약간의 쌀과 밥솥, 옷 몇 벌, 이불 몇 채와 베개. 내가 가진 것들의 목록입니다. 아마 가진 것의 목록은 이것보다 길 테지만 살기 위해 필요한 것은 이것만으로도 충분합니다. 지금 가진 것이 삶을 위해 모두 필요한 것은 아닙니다. 가지지 못한 것의 목록과 가지지 않아도 괜찮은 것의 목록은 일치하지 않습니다. 가진 것의 목록을 늘려가는 것도 삶을 풍요롭게 만드는 방법입니다. 하지만 유일한 방법은 아닙니다. 갖지 않아도 괜찮은 물건의 목록을 늘리는 것도 풍요롭게 사는 방법이 될 수 있습니다. 무엇을 얼마나 가졌는가 보다 중요한 것은, 내게 진정 필요한 것이 무엇인지 아는 지혜입니다. 정말 필요한 것들만 가지고도 살아갈 수 있다면 생은 근사해 질 겁니다.

84
통장

일을 처음 한 것은 중3때였습니다. 그 이후로 몇 가지 일을 했으나 돈을 모으진 못했습니다. 당시 집안 경제사정이 밑 빠진 독과 같아서 돈을 모을 수 있다고는 생각하지 못했습니다. 처음 통장을 만든 것은 스물네 살 때 만난 사람 덕분이었습니다. 그녀는 이제 오빠 삶을 살았으면 좋겠다고, 이제 오빠를 위해 벌고 오빠를 위해 돈을 모았으면 좋겠다고 했습니다. 그녀와 사귀던 초반에는 직장을 그만두고, 사는 곳을 옮기느라 돈을 모으지 못했습니다. 적금만기를 경험한 것은 스물일곱이 되어서였습니다. 한 번 만기의 즐거움을 알고 나니 다음은 어렵지 않았습니다. 매달 돈을 모았습니다. 1년이 지나 만기가 된 통장을 예탁금으로 맡깁니다. 내게 필요한 것들을 사면서도, 그녀에게 주고 싶은 것을 선물하면서도 꾸준히 통장 개수를 늘릴 수 있었습니다. 그녀는 떠났지만 저축하는 습관은 남았습니다. 세상에 인간을 바꾸는 경험은 무수히 많습니다. 하지만 인간을 비가역적으로 바꾸는 가장 강력한 힘은 사랑입니다. 진정한 사랑을 하는 사람에게는 지금까지와 다른 습관들이 생겨납니다. 그의 마음은 더 나은 인간이 되고 싶은 욕망으로 가득합니다. 사랑이 떠났다 해도 습관은 남습니다. 습관은 사랑이 남기고 간 선물입니다. 사랑했던 사람들이 남긴 습관들 덕분에 그래도 여기까지 올 수 있었습니다.

7년 후

오랫동안 거래해 온 은행에 가 통장을 모두 해지했습니다. 똑같은 비밀 번호를 반복해 누르고 똑같은 종이에 서명했습니다. 통장에 쌓이는 몇 자리 숫자 외에는 아무것도 늘어나지 않던 몇 년이었습니다. 몇 자리 숫자만 남고 소중하게 여긴 것은 모두 사라졌습니다. 이제 줄어드는 것은 통장 속 숫자뿐입니다. 이제 "어떻게 바구니를 만들어 팔 것인가?"가 아닌 "어떻게 하면 바구니를 팔지 않고도 살아 갈 수 있는가"를 고민하며 살아보려 합니다.

85

올해의 유서

보험금은 ○○이와 ○○를 위해 저축해 두었다가 성인이 되었을 때 쓸 수 있게 해라. 조카들이 필요한 순간에 쓸 수 있는 비상금이 되길 바란다. 은행에 있는 저축과 집 계약을 해지하고 남은 돈 중 3분의 1은 엄마에게 주고, 3분의 1은 동생에게 주어라. 그리고 나머지는 너를 위해 쓰라. 가능하다면 내가 살아있었다면 마음 아파했을 사람을 도와주길 바란다. 옷과 이불, 책은 버리거나 기부해라. 나머지 생활용품도 그렇게 하라. 내가 쓴 노트나 원고는 불태워라. 그래도 버리기 아쉬운 글은 노트북에 저장되어 있으니 원한다면 출간해라. 내가 가도 글이 남아 누군가의 마음을 안아줄 수 있다면 기쁘겠다. 화장해라. 뼛가루는 아무 곳에나 뿌려 거름이 되게 하라. 슬퍼하지 마라. 내게 있는 것 중 귀한 것은 마음이었고 마음 전부를 남기고 간다. 그러니 나를 잊고 저마다 행복하게 살아가라. 사랑받아 행복한 삶이었다. 나를 위해 울어줄 사람이 있어 다행이다.

매년 유서를 씁니다. 해마다 유서는 심플해집니다. 삶은 명쾌해집니다. 유서를 써보면 알게 됩니다. 일상에서 사소하게 취급해온 것들이, 인생에서 얼마나 소중한 것이었는지를 느끼게 됩니다. 유서에 한 글자도 적히지 못할 의미 없는 물건들을 위해 살아왔는지 알게 됩니다. 매 년 유서를 쓰는 것은 죽고 싶어서가 아닙니다. 남은 생을 제대로 살기 위해서 입니다.

86
위대한 인물이
필요하지 않은 세상

역사에 만약이란 없다는 걸 알지만 안중근 의사가 네 번째 손가락 마디를 자르지 않고, 대의를 위해 죽지 않았기를 바랍니다. 안중근 의사가 입 안에 가시가 돋을 만큼 즐겁게 책을 읽다 수명을 다하고 죽었다면 얼마나 좋았을까. 유관순 열사가 스물 꽃다운 나이를 맞이해 사랑하거나 공부하며 남은 생을 살 수 있었다면 얼마나 좋았을까. 이순신 장군이 12척의 배를 끌고 나가 싸우지 않았다면 얼마나 좋을까. 가끔 상상합니다. 그들처럼 위대한 영웅을 필요로 하지 않는 세상이었다면 좋았을 거라고, 생각합니다. 영웅은 어지러운 시대의 희생양입니다. 스스로의 생을 태워 시대를 밝히는 위인이 없는 세상을 꿈꿉니다. 영웅 따윈 없어도 되는 시대를 꿈꿉니다. 누군가의 아들로 누군가의 아버지로, 누군가의 딸로 평안하게 생을 이어갈 수 있었다면. 누군가의 무엇이 아니어도 좋으니 인간 이순신으로, 안중근으로, 유관순으로 살 수 있었다면, 대단할 것 없어도 좋으니 그들이 소박하고 행복한 삶을 살았던 역사를 갖고 싶습니다. 하지만 역사는 이미 흘러가 버렸고 떠난 사람은 돌아오지 못합니다. 역사 앞에 부끄러운 내 얼굴이 비칠 때 마다 바랍니다. 평범한 사람들의 작은 관심이 모여 위대한 인물을 필요로 하지 않는 세상을 만들 수 있기를.

87
긴 여행

하루에서 며칠 정도만 여행을 다녀와도 몇 주를 버틸 힘을 얻을 수 있습니다. 일상을 버틸 힘을 주고, 새롭게 시작할 힘을 주는 것이 여행이라면, 이사도 여행이 될 수 있습니다. 여행을 준비 할 때 필요한 짐을 챙기듯, 이사를 위해 필요하지 않은 짐을 버릴 수 있습니다. 지금의 일상을 버티기 힘들 때 이사는 여행보다 본질적인 변화를 이끌어 낼 수 있습니다. 집 나서면 고생이라지만 여행이 결국 멋진 추억을 만들어주듯, 사는 곳을 옮기는 일도 새로운 생활을 시작할 기회가 될 수 있습니다. 삶의 터전이라 믿는 장소도 결국 오래 머문 숙소에 불과합니다. 우리가 살고 있는 집은 삶이라는 여행에서 잠시 머무는 장소에 불과합니다. 내킬 때마다 걸핏하면 이사를 해야 한단 뜻은 아닙니다. 하지만 삶이 힘겨울 때, 변화가 필요하지만 어떻게 해야 할 지 알 수 없을 때, 이사는 여행보다 근원적인 처방이 될 수 있습니다. 일상에서 여행이 진통제 역할을 하고, 쇼핑이 영양제 역할을 한다면, 이사는 일종의 체질개선 프로그램이 될 수 있습니다.

88

인사

반드시라고 말해도 좋다. 먼저 인사를 건네는 것도 마지막까지 손을 흔드는 것도 언제나 내 쪽이었다. 그러니 감당해야 할 슬픔은 깊었고 뒷모습의 그림자는 짙고 길었다. 그림자는 마음속 응어리가 되어 몇 년이고 사라지지 않았다. 응어리는 마음 속 어둠이 되었다. 쉽지 않은 일이었다. 상실은 경험이 쌓인다고 능숙해지지 않는 종류의 일이다. 그래도 어둠을 견뎌내고 난 후에는 모든 것이 오롯이 내 것이 된다. 첫 번째 인사를 건네는 순간부터 마지막 인사 후의 뒷모습까지 온전한 사랑의 순간을 간직할 수 있게 된다. 후회는 없다. 아쉬움도 남아 있지 않다. 후회를 외면하지 않았다. 미련을 남기지 않았다. 아쉬움을 버리지 않고 생에 녹였다. 어리석은 방법일지 모르겠으나 어쩌겠는가. 그것이 내게 부여된 만남의 방식인 것을. 사랑의 대상을 선택할 수 없듯이, 사랑의 끝을 막을 수 없듯이, 상실의 방식 또한 내 마음대로 되는 일은 아니었다.

89

나를 모으는 시간

관계를 유지하기 위해 자신을 포기합니다. 일을 위해 자신의 시간을 소모합니다. 가족을 위해 스스로의 꿈을 놓아버립니다. 사랑을 위해 자신의 감정을 숨깁니다. 매 순간마다 나를 버립니다. 그렇게 자신을 잃어갑니다. 스스로를 잊습니다. 우리에게 필요한 것은 나를 모으는 시간입니다. 햇볕 좋은 공원벤치에 가만히 앉아 있는 것, 흐르는 강물을 아무 생각 하지 않고 바라보는 시간, 자신에게 술 한 잔 따라 주는 밤, 물비늘 반짝이는 호수에 자신을 비춰보는 일, 달빛을 따라 걸어보는 길, 아무것도 아닌 시간이 필요합니다. 의미를 부여하지 않아도 되는 시간이 우리에게 필요합니다. 아무것도 하고 있지 않지만 그 순간 잊었던 나를 찾을 수 있습니다. 잃어버린 나를 떠올릴 수 있습니다. 생을 살아가기 위해, 생을 놓지 않기 위해 필요한 시간입니다.

타인에게 설명하지 않아도 됩니다. 자신에게 변명하지 않아도 됩니다. 누군가에게는 그저 시간을 버리는 걸로 보일 지금이 나를 모으는 시간입니다.

90

전업주부

몽상이라 해도 좋습니다. 망상이라 불러도 좋습니다. 야망 없는 남자라 놀려도 좋습니다. 전업주부는 아무나 하냐고 나무라도 좋습니다. 꿈꾸는 것은 자유니까요. 전업주부가 되고 싶습니다. 아내는 하고 싶은 일을 하고, 나는 가사를 돌보는 삶도 근사할 것 같습니다. 사랑하는 사람을 위해 건강한 아침을 준비하고 싶습니다. 아내가 출근하고 나면 집을 청소합니다. 청소에는 재능이 없으니 이왕이면 전 날 아내가 말해준 곳을 청소하고 싶습니다. 청소 좀 하라고 두루뭉술하게 말하기보다 창틀이 먼지가 많더라. 욕조 청소 한 번 해야겠는데 하는 식으로 구체적으로 지정해 주면 좋겠습니다. 말해준 곳을 깨끗이 청소합니다. 오늘 저녁 먹고 싶은 메뉴를 미리 말해주면 좋겠습니다. 적어도 일주일에 두세 번은 그랬으면 합니다. 사랑하는 사람을 위해 요리하고 싶습니다. 누군가를 위해 장을 보고 야채를 씻고 빨래를 돌리고 싶습니다. 그러고 남은 시간에 글을 쓰거나 운동을 하면 됩니다. 저녁 무렵 그를 위해 밥을 짓는 행복을 만끽하고 싶습니다. 새로운 요리를 시도해 보기도 하고 그가 좋아하는 반찬을 만들고 싶습니다. 소박하고 다정한 일상을 살고 싶습니다. 함께 저녁을 먹고 난 후에는 뜨거운 물에 발을 씻겨주고 싶습니다. 누군가 나를 위해 돈을 벌어다주는 삶을 꿈꾸는 것은 아닙니다. 그런 삶은 혼자서도 꾸려나가기 충분합니다. 그저 누군가를 위해 저녁을 준비하고 싶을 때가 종종 있습니다. 육아까지는 몰라도 가사는 해낼 수 있지 않을까. 가끔 상상 합니다. 상상하는 것만으로도 마음이 몽글몽글 부드러워집니다. 전업 작가와 전업 주부, 제법 잘 어울리는 조합이 아닐까요. 상상한 대로 된다면 근사하지 않을까요. 대부분의 상상이 그러하듯 이루어지지 않아도 좋습니다. 상상은 자체로도 멋진 일이니까요.

91

불태우다

재활용 플라스틱, 너무 많아진 책, 입지 않게 된 옷처럼 처리할 수 없는 물건이 있습니다. 재활용하거나 기부할 수 없는 물건이 있습니다. 태우지 않으면 달리 처리할 방법이 없는 물건이 있습니다. 일기장이나 편지는 찢어 버릴 수 없습니다. 쓰레기봉투에 넣어 버릴 수 없는 내밀한 추억이 있습니다. 불이라는 매개체를 통해 완전히 소멸시켜야 합니다. 적어도 인생에 몇 번은 그런 날이 있습니다. 스물다섯의 어느 밤, 편지를 태웠습니다. 편지로 가득 찬 박스를 들고 나가 뒷마당에서 태웠습니다. 남은 생을 함께 할 누군가를 만나면 언젠가 태우리라 생각했었던 편지였습니다. 그 날 편지를 하나씩 태웠습니다. 편지 쓰는 것을 좋아했기에 받은 편지의 숫자도 적지 않앞습니다. 쇠꼬챙이로 뒤적이며 추억을 떠올렸고, 떠오른 추억들을 연기로 날려 보냈습니다. 의식을 치르는 기분이었습니다. 한 사람을 위해 살겠다는 다짐이었습니다. 뜨겁게 타오르는 불꽃에 지나간 날을 태우고, 다시 시작하려는 의지가 거기 있었습니다. 십 오년이 흘렀습니다. 편지를 태우게 만든 사람은 내 곁에 없습니다. 하지만 태워야 할 것은 아직 남아 있습니다. 아직 살아야 할 날들이 내 앞에 일렁이고 있습니다.

천천히
그러나 멈추지 않는

마음이 텅 빈 것처럼 느껴지는 순간이 있습니다.
공허하지만 허무하지는 않습니다. 관계가, 욕심이, 잡념들이 들어차 있던 마음이
비로소 쉴 수 있는 시간입니다. 마음도 쉴 시간이 필요합니다.

01

불타다

생에는 영수증처럼 아무렇게나 버려도 되는 것들만 존재하지 않습니다. 삶에는 대충 쓰레기봉지에 집어넣어 버려서는 안 될 것들이 있습니다. 버림받는 것도 버리는 것도 서글픈 일입니다. 하지만 불태워야 할 무언가가 있다는 것은 지금까지의 생이 헛되지 않았다는 반증입니다. 최소한 아무것도 아닌 인생은 아니었습니다. 불태우면서까지 없애야 할 무언가가 있었던 삶입니다. 불태우지 않으면 안 될 추억이 있습니다. 불태워야 할 어제가 있고 불태울 의지가 오늘 여기에 있습니다. 모두 불태우고 난 뒤에도 다시 살아갈 생이 내 앞에 남아 있습니다.

02

제대로 제 때

제대로 생각했다면 곧바로 행동할 수 있어야 합니다. 생각이 생각의 꼬리를 물 때, 제대로 사고하고 있는지 모호할 때가 있습니다. 지금의 생각이 나를 어디로 데려갈 지 예상할 수 없습니다. 생각만 해서는 제대로 판단하고 있는지 알 수 없습니다. 올바른 선택을 했는지 확인할 수 없습니다. 제대로 생각하고 있다면 곧바로 행동하려는 욕구가 일어납니다. 좋은 생각은 행동하게 만듭니다.

좋은 생각에는 행동으로 이어지려는 본능이 있습니다. 얼마나 멋진 상상인가, 아무 상관없습니다. 얼마나 치밀한 계획인가, 아무 의미도 없습니다. 생각을 신념으로 만들기 위해 필요한 것은 오직 행동입니다. 행동하지 않는 신념은 망상에 불과합니다. 신념은 실행에 의해서만 실존합니다. 아무리 구체적인 계획을 세워도 실천하지 않으면 아무 소용없습니다. 계획은 행동을 통해서만 구체화 됩니다. 행동하지 않고 실현되는 계획은 없습니다. 항상 멋진 결과로 이어지지 않아도 괜찮습니다. 어차피 제대로 된 생각만 하고 사는 것도 아닙니다. 가끔 틀린 행동을 해도 괜찮습니다. 행동이 이득이 되건 그렇지 않건 결과에 관계없이 제대로 살고 있는 겁니다.

03
40

단순히 40년의 세월을 잃어버린 것은 아닙니다. 사십 개의 일 년을 지불하고 얻은 것은 분명 존재합니다. 모든 거래가 만족스러운 것은 아니었습니다. 하지만 아직 거래를 이어갈 수 있으니 괜찮습니다. 일 년이 마흔 여덟 번 지나도 그저 슬퍼할 일은 아닙니다. 비로소 화투 패를 다 모았다. 그렇게 생각할 겁니다. 꽃 같은 싸움을 시작할 수 있습니다. 보다 여유롭게 게임을 즐길 수 있게 됩니다. 오십 네 살이 되어도, 환갑이 되어도 마찬가지입니다. 이제야 제대로 된 패를 갖추고 시작할 수 있게 되었습니다.

04
전망 좋은 집

그 집은 바다가 멀지 않았습니다. 바다가 보였고 도서관도 가까웠습니다. 제법 멋진 집이었습니다. 시가지와 떨어진 외진 곳에 위치한 것이 내게는 환영할 만한 일이었습니다. 월요일쯤 다시 오겠다는 말에 중개사는 선금을 걸 것을 제안했습니다. 계약을 결정하고 선금을 계좌로 보내기로 공인중개사와 이야기를 마쳤습니다. 더 이상 미리 알아둔 집을 둘러 볼 필요가 없어졌습니다. 집으로 돌아오는 길 공인중개사에게 전화가 왔습니다. 임대인이 갑자기 관리비를 2배로 올리기로 했다고 합니다. 공인중개사도 당혹스러운 목소리였습니다. 생각해 보고 다시 연락하겠다고 말하고 전화를 끊었습니다. 집은 마음에 들었습니다. 하지만 아무리 생각해봐도 변덕스러운 임대인과 계약하고 싶지 않았습니다. 이야기를 전해들은 친구는 화를 냈습니다. 집 주인 번호나 공인중개사 번호를 달라 했습니다. 그러지 말라고 말렸습니다. 화를 내면 달라질 게 있냐고 물었습니다. 물론 어이없고 화가 납니다. 하지만 화를 내도 아무것도 나아지지 않는다면 굳이 화낼 필요는 없습니다. 한껏 쏟아내고 난 후 기분이 나아진다면 괜찮습니다. 마음껏 화내도 좋습니다. 하지만 화낸 후에 후련해지는 경우는 좀처럼 없습니다. 친구를 달래고 제 마음을 달랬습니다. 타이머가 조금 빠르게 움직이게 된 것 뿐입니다. 분노할 에너지가 있다면 더 괜찮은 집을 찾는데 쓰는 편이 낫습니다. 경우 없는 사람에 대해 생각할 필요가 없습니다. 기분 나쁜 일에 집중하기 에는 내 시간이 너무 소중합니다. 본래 다혈질입니다. 욱하는 성격이 완전히 사라진 것은 아닙니다. 하지만 나이 들면서 깨달은 것이 있다 면 통제하지 못하는 분노는 나부터 태운다는 사실입니다. 마음을 태 운 불꽃은 나와 가까운 사람부터 상처 입힙니다.

05

바람

어차피 모든 것을 좋아할 수 없다는 깨달음.
끝내 모든 것을 미워할 수 없는 슬픔
다가온 모든 것을 좋아하지 않아도
떠나간 모든 것을 미워하지 않아도

결국 괜찮아 진다는 사실을 받아들인 그 날
내게 불어온 쓸쓸하고 시원했던 바람

온갖 감정이 섞여 바람으로 불던 그 날
조금쯤 어른이 된 걸까.

06

모순

다름 때문에 멀어지는 관계보다, 같음을 강요하다 무너진 관계가 세상에는 훨씬 많지 않을까요. 모난 사람과는 가까워지기 어렵지만, 순하게 길들여질 것을 요구하면 멀어지기 쉽습니다. 다르기 때문에 호감을 느낀 사람을 자신과 같게 만들려는 본능을 다스리지 못하는 마음이 안타깝습니다. 다른 것을 동경하면서 동시에 같아지기를 갈망하는 모순은 어디에서 비롯한 아픔일까요. 사랑은 자격을 필요로 하지 않습니다. 사랑은 동일을 요구하지 않습니다. 서로 같아져야만 사랑할 수 있는 것은 아닙니다. 사랑은 존중 없이 성립할 수 없습니다. 사랑은 자격이 아닌 자유를 전제해야 합니다. 제멋대로 타인을 사랑해 버리듯, 상대 역시 나를 사랑하지 않을 자유가 있음을 기억해야 합니다.

07

장기자랑

장기자랑 보다 소름 돋는 일은 없습니다. 장기자랑이라는 어색한 상황을 배겨내는 게 어릴 때부터 너무 힘들었습니다. 콘테스트도 아니고 콩쿠르도 아닙니다. 슈퍼스타 k도 아니고 고등 래퍼도 아닙니다. 장기자랑에는 목적이 없습니다. 물론 스스로를 뽐내고 싶은 욕구를 가진 사람도 있습니다. 자신을 어필할 시간을 원하는 사람도 있습니다. 반면에 아무 상관없는 누군가의 뽐냄을 보고 싶지 않은 사람도 엄연히 존재합니다. 어필이란 단어 자체를 싫어하는 사람도 있습니다. 나이 들어 다행입니다. 더 이상 장기자랑 따윈 보지 않아도 되어 천만다행입니다. 소풍날처럼 귀를 틀어막고 싶은 노래에 맞춰 박수 치지 않아도 괜찮습니다. 수학여행에서처럼 관심 없는 춤사위를 지켜보지 않아도 되는 지금에 감사합니다. 장기자랑이 나쁜 것은 아닙니다. 그래도 최소한 장기자랑을 싫어할 자유 정도는 있습니다. 누구나 힙합에 관심을 가지고, 아이돌을 좋아하고, 유행어를 따라하고 싶어 하는 것은 아니니까요. 노래를 못 한다고 장가를 못 가는 것도 아니니까요. 한 박자 쉬고 두 박자 쉰다고 노래 부를 마음이 생기는 것은 아니니까요. 누군가에게 드러내는 장기만 자랑이 되는 것은 아니니까요. 자랑하지 않는다고 해서 가치 없는 사람이 되는 것은 더더욱 아니라는 것을 알게 되었으니까요.

08

투정

반찬을 투정할 수 있는 상황은 아니었지만 싫어하는 반찬은 있었습니다. 꽈리고추 멸치볶음이나 가지볶음 같은 반찬이 싫었습니다. 물컹거리는 고추가 싫었고, 매운 냄새와 섞인 멸치 비린내가 싫었습니다. 징그러운 색의 느끼한 가지가 싫었습니다. 하지만 아버지는 편식을 싫어했고 엄했습니다. 밥상에 올라온 반찬에 손대지 않는 건 상상할 수 없는 일이었습니다. 그래서 좋아하는 척 연기 했습니다. 맛있는 척 밥 위에 가지를 올려 날름 넣고 우물우물 씹어 삼켰습니다. 꽈리고추를 냉큼 삼켜 넘겼습니다. 그러면 반찬 투정한다고 혼 날 일은 없었습니다. 평화로운 저녁식사를 이어갈 수 있었습니다. 나이 들며 놀랍니다. 싫어했던 반찬을 어느새 맛있어 합니다. 역겨워했던 것을 그리워하고 있습니다. 그토록 미워했던 사람을 이해하게 되었습니다. 이해할 수 없던 사람을 품을 수 있게 되었습니다.

마음이 넓은 인간이 되어서는 아닙니다. 나란 인간이 이해하기에는 너무 넓은 세상임을 인정하게 되었을 뿐입니다.

쪼들리는 살림에도 매일 반찬을 만들고 국을 끓이던 엄마의 마음을 생각합니다. 그 시절 엄마의 세상은 조그마한 밥상 하나였습니다. 엄마의 우주는 네 식구 몸 누이면 뒤척일 공간도 없는 단 칸 방이었습니다. 그 때는 어렸습니다. 어려서 아무것도 알지 못했고 젊어서는 이유 없이 원망했습니다. 어머니가 감당해야 했던 고통을 알지 못했습니다. 지금의 나보다 어린 그녀가 두 아이를 위해 차려냈던 밥상을 떠올립니다. 그 시절의 꽈리고추 멸치볶음이나 가지볶음은 이제 없습니다. 이제는 입에 넣어도 그리운 음식이 되었습니다. 사실 옛날 맛이 안 나는 게 아니었습니다. 예전으로 돌아갈 수 없음을 슬퍼하는 거였습니다. 그러나 이제 어머니의 마음을 조금은 알 것 같습니다. 아직도 철들지 못한 어른이지만 그래도 엄마 손을 잡고 밥 먹으러 갑니다. 오늘 엄마에게 술 한 잔 따라드리고 그녀의 이야기를 듣습니다. 수 십 번 했던 이야기라도 좋습니다. 당신 말대로 천 번을 못 할까요. 얼마든지 해도 좋으니 오래오래 이야기를 들려주세요. 천 번이고 만 번이고 들을 테니까요. 그 때 했던 이야기를 다시 들을 수 있는 것이 내게 더 없는 행복이니까요.

09
―
착각

지혜를 찾는 것은 전혀 어렵지 않습니다. 우리가 삶에 필요한 지혜는 세 살에서 일곱 살 사이에 모두 배웠습니다. 필요한 지혜는 그 때 배운 것으로 충분합니다. 배운 것을 지키며 살아가는 것이 힘들 뿐입니다. 지혜가 찾기 쉬운 이유는 배운 것을 지키며 사는 일이 어렵기 때문입니다. 진실은 더 없이 단순합니다. 진실을 지키며 살아갈 날이 너무 길 뿐입니다. 그래도 어떻게든 아이들 보기에 부끄러워서라도 포기하지는 않으려 합니다. 진실 같은 건 없다고 변명하는 어른만은 되지 말자고, 그렇게 다짐합니다.

10
YouTube kill the videostar

버글스의 노래를 따라 부른 세대는 아닙니다. 무수한 라디오 스타가 명멸하는 것을 온전히 지켜본 세대도 아닙니다. 나는 비디오 세대입니다. 비디오로 영화를 접하고 라디오를 통해 노래를 즐기던 세대입니다. 시간이 지나 그 시절 라디오 스타의 서글픔을 이해하는 세대가 되었습니다. 그 시절 비디오에 대해 이야기하면 꼰대 소리 듣는 나이가 되었습니다. 나이 따윈 먹고 싶지 않았습니다. 하지만 누구나 나이를 먹습니다. 비디오 시대를 그리워합니다. 라디오에 열광하던 날을 기억합니다. 넥스트를 그리워하고 자우림을 떠올립니다. 패닉을 떠올리고 룰라와 투투를 기억합니다. 나의 청춘을 후회하지 않습니다. 그 때는 스트리밍 인증을 하지 않아도 팬이 될 수 있었습니다. 좋아하는 음악을 듣기 위해 돈을 벌었습니다. 비디오를 빌려 집을 영화관으로 만들 수 있었습니다. 힘들지만 아름다운 날들이었습니다. 신작은 1박 2일이었습니다. 멋진 영화는 1박 2일 내내 돌려보았습니다. 근사한 영화는 밤새 반복해서 보고 친구들을 초대해 즐겼습니다. 그 때 친구 중 대부분은 멀어졌고 나 역시 그 시절에서 멀어졌습니다. 하지만 비디오테이프로 영화를 보던 그 시절을 잊을 순 없습니다. 되감기를 통해 돌려지는 건 영화 속 장면만은 아닙니다. 가끔 그 시절로 되감겨 갑니다. 그 때 영화는 내 것이었습니다. 그 시절 카세트테이프가 그랬듯이 비디오테이프도 온전한 무언가를 내게 주었습니다. 시대는 변했습니다. 변화를 인정할 수밖에 없습니다. 하지만 유튜브를 보진 않습니다. 나이 먹어서가 아닙니다. 텔레비전을 끊은 것과 같은 이유로 유튜브를 보지 않을 뿐입니다. 유튜브를 보는 것이 나쁜 일이라고 생각해 본 적 없습니다. 마찬가지로 유튜브를 보지 않는다고 나쁜 것도 아닙니다. 그저 추억을 간직하고 살아갈 뿐입니다. 라디오의 시대가 지난 것을 알고 있습니다. 비디오의 시대 따위 모르는 세대가 왔다는 것을 알고 있습니다. 하지만 유튜브를 보지 않는다 해서 제대로 살아갈 수 없다고는 생각하지 않습니다.

11
토요명화, 주말의 명화

토요일 밤마다 고민하게 만드는 것이 있었습니다. 밤이 오기 전, 토요명화냐 아니면 주말의 명화냐 선택해야 했습니다. 토요명화는 KBS에서 주말의 명화는 MBC에서 방영했습니다. 토요명화 음악은 빰! 빠빠밤! 두두두둥 띠로리~ 대충 이런 느낌 이었던 걸로 기억합니다. 주말의 명화 우웅! 띵 띠디디딩 디디디딩 아 아 아 아아~ 그런 느낌 이었을 겁니다. 둘 중 하나를 선택하는 것은 어려웠

습니다. 그 때는 텔레비전 프로그램 편성표가 들어있는 잡지가 발행
되던 시절입니다. 매일 배달되는 신문에서 유일하게 관심을 가지던
페이지는 그 날의 방송시간표였습니다. 방학이 되면 텔레비전 편성
표에 형광펜으로 표시해 놓고 텔레비전을 보곤 했습니다. 토요명화
와 주말의 명화 중 한 가지를 선택해야 했던 시절은 짧았습니다. 왜
그렇게 짧게만 느껴지는지 설명할 수 없습니다. 왜 그렇게 그 시절이
생각나느냐 물어도 할 말이 없습니다. 그래도 그 시절은 내 생애 가
장 행복한 시간이었습니다.

12
사라진 책방

이발소가 사라졌습니다. 이발소 다음
에는 책방이 사라졌습니다. 사라진 것
들이 있습니다. 사라진다 해도 기억하
지 못하면 슬프지 않을 텐데 사라진
것들은 늘 기억에 남아 있습니다. 고
개를 숙이면 머리를 감겨 주던 이발소, 도서관에는 들여놓지 않는 책
까지 갖추고 있던 책방이 없어진 것은 거의 어슷한 시기였습니다. 하
지만 이발소가 사라진 자리를 미용실이 대신한 것과 달리 책방은 도
서관을 대체해 나타났던 장소였습니다. 이용원이 자리를 빼앗기고
사라진 무언가가 되었다면, 책방은 도서관이나 서점을 대체할 무언
가로 출현했습니다. 그러나 도서관에 미치지 못하고, 서점을 넘어서

지 못한 채 사라졌습니다. 책방에는 도서관에서 취급하지 않는 책들이 있었습니다. 책방은 만화책이나 판타지 소설, 무협지, 순정소설이라 불리는 것들로 가득 차 있었습니다. 도서관만으로는 만족할 수 없었습니다. 이문열이나 이외수, 베르나르 베르베르, 최인호와 어네스트 헤밍웨이 만으로는 만족할 수 없었습니다. 제게는 용대운, 좌백, 진산의 무협지가 필요했습니다. 이영도, 이수영, 전민희의 판타지 소설이 필요했습니다. 노리스케 마사하루의 만화가 필요했습니다. 그시절 책방에서 빌려 읽은 책들이 토마스 만이나 솔제니친보다 못하다 생각하지 않습니다. 책방이 있어 즐거웠습니다. 즐거웠다면 그걸로 충분합니다. 책방은 다시 돌아오지 않을 겁니다. 즐거움만으로 충분한 날은 다시 오지 않을 겁니다. 책방들은 모두 사라졌습니다. 청춘도 지나갔습니다. 하지만 그래도 그 날들은 사라지지 않습니다. 열린 책방, 이솝 이야기, 다락방. 사라진 책방들의 이름은 소중한 기억으로 남아 있습니다.

13
맑은 탕

평소 붉고 진한 맛을 즐깁니다. 맵고 자극적인 음식에 길들여져 있습니다. 인스턴트 음식을 매일 먹습니다. 하지만 맑은 탕이 필요할 때가 있습니다. 몸이 맑은 탕 외에는 받아들이지 못하는 때가 있습니다. 며칠을 앓고 체력이라고는 한 줌도 남아있지 않을 때, 몸은 맑은 탕을 원합니다. 이 때 필요한 것은 뽀얗게 끓여낸 설렁탕이 아닙니다. 시뻘건 짬뽕 국물이 아닙니다. 진한 된장찌개가 아닙니다. 몸이 원하는 것은 생선과 채소만 들어간 맑은 탕입니다. 맑은 탕은 보글보글 가볍게 끓지 않습니다. 뜨거운 국물 안에는 점잖은 생선살이 훤히 보입니다. 국물을 한 모금 떠서 넘기면 온 몸에 스며드는 깊은 생명의 맛. 소금과 채소, 생선 외에는 들어가지 않았습니다. 조미료는 필요 없습니다. 번잡한 맛은 없습니다. 붉고 진한 맛에는 입이 즐거워지지만 맑은 탕은 몸을 즐겁게 합니다. 맑은 국물이라고 맛이 깊지 않던가요. 국물은 마음 속 깊이 닿아 영혼을 뜨겁게 데웁니다. 반복되는 일상을 견딘 우리 생도 충분한 깊이를 갖고 있습니다. 나이 먹고 맑은 탕을 좋아하게 되는 것은 그런 까닭일까요.

14
—
순환

흰색 셔츠 7장, 체크무늬 셔츠 2장과 줄무늬 셔츠 한 장, 카디건 4장, 보풀이 일어난 니트 5장과 낡은 트레이너 3벌, 까만 옥스퍼드 두 켤레와 갈색 하와이안 로퍼, 낡은 양말과 속옷을 버립니다. 옷에 대한 욕심도 없고, 패션에 관심도 없는데 어느 새 이렇게 많은 옷이 쌓였습니다. 제 때 버리지 못했기 때문이겠지요. 언젠가 입을 일이 있겠지. 버리기 아까우니까. 아직 멀쩡하니까 온갖 이유를 대며 방치했습니다. 내버려 둔 옷이 이렇게 많습니다. 입지도 않을 옷이 나보다 자리를 많이 차지하고 있었습니다. 기회가 왔을 때 버려야 합니다. 마음먹었을 때 해치워야 합니다. 버리려고 마음먹으면 괜히 아까운 마음이 들지만 과감해 져야 합니다. 내게 필요 하지 않은 물건이 누군가에게 지금 당장 필요한 것이 될 수 있습니다. 우리는 필요한 만큼 물건이 없어서가 아니라 필요한 만큼 시간을 허락하지 않아서 불행해집니다. 미디어 광고 때문에, 남들이 가졌기 때문에, 유행하는 상품이라서 구매합니다. 필요하지 않은 물건의 대가를 지불하기 위해 시간을 소비합니다. 물건을 가득 채우고 마음의 위안을 얻는 것도 일종의 가짜 배고픔이 아닐까요. 최소한의 물건이라도 충분히 사용할 수 있다면 오히려 생은 풍족해지지 않을까요.

15
보내지 못한 편지

이사 준비를 하다가 서랍에서 부치지 못한 편지를 발견했습니다. 연녹색 편지 한 통, 노란색 편지 한 통, 알약 안에 넣어둔 메모들. 정성스레 눌러 썼지만 악필을 감추기에는 역부족입니다. 보내지 못할 것을 알지만 써야 하는 편지가 있습니다. 미처 안녕을 말하지 못한 채 끝나버린 관계가 있습니다. 답이 없을 것을 알지만 보내야 하는 그리움이 있습니다. 보내지 못한 편지에 슬픔은 남아 있지 않습니다. 아쉬움은 사라진 지 오래입니다. 편지를 써야 했던 이유가 있었고 보내지 못할 사연이 있었습니다. 보내지 못한 편지 덕분에 한 시절을 견딜 수 있었습니다. 또 다른 계절을 맞이할 수 있었습니다. 눌러 쓴 글자 수 만큼 생은 풍요로운 이야기가 되었습니다. 때로 슬픔이었고, 때로 후회가 되었지만 주고받은 편지는 모두 그리움입니다. 보내지 못한 편지라 해도 모두 사랑이었습니다. 태워도 사라지지 않는 추억. 바래지 않는 그 날의 풍경 사진.

16
친구 집 토토로

고등학교 때 친구 집에 놀러 가면 방 안에 굴러다니는 책을 보거나 이야기를 하며 놀곤 했습니다. 어느 날인가 친구가 비디오를 틀어 보여줬습니다. 시시한 만화영화 따위 보고 싶지 않다고 했지만 결국 함께 영화를 보게 되었습니다. 아이들이 토토로를 만나 신기한 모험을 할 때는 즐거웠고 엄마를 만나는 장면에서 울고 말았습니다. 이웃집 토토로를 만난 그 날, 미야자키 하야오의 열렬한 팬이 되었습니다. 친구 집에는 다른 비디오테이프도 무척 많았습니다. 디즈니 만화는 좀처럼 좋아지지 않았습니다. 친구가 권하는 에반게리온도 머리만 아플 뿐 전혀 즐겁지 않았습니다. 하지만 미야자키 하야오의 작품에는 그리운 것이 담겨 있었습니다. 유년의 순수함, 자연의 아름다움, 하늘을 나는 자유로움, 사람을 향한 애정. 미야자키 하야오의 작품은 모두 보았습니다. 원령공주, 하울의 움직이는 성, 천공의 성 라퓨타, 붉은 돼지. 미야자키 하야오의 작품은 아무리 봐도 질리지 않았습니다. 마음이 더러워졌다고 느낄 때 그의 영화를 보고 나면 다시 시작할 용기가 생겨났습니다. 하야오의 작품 안에는 그리워해야 할 것이 들어 있습니다. 하야오의 작품 안에 어우러져 있는 아름다운 음악을 사랑합니다. 그날의 강과 인생의 회전목마는 일생의 플레이리스트가 되었습니다.

 하야오의 영화는 생을 관통하는 무언가가 되었습니다. 지금도 미야자키 하야오의 작품을 보며 기뻐합니다. 유년 시절로 돌아갈 수는 없습니다. 돌아갈 장소는 사라졌고 그 시절은 지나갔습니다. 하지만 그 시절로 돌아갈 수 없는 것은 그 시절이 내 안에 남아있기 때문입니다. 소중한 것은 사라지지 않았습니다. 아직까지 소중한 무언가를 잃어버리지 않았습니다. 우리에게 필요한 것은 마음을 들여다 볼 시간입니다. 미야자키 하야오의 작품은 오늘도 마음 안으로 걸어 들어갈 수 있는 길을 열어줍니다.

17
어느 멋진 밤

손톱달이 예뻤다. 하늘은 흐렸지만 달빛은 찬란했다. 술은 달콤했고 이야기는 즐거웠다. 요리는 조금 차가워졌지만 그만큼 둘 사이의 공기는 따뜻해졌다. 그 날 밤의 바람은 심술궂게 우리를 방해하지 않았다. 바람에 흩날리듯 무심히 던진 당신의 말 한마디가 가슴에 심어졌다. 오늘 참 근사한 밤이네, 근사한 것은 당신이라 생각했지만 유치해보일까 말을 삼켰다. 그저 당신만 바라보고 있어도 좋았다. 귀를 기울이지 않아도 괜찮았다. 사람은 눈으로도 들을 수 있다는 걸 처음 알았던 밤이었다. 당신은 떠났고 밤은 매일 찾아온다. 그처럼 근사한 밤은 아마도 다시 오지 않겠지. 하지만 그 날 당신의 웃음은 언제까지고 근사한 추억으로 남았다. 가끔 당신의 웃음소리가 들리는 밤. 소리 내지 않고 함께 웃을 뿐이다.

18
듣다

누구나 자신의 고통을 가장 크게 느낍니다. 타인의 고통은 이야기에 불과합니다. 그렇다고 이야기가 의미를 잃는 것은 아닙니다. 오히려 타인의 이야기에 귀를 완전히 막는 것을 조심해야 합니다. 귀를 닫고 눈을 감아 버리면, 세상에는 자신의 고통만 남게 됩니다. 세상과 연결하는 문을 닫아버리면 외로움만 깊어질 뿐입니다. 세상을 원망하게 됩니다. 자신의 아픔만 특별하다. 자신의 생은 둘도 없는 비극이다. 누구도 자신의 고통을 이해할 수 없다. 그렇게 스스로를 절망 속으로 밀어 넣게 됩니다. 자신을 절망 속으로 밀어 넣지 않으려면 타인의 이야기에 귀를 기울여야 합니다. 세상 모든 사람들이 각자의 아픔을 겪고 있음을 받아들여야 합니다. 타인의 고통에 기뻐하기 위해서가 아닙니다. 공감하기 위해서입니다. 이 사람도 힘들었지만 나름대로 잘 견뎌왔구나. 아픔을 견디며 포기하지 않고 여기까지 왔구나. 그렇게 생각하면 동지의식이 생깁니다. 물론 공감한다고 자신의 고통이 희석되지는 않습니다. 그래도 계속 견딜 수 있는 힘을 얻을 수 있습니다. 다들 버티고 있는 것처럼 나도 할 수 있다는 희망이 생깁니다. '당신도 많이 힘들었군요. 우리 어떻게든 잘 헤쳐가 봐요' 여유로운 자세를 가질 수 있습니다. 자신의 고통을 자랑하려 하지 않아야 합니다. 고통을 특별한 것으로 포장하지 않아야 합니다. 특별한 것은 당신이지 고통이 아닙니다.

19

산티아고

왜 산티아고를 걷는가. 일상에서 벗어나 그저 걷기 위해서다. 걷는 것 외에는 무엇도 하지 않기 위해서다. 걷기 위해 먹고 다음날 걷기 위해 잔다. 일어나면 다시 길을 떠나야 한다. 무의미해 보이는 일을 반복한다. 산티아고는 낯선 장소다. 낯선 것은 새롭다. 앞으로 나아갈 때마다 익숙하지 않은 풍경을 마주하게 된다. 한 번도 경험하지 못한 무언가와 마주하기 위해 각자 사연을 품고 걷는다. 낯선 길에서 자신만을 위해 걷는다. 무엇을 마주하게 될지 모르지만 무언가를 만날 수 있다는 희망을 품고 걷는다. 산티아고는 상징이다. 먼저 걸어간 누군가의 발자국이 또 다른 상징이 된다. 사람의 발자국은 사라지지만 상징은 남는다. 눈으로 볼 수 없는 무언가를 보게 되리란 희망, 몸으로 체감할 수 있으리라는 믿음. 그래서 오늘도 누군가 산티아고를 걷는다. 누군가는 올레 길을 일주하고, 누군가는 네팔로 떠난다. 누군가는 전국 곳곳을 헤맨다. 걷는 모두가 원하는 답을 찾지는 못했을 것이다. 그들 모두가 희망을 발견하진 못했을 것이다. 하지만 그들은 답을 찾는 것을 포기하지 않았다. 포기하지 않은 사람에게 희망은 남아 있다. 출근길 지하철에 몸을 실은 청년의 발걸음에도, 인력사무소에서 일을 받지 못한 가장의 발걸음에도, 산티아고는 있다. 희망을 놓지 않은 – 생을 놓지 않은 우리는 각자의 순례를 계속할 수 있다.

20

쌀을 사다

누이가 밥을 지어 먹으라고 담아준 쌀이 떨어졌습니다. 지퍼 백안에 든 쌀을 탈탈 털어 밥을 지었습니다. 컵 밥이나 즉석 밥이 떨어졌을 때와는 기분이 달랐습니다. 컵 밥이 열 개 쯤 남았으니 주문해야지. 즉석 밥이 몇 개 남지 않았으니 마트에 가서 사야지. 그렇게 가벼운 느낌이 아니었습니다. 숫자로 환산될 수 없는 귀한 무언가가 떨어진 기분이었습니다. 불안해졌습니다. 자전거를 타고 쌀을 사러 갑니다.

어릴 때 일을 시작한 후로 월급날이면 쌀부터 샀습니다. 20킬로그램짜리 쌀 한 포대를 사고 고기와 채소를 잔뜩 샀습니다. 보일러에 기름까지 채우고 나면, 일하는 사람의 보람이 가득 했습니다. 월급봉투가 사라지고 월급이 계좌로 이체되기 시작하면서 그런 보람은 사라졌습니다. 일은 갈수록 많아지기만 했습니다. 쌀을 사러 갈 시간은 없었습니다. 밥 지어 먹을 여유는 더더욱 없었습니다. 이십 년 가까이 길을 돌아 쌀을 사서 돌아가는 길. 더 이상 기계에 연료 채우는 것처럼 끼니를 때우지 않을 겁니다. 나를 위해 밥을 짓고 반찬을 만드는 과정을 포기하지 않을 겁니다. 배낭 속 쌀의 무게만큼 삶이 든든해졌습니다. 계량 될 수 없는 소중한 생활의 무게를 지고 집으로 돌아갑니다.

21

고요하다

대부분의 사람과 관계를 끊었습니다. 직장을 그만 둔 후 일과 관계된 연락처는 모두 지웠습니다. 먼저 연락하는 일을 그만뒀습니다. 상당수의 관계는 그것만으로도 쉽게 끊어졌습니다. 관계가 끊어졌다고 슬프지는 않았습니다. 원래 그런 거라고 수긍할 수 있었습니다. 쉽게 끊어질 관계라면 아무래도 상관없는 관계입니다. 복잡한 일에서 손을 뗐습니다. 사람을 관리하고 시간을 조율하는 일을 그만두었습니다. 숫자를 다루는 것은 해야 하는 일이었을 뿐 원하던 일은 아니었습니다. 그렇게 나를 둘러싼 관계에서 멀어졌습니다. 지금의 생활은 단순합니다. 몸을 움직이고 책 읽고 생각합니다. 입을 여는 경우는 좀처럼 없습니다. 고독은 즐거운 일은 아니지만 그리 나쁘지만은 않습니다. 더 이상 남들에게 싫은 소리를 하지 않아도 됩니다. 최소한 마음에 없는 말은 하지 않아도 됩니다. 그거면 침묵의 대가로 충분합니다. 입을 쉬게 하고 귀를 기울입니다. 내 안의 소리를 듣습니다. 바라보는 것은 초록의 풀과 나무, 푸른 하늘과 강물 같은 것들입니다. 나는 고요한 풍경 속에 살고 있습니다. 고요함을 얻기 위해 약간의 외로움을 견디는 것은 그리 어려운 일은 아닙니다. 고요한 풍경 안에서 나 역시 고요해집니다. 고요함은 스며들어 나의 일부가 됩니다. 고요함은 여유를 줍니다. 고요함은 영혼을 성장하게 만듭니다. 행복이 고요함 안에만 존재하는 것은 아니지만, 고요함이 행복을 이루는 필수적인 부분임을 알게 되었습니다. 평화는 고요함속에서 만들어집니다.

22
부끄러움을 잃지 않는 일

예의를 모르는 것보다 부끄러운 것은 예의를 알면서도 지키지 않는 것입니다. 나이 먹고 예의를 지키지 않는 일을 창피하게 여겨야 합니다. 남에게 폐 끼칠 것을 경계해야 합니다. 어떤 상황에서도 나이 듦을 무기로 삼지 않아야 합니다. 담담한 자세를 유지하고 부끄러운 마음을 잃어버리지 않기를 바랍니다. 부끄러움을 느끼지 못하면 마음이 굳어 버립니다. 딱딱한 마음은 상대를 불편하게 만듭니다. 굳어버린 마음은 유연함을 잃고 쇠락합니다. 마음이 굳어지는 것도 노화입니다. 건강한 몸을 유지하려는 것이 당연한 것처럼 유연한 마음을 간직하려는 것도 당연한 일입니다. 나보다 오래 살아온 사람을 바꾸려는 오만을 버려야 합니다. 어리다고 가르칠 수 있다 생각하지 않습니다. 나이를 먹지 않을 수는 없지만 생각한 대로 나이 먹는 것은 가능합니다.

23

김을 굽다

김을 굽습니다. 요즘 무언가를 할 때마다 오랜만이라 반갑습니다. 단순하고 비좁게 살아왔습니다. 생활이 없는 일상을 살았습니다. 이제 그런 일상에서 벗어나는 중이니 괜찮습니다. 살짝 살짝 김을 구워 통에 담았습니다. 양념간장을 만들어 갓 지은 밥에 먹었습니다. 어릴 때 어머니는 자주 김을 구웠습니다. 김을 굽고 거기에 참기름을 바르고 소금을 뿌려 반찬을 만들었습니다. 수 십 년간 공장을 다니면서도 김을 굽고 반찬을 만들고 찌개를 끓였습니다. 12년 내내 – 어쩔 수 없는 몇 번을 제외하고는 매일 남매의 도시락을 쌌습니다. 어떻게 그럴 수 있었는지 놀랍기만 합니다. 새벽같이 일어나 밥을 지었습니다. 소풍날에는 더 일찍 일어나 김밥을 싸주셨습니다. 물론 시간이 모자라 맨 밥에 반찬을 싸주시는 날도 있었지만 아무 불만도 없었습니다. 어머니가 12년간 싸 준 도시락은 내게 긍지였습니다. 소박한 반찬이라도 상관없었습니다. 어머니가 싸 준 도시락은 내 영혼을 강하게 키워 주었습니다. 언제부턴가 한 줄에 천 원짜리 김밥을 팔기 시작하면서 김밥은 일상적인 음식이 되었습니다. 구워져 판매되는 김의 종류도 수 백 가지입니다. 어디어디의 김, 무슨 회사의 김, 참기름을 바른 김, 들기름을 바른 김. 하지만 어떤 김도 어머니가 구워준 김보다 맛있지 않습니다. 어머니가 싸준 김밥만큼 단단하지 않습니다. 아직도 어머니는 만날 때마다 뭐가 먹고 싶은지 물으십니다. 번거롭게 차리지 말라고 이야기 하지만 그것이 어머니의 기쁨인 것도 알고 있습니다. 최소한 스스로를 위해 김을 구워 먹는 인간 정도는 되어야합니다. 생활을 포기하지 않고 살아야합니다. 무슨 일을 하건 얼마를 벌건 제대로 밥을 해 먹는 인간이 되어야 합니다. 밥 잘 사주는 예쁜 누나는 없지만 밥 잘 해먹는 멋진 어른 정도는 되고 싶습니다.

24
양념통닭

양념통닭은 어쩌다 한 번이었습니다. 가끔 엄마의 월급날에 양념통닭을 먹었습니다. 잉꼬통닭에 미리 전화를 하고 시간이 되면 누이와 나는 옷을 두껍게 입고 닭을 찾으러 갔습니다. 닭을 찾으러 가는 길은 늘 추웠던 걸 보니 통닭을 먹는 계절은 항상 겨울이었습니다. 통닭집 아주머니가 닭을 튀기는 것을 구경했습니다. 양은 볼에 빨간 양념을 무치는 모습을 보며 꿀꺽 침을 삼켰습니다. 닭을 찾아오면 네 식구가 둘러앉아 먹었습니다. 아버지의 일이 늦게 끝나는 날이면 닭다리 하나를 포함해 몇 조각을 따로 챙겨두고 먹었습니다. 아버지는 닭을 뼈째로 드셨습니다. 살코기를 제대로 발라먹지 않으면 혼이 났습니다. 닭을 다 먹고 남은 양념소스에 밥을 비벼 먹었습니다. 어찌나 맛있었는지. 살림이 어렵다는 것을 알기에 어린 나이였습니다. 배불리 먹을 수 있으면 기뻤습니다. 연탄불로 뜨끈하게 데워진 방에 누우면 평화로웠습니다. 가난은 한이 될 수도 있지만 내게는 즐거운 추억으로 남았습니다. 다시 찾아갈 수 없는 곳. 두 번 다시 볼 수 없는 장소. 내 안에 언제까지고 남아 있을 맛의 추억. 네 식구가 머리를 맞대고 양념통닭을 먹던 포근한 겨울날.

25
전을 부치다

혼자 김치전을 부쳐 먹습니다. 어릴 때는 비오는 날이면 전을 자주 먹었습니다. 지금은 비오는 날이면 고기가 생각나지만 그 시절 고기는 비쌌습니다. 비오는 날마다 고기를 구워 먹을 수 있는 집은 우리 동네에 없었습니다. 비가 오면 조선소를 다니던 주인아주머니의 일이 일찍 끝나곤 했습니다. 아주머니는 정이 많은 분이었습니다. 당시 어렸던 엄마를 무척 아껴 주셨습니다. 누이가 태어날 때 산파 역할까지 해 주셨던 분입니다. 당시 우리 가족을 포함해 네 집이 세 들어 살았습니다. 겨울이면 함께 모여 김장을 담그고 막걸리를 나눠마셨습니다. 음식을 만들면 나누어 먹었습니다. 아주머니는 비오는 날이면 전을 구워 엄마를 부르곤 하셨습니다. 아주머니와 엄마가 좁은 마루에서 막걸리를 마시고 있으면 옆에 앉아 전을 주워 먹었습니다. 마당 안으로 빗소리가 모여들었습니다. 바닷바람이 감나무 잎에 부딪치는 소리를 들었습니다. 고소한 김치전 한 점을 입에 넣고 그 날을 기억합니다. 수십 년간 위험한 조선소에서 일해 오 남매를 키워낸 아주머니를 떠올립니다. 내게는 또 한 분의 할머니가 있었습니다. 어이없는 교통사고로 세상을 떠난 아주머니가 평안하기를 바랍니다. 오늘처럼 비가 오는 날이면 넉넉하게 기름을 둘러 지글지글 전을 부쳐 약주 한 잔 하시기를.

26
사십 개의 서랍

살면서 얼마나 방대한 정보를 접하는지 생각하면 아득합니다. 사십 년간 눈이 깜빡이는 순간마다 저장되었을 풍경들, 사십 년 간 귀를 닫지 못했습니다. 한 번도 끊어지지 않고 녹음되고 있는 소리들. 자아를 깨닫기 전부터 맡아온 모든 냄새들. 사십 년 동안 손에 닿았던 것과 손에 잡을 수 없게 된 모든 것들. 발길이 닿았던 모든 장소들. 거기에 영상으로, 문자로, 음악으로 전해진 정보들까지 마음 어딘가에 저장되어 있을 겁니다. 쉽게 떠올릴 수 없는 이유는 정보가 사라졌기 때문이 아닙니다. 찾기 힘들 만큼 엄청난 기억 속에 잠겨 있기 때문입니다. 기억은 사라지지 않습니다. 쉽게 닿을 수 없는 곳에 있을 뿐입니다. 한 줌 모래도 대양의 일부가 됩니다. 기억은 드넓은 바다 위에 떠있는 섬입니다. 의도적으로 기억된 풍경은 가까운 곳에 남고, 소중하게 정리한 기억은 멀어지지 않습니다. 어떤 풍경을 만날지 정할 수 없습니다. 하지만 어떤 풍경을 기억할지는 우리의 선택입니다. 우리는 어떤 기억도 잃어버리지 않았습니다. 다만 기억할 시간이 부족했을 뿐입니다. 내 앞의 생을 바라봅니다. 마주한 풍경을 마음 서랍 어디에 넣을 것인지는 내게 달려 있습니다.

27
시들다, 시들다

나이 들면 모든 것이 시들어 갑니다. 눈빛이 시듭니다. 청춘이 시들고 사랑도 시듭니다. 꽃이 시들고 풀이 시듭니다. 열정이 시듭니다. 몸의 기력이 쇠해집니다. 쉽게 기운이 빠지고 피부에서 생기가 사라집니다. 달이 차서 기울듯 중년은 기울어짐을 받아들여야 하는 나이입니다. 싱싱하고 푸르던 날이 저물었음을 인정해야 하는 나이입니다. 그러나 아직 생은 끝나지 않았습니다. 꽃이 시든 자리에 무엇을 심어야 할까요. 공허한 마음을 무엇으로 채워야 할까요. 이울기 시작하는 생에 우리는 시를 들여야 합니다. 아름다운 문장을 가슴에 들여야 합니다. 우리보다 먼저 시들어간 사람들의 이야기를 들어야 합니다. 아름답게 나이 들기 위해서는 시를 읽어야 합니다. 비어 있는 자리에 시를 들여야 합니다. 시드는 것은 사라짐이고 사라짐은 비움입니다. 비어 있는 자리에 향기로운 문장을 가득 채운다면 봄처럼 싱그럽진 않아도 가을처럼 넉넉할 순 있을 겁니다.

28
생명과학에 관하여

중국에서 유전자를 조작한 아이가 태어났다는 뉴스를 읽었습니다. 인간을 편집하려는 발상이 두렵습니다. 위험한 발상입니다. 유전자 편집이나 장기 이식, 신체 개조 등 생명에 관한 일이 너무 쉽게 다뤄지고 있습니다. 유전자 조작 식품에 대한 검증조차 아직 충분히 이루어지지 않았습니다. 우월한 유전자만 남기려는 시도가 어떤 결과를 불러올지 상상하면 끔찍합니다. 유전자의 다양성이 종의 생존을 보장합니다. 조류 독감이 발생하면 야생에서는 극히 일부 개체만 피해를 입지만 축사에 있는 닭이나 오리는 떼죽음을 당합니다. (유전적으로 개량된 닭은) 효율을 위해 유전자의 다양성을 포기했기 때문입니다. 바이러스 입장에서는 비밀번호가 같은 도어락을 여는 것처럼 손쉬운 일입니다. 올더스 헉슬리의 소설 '멋진 신세계'에서처럼 사회적 계급에 따라 육체를 지급하는 세상이 오지 않을까 두렵습니다. 더 늦기 전에 관점을 바꿔야 할 때가 되었습니다. 발전하는 과학을 어떻게 받아들일 것인가, 질주하는 기술을 어떻게 따라잡을 것인가에서, 어떻게 하면 윤리적으로 과학을 발전시킬 수 있을 것인가로 생각을 전환해야 합니다. 어느 정도의 속도로 기술을 발전시킬지 고민해야 합니다. 인간은 전력질주를 지속할 수 없습니다. 어딘가 부러지거나 크게 다치고 맙니다. 멈추지 않고 계속 달린다면 심장이 터져 버릴 겁니다. 인류도 마찬가지입니다. 인류가 빠르게 달리는 것에만 집착하는 것이 옳은 일일까요. 빠르게 달리는 것만이 발전인 걸까요.

29
의미

충분히, 고통스러울 만큼 갈구해도 의미를 찾을 수 없는 경우는 두 가지입니다.

처음부터 의미가 없는 일이거나,

아직 의미를 이해할 때가 되지 않았거나.

그러니 조급해 하지 않아도 됩니다.

집착하지 않아야 합니다.

모든 일에 의미부여 하지 않아도 괜찮습니다.

무의미한 일이 몇 가지 있다고 해서

생이 무의미해 지는 것은 아닙니다.

모든 일이 의미가 가질 필요는 없습니다.

인생을 의미로만 가득 채우는 것도 숨 막히는 일입니다.

삶은 여백을 필요로 합니다.

빈 공간이 없으면 마음을 놓을 자리가 없어집니다.

30
찬란한 쉼

꼭 필요할 때만 말하는 사람이고 싶다.
용기가 필요한 순간 망설이지 않고
말할 수 있는 사람이 되고 싶다.
입을 열지 않고도 태도로 말할 수 있는
그런 사람이 되고 싶다.

어떤 소리에도 깨지지 않는

강력한 침묵을 갖고 싶다.

침묵을 감싸 안을 수 있는

온화한 태도를 잃지 않고 나이 들고 싶다.

31
경청

이야기를 들을 때는 처음 접하는 음악을 듣는 것처럼 해야 합니다. 말하는 사람의 리듬에 몸을 맡겨야 합니다. 가끔 화음을 넣듯 동의하는 말 외에는 하지 않아야 합니다. 지금은 온전한 그의 시간입니다. 말하는 사람을 방해하지 않아야 합니다. 말이 끝나기도 전에 꼬치꼬치 캐묻는 일이 없어야 합니다. 캐묻는 것은 공부할 때나 쓰는 방법이지 관계를 위한 방법이 아닙니다. 성급히 결론을 이끌어내려 하지 않아야 합니다. 아무리 궁금해도 그가 말하는 것 이상을 요구하지 않아야 합니다. 진심으로 듣고 있다면 상대방은 자신이 필요하다고 여기는 모든 이야기를 해줄 겁니다. 짧은 노래 한 곡 안에도 서사가 있습니다. 온전히 한 곡을 듣지 않으면 아무 감동도 느낄 수 없습니다. 하물며 한 사람의 생에 귀 기울이는 일은 어떻겠습니까. 성급하게 굴지 마세요. 대화를 결론을 내기 위한 과정으로 여기지 마세요. 과정을 생략하지 마세요. 상처는 대화를 나누는 과정을 통해 치유 됩니다. 그러니 상대를 치료하려 들지 마세요. 스스로 응어리진 마음을 풀어 낼 시간을 허락해 주세요. 사람을 끌어당기는 힘은 진심어린 웅변에서 나오지만, 진심을 끌어당기는 힘은 오직 경청에서 나옵니다.

32
노인 산티아고

"머리부터 발끝까지 다 늙어 버렸지만 두 눈 만은 활기와 불굴의 의지로 빛나는 노인" 산티아고를 떠올립니다. 눈이 늙지 않는 한, 육체는 노쇠할지 몰라도 인간의 영혼은 쇠퇴하지 않습니다. 노인을 믿어주었던 소년처럼 내 영혼 안에도 소년이 살고 있습니다. 과거의 나와 지금의 나를 잇는 믿음이 있습니다. 그러니 과거에 얽매여 현재를 흘려보내서는 안 됩니다. 과거를 받아들이고 새로운 날들을 살아가야 합니다. 노인을 버티게 한 것은 희망과 자신 감입니다. 자신감은 지금까지 버텨온 세월로부터 옵니다. 앞으로 나 가는 것을 포기하지 않는 한 희망은 우리에게 밀려듭니다. 어린 시절 로 돌아갈 방법은 없습니다. 그 시절을 사랑할 수 있을 뿐 그 날을 다 시 살 수는 없습니다. 용기를 내어 깊은 바다로 나아갈 수밖에 없습 니다.

33
은혜

나이 들면 생각이 많아진다. 하지만 나이 들어 하는 생각의 대부분은 생의 범위를 좁히는 경우가 많다. 연락 한 번 하는 데도 생각이 많아진다. 혹시 바쁘진 않을까. 상대를 번거롭게 하는 것은 아닐까. 고민하게 된다. 오래 망설이다 연락했고 너는 반겨주었 다. 봄비치고 과한 비가 내렸다. 너는 맥주를 마셨고 나는 소주를 마 셨다. 비는 멈추지 않을 것처럼 내렸다. 이야기를 나누느라 고기는 너무 오래 구워 타 버렸지만 그만큼 즐거웠다. 너는 미지근해진 맥주 를 마시면서도 기뻐했다. 가족, 미래, 연애, 추억에 대해 이야기했다.

너는 그 때가 참 좋았다고 이야기했다. 그 때를 좋은 시절이라 느끼게 될지 몰랐다고 했다. 네가 겪고 있는 아픔을 이야기하는 동안 비가 그쳤다. 너를 바래다주는 길에도 계속 이야기를 나눴다. 함께 하던 장소가 사라졌음에도 우리는 남아 이야기를 나눈다. 무언가는 사라졌고 누군가는 멀어졌다. 하지만 과거로부터 여기까지 함께 온 네가 있어 행복했다. 너를 바래다주고 몇 개의 횡단보도를 지나 돌아왔다.

고맙다.

나는 사랑하는 사람을 잃었을 뿐,
사람을 사랑하는 방법을 잊은 건 아니었다.

34
82년생 김수현

누이는 1982년 성탄절에 태어났습니다. 여중과 여고를 졸업했습니다. 누이는 건축공학과에 들어갔고 나는 국문학과를 다녔습니다. 동네 사람들은 남녀가 바뀌었다고 말했습니다. 조용한 것을 좋아하는 나와 달리 누이는 어릴 때부터 활발했습니다. 욕심이 많았습니다. 남들보다 더 배우고 싶어 했고, 남들만큼 소유하고 싶어 했습니다. 하지만 누이의 바람을 채우기에 집은 가난했습니다. 누이는 사채업자들이 문을 두드리는 소리에 몸을 떨어야 했고, 대학을 졸업하기 위해 악바리가 되어야 했습니다. 온갖 아르바이트를 하고 고추장과 김만으로 밥을 먹으며 공부했습니다. 누이는 욕망만큼 노력하는 사람이었습니다. 어렵게 들어간 대학교를 4.5의 학점으로 졸업했습니다. 건설회사에 들어가 일하다 대학교 1학년 때 만난 남자와 10년의 연애 후 결혼했습니다. 두 아이를 낳았습니다. 출산과 육아 때문에 생긴 경력 단절에도 그녀는 포기하지 않았습니다. 그녀는 건축기사 자격증, 워드 자격증, 사무자동화 기사 자격증을 땄고, pop 자격증과 냅킨공예 강사 자격증, 톨 페인팅 강사, 초크아트 강사 자격증을 갖고 있습니다. 리본아트와 켈리 그래피, 전래놀이 지도사, 방과 후 아동 지도사, 부모코칭 심리상담사 자격증을 갖고 있습니다. 그것도 모자라 영어를 배우고 필라테스를 배웁니다. 시간을 쪼개 줌바 댄스까지 배우고 있습니다. 방과 후 교사로 일하고, 프리마켓에 참가합니다. 그러면서도 가사를 돌보고 아이들을 정성껏 기릅니다. 남편에게 좋은 음식을 만들어 먹이고 아이들과 놀이를 함께 합니다. 아이들에게 할 수 있는 모든 것을 하려 애씁니다. 안타까운 마음에 네 시간을 가졌으면 좋겠다고 하니 지금 아이들과 함께하는 시간이 소중해서 놓치고 싶지 않다고 답합니다. 아이들이 자라기 전에 더 많은 사랑을 주고 싶다고 말합니다. 아이를 낳아 기르는 것은 위대한 일입니다. 내가 경험할 수 없는 많은 것들을 그녀는 경험으로 알고 있습니다. 어머니가 우리를 낳았듯, 누이가 아이를 낳아 기르는 것을 보며 나는 안도합니다. 세상은 어머니 덕분에 유지됩니다. 누이의 엄마로서의 정체성이 얼마나 강력한지 나는 상상도 할 수 없습니다. 하지만 그녀가 엄마로서의 삶을 살고 있다고 해서, 사람으로서의 생을 포기하지 않았음은 알고 있습니다. 계속 배우려는 욕심이 그녀를 성장하게 만듭니다. 가난 때문에 마주한 절망이 얼마나 거대했을까요. 여자이기 때문에 겪어야 했던 아픔이 왜 없었을까요, 하지만 그녀는 절망에 무릎 꿇지 않았습니다. 늘 새로운 길을 찾아냈습니다. 늘 욕망했고 욕망은 한계를 인정하지 않습니다. 그녀는 스스로 선택한 삶을 살아갑니다. 어떤 성별로 태어날지, 어떤 부모를 만날지는 우리가 선택할 수 있는 일이 아닙니다. 하지만 어떤 사람으로 살아갈 것인가. 지금부터 어떤 결정을 내릴 것인가는 온전히 우리의 몫입니다. 그녀가 멋지게 살고 있어 감사합니다. 엄마로, 아내로, 딸로, 누이로, 사장님으로, 선생님으로. 다양한 이름으로 불리고 있지만, 스스로 자신의 이름을 포기하지 않는 한 그녀는 흔들리지 않을 겁니다.

35
—
해열제

조급해 하지 말자.
지금 필요한 건 완벽한 해결책이 아니
니까.
단지 시간이 조금 필요할 뿐이다.
시간보다 나은 해열제는 없음을 믿어
야 한다.

모든 문제에 답이 있는 것은 아니다.
모든 문제에 답해야 하는 것도 아니다.
복잡한 문제 따위 없다.
우리는 잠시 아플 뿐이다.

36
—
공복

마음이 텅 빈 것처럼 느껴지는 순간이
있습니다. 공허하지만 허무하지는 않
습니다. 관계가, 욕심이, 잡념들이 들
어차 있던 마음이 비로소 쉴 수 있는
시간입니다. 마음도 쉴 시간이 필요합
니다. 공허함을 나쁘게 여길 필요는 없습니다. 오히려 마음이 건강해
지는 시간입니다. 아무것도 채워지지 않은 마음의 공복을 즐길 수 있
어야 합니다.

37
왜라고 왜 묻는가

나이 들면서 말하지 않으려고 신경 쓰는 단어가 몇 개 있습니다. 왜라는 단어도 그 중 하나입니다. 이유를 묻지 않으려 노력합니다. 사람들은 저마다의 이유를 갖고 있습니다. 그들이 내게 설명해 줄 의무는 없습니다. 왜라는 말은 사람들을 상처 입힙니다. 스스로 납득할 수 없다면 상대방의 설명을 들어도 이해할 수 없습니다. 호기심을 만족시키기 위해 묻지 않으려 합니다. 상대를 나에게 맞추려 하지 않으려 합니다. 어차피 사람들은 말하고 싶어 합니다. 말하고 싶을 때를 기다리면 됩니다. 그 때 말하고 싶은 만큼 말하도록 내버려두면 됩니다. 왜라는 질문은 가슴 속에 있을 때만 빛을 잃지 않습니다. 왜라는 말은 내면을 향할 때 빛납니다.

38
옳음

자신이 옳은 말만 한다고 믿는 사람이 있습니다. 옳은 말이니 반드시 들어라. 잘 되라고 하는 말이니 닥치고 집중해라. 이런 사람들은 옳은 말도 상황에 따라 폭력이 될 수 있다는 사실을 알지 못합니다. 옳은 말이 틀린 말보다 위험할 수 있다는 사실을 모릅니다. 자신도 틀린 말을 할 수 있다는 것을 상상하지 못 합니다.

자신에게는 맞았던 열쇠가 타인에게는 맞지 않을 수 있음을 모릅니다. 억지로 열쇠를 구겨 넣으려다가 들어가지 않으면 상대가 이해하지 못한 탓이라 여깁니다. 아무리 옳은 말이라도 듣지 않을 권리가 있습니다. 옳음은 말로 전해질 수 없고 행동으로 증명하는 것입니다. 옳음은 삶의 방식으로 구현되는 겁니다.

39
장면

그는 조금만 더 크게 말해 줄래요. 말하지 않았다. 그저 조금 더 귀를 기울였을 뿐이다. 흥분이 가시지 않았는지 아니면 말하다보니 흥분하게 된 것인지 그녀의 말은 빨랐다. 조금만 천천히 말해 주길 바랐다. 조금 더 그녀의 이야기를 듣고 싶었다. 하지만 그는 입 밖으로 말을 꺼내진 않았다. 한 마디라도 꺼내면 그녀의 말이 멈춰버릴 것 같아서다. 그는 말꼬리 자르는 것을 꽃가지 꺾는 일처럼 부끄럽게 여겼다. 한 번 꺾인 가지에서 꽃이 피지 못하듯 잘려진 말은 생명력을 잃는다. 그는 그녀가 하고 싶은 말을 마음껏 쏟아낼 수 있길 바랐다. 그녀가 말을 멈추지 않는 한, 시간은 멈춘 채로 영원히 머물러 있을 것 같았다.

40
고시원 방랑기

인간에게 필요한 방의 크기는 얼마일까요. 서울시 규정에는 고시원 크기는 최소 2평이 넘도록 되어 있습니다. 채광창도 반드시 달도록 의무화했습니다. 그걸로 충분한 걸까요. 2평 남짓한 공간에 사람을 살게 하는 것은 옳은 일일까요. 고시원에 사람들을 가축처럼 밀어 넣고서 세상은 어디로 가려는 걸까요. 오랫동안 타지를 떠돌며 살았습니다. 보증금 삼 백 만원을 구하지 못해 더 비싼 방세를 내고 살았습니다. 남향인지. 방은 깨끗한지. 물은 잘 나오는지 따질 여유가 없었습니다. 고려요인은 가격뿐이었습니다. 어떻게든 싼 방을 구했고 싼 방에 몸을 맞춰 살았습니다. 잠을 자는 것 외에는 아무것도 할 수 없었습니다. 이불 하나를 깔고 누우면 다 차버리는 방들을 전전하며 살았습니다. 십 몇 년간 방세는 집주인들의 뱃속에 들어갔습니다. 몇 천 만원이 넘는 돈을 깔고 잠을 잤습니다. 잠에서 깨면 방세를 벌기 위해 일했습니다. 좁은 방에 사는 것이 힘들지는 않았습니다. 단칸방에 네 식구가 살았던 경험이 힘이 되었습니다. 좁은 방안에서 자주 꿈을 꿨습니다. 하지만 내일에 대한 꿈은 비좁은 방 어디에도 둘 곳이 없었습니다. 좁은 방을 옮겨 다니면서도 연애를 했고 직장을 얻었습니다. 비로소 월세에서 벗어났을 때는 감격했습니다. 지나간 날들에 서글픔도 느꼈습니다. 지금도 누군가는 좁은 고

시원에서 살고 있을 겁니다. 누군가에게는 방랑기가 되고, 누군가에게는 표류기가 될 겁니다. 어쩌면 누군가에게는 종착역이 될 지도 모릅니다. 앞으로 최소한 인간의 존엄을 해치지 않는 수준의 집만 지어지길 바랍니다. 인간의 주거권을 보장하는 제도가 끊임없이 개선되기를 바랍니다. 사람이 사람임을 포기하지 않아도 되는 세상을 소망합니다. 고시원에 머무는 사람들이 그래도 생을 포기하지 않기를 염원합니다.

41
20세기 소년

20세기가 지나기 전 소년 시절은 끝났습니다. 소녀시대는 옛날이야기가 되어 버렸습니다. 21세기입니다. 세상은 질주를 계속하고 나는 질식할 것 같습니다. 밀레니엄을 맞이했을 때 스물이었습니다. 어릴 때 옛날이란 말은 수 백 년 전을 뜻했습니다. 지금은 수 십 년 전을 옛날이라 말합니다. 아이들은 불과 몇 년 전을 옛날이라 말합니다. 언제부터인지 몰라도 옛날사람이 되어 버렸습니다. 하지만 내 안에 아직 소년이 있습니다. 소년은 세기를 뛰어 넘어 살아 숨 쉬고 있습니다. 꿈을 사랑할 수 있는 한, 사랑을 꿈꾸고 있는 한, 소년은 죽지 않을 겁니다. 나이 든 소년은 더 이상 슬퍼하지 않습니다. 20세기 소년은 억세고 강해졌습니다. 조금은 현명해졌습니다.

많은 것을 배웠고 생각한대로 행동하는 법을 익혔습니다. 몇 살이 되건 나는 20세기 소년입니다.

42
산행

산은 초록으로 지어진 도서관입니다. 무수한 초록들. 이파리 하나 마다 각자의 이야기가 있습니다. 이야기는 노래 될 뿐 쌓이지 않습니다. 가슴에 쌓이지 않고 그대로 흘러갑니다. 고요하게 흘러가며 마음을 씻어주는 투명한 바람이 됩니다. 꽃들은 제 멋대로 피어나 색색으로 물듭니다. 산 속의 꽃은 물들되 빛나지 않습니다. 빛나지 않기에 거북스럽지 않습니다. 햇살은 다정하고 바람은 산뜻합니다. 다정하고 따뜻한 침묵 속을 그저 걸어갑니다. 산은 경계선 없는 체육관이 되기도 하고, 계절을 진열하는 전시장이 되기도 합니다. 줄을 설 필요가 없는 놀이공원이 됩니다. 산은 자연이 만든 복합 위락시설입니다. 산에서는 모든 것이 공짜입니다. 그래서 자주 산에 오릅니다. 오르지 않으면 왠지 손해 보는 기분이 됩니다.

43
—
If

만약이란 말은 과거와 만나면 절망이 되고
미래와 마주치면 희망이 됩니다.
만약이란 말이 사랑과 만나면 설렘이 되고
이별과 마주치면 미련이 됩니다.
만약이란 말이 타인을 향하면 몽상이 되고
자신을 향하면 상상이 됩니다.
만약이란 단어 하나가 무엇과 만나는지에 따라
생이 바뀌는데,
마음에 새긴 문장 하나로 생은 얼마나 달라질까요.

44
—
강박증

정상적인 사람이라도 조금씩 강박증을 갖고 있습니다. 예민함이나 집착으로 표현되는 것도 들여다보면 강박증의 증상인 경우도 제법 많습니다. 심각한 확인강박을 갖고 있었습니다. 사용하지 않은 가스밸브를 매일 수 십 번 확인했습니다. 문단속도 마찬가지입니다. 몇 번이나 확인하고 나갔다가 불안해져 다시 돌아와 확인했습니다. 문이 닫힌 사진을 찍은 후에야 다시 나가곤 했습니다.

강박증은 불안으로부터 왔습니다. 완전하지 못한 나를 완벽하게 제어하고 싶은 욕망에서 왔습니다. 감정은 생명력을 갖고 있습니다. 억누른다고 쉽게 사라지지 않습니다. 억누를수록 오히려 더 강해집니다. 강박이 강해질수록 자괴감은 커집니다. 주위 사람들에게 말해버렸습니다. 강박증을 농담거리로 만들었습니다. 나의 일부로 만들려 노력했습니다. 자괴감은 누그러졌지만 확인강박은 사라지지 않았습니다. 강박증은 운동을 시작한 후 나아졌습니다. 불안은 행복하지 않아서 생깁니다. 강박은 자신감이 없을 때 유지됩니다. 햇빛을 듬뿍 쐬고 땀을 흠뻑 흘리면 세로토닌이 콸콸 쏟아집니다. 몸의 변화는 마음으로 이어집니다. 물론 억지로 고치지 않아도 됩니다. 자신이나 주위 사람에게 해를 끼치지 않을 정도라면 내버려둬도 괜찮습니다. 강박도 마음의 일부입니다. 나를 이루는 부분입니다. 가장 위험한 것은 강박을 없애려는 강박입니다. 억지로 마음의 일부를 잘라내면 마음은 일그러집니다. 감정은 마음을 쏟은 만큼 강해집니다. 그대로 내버려둬도 괜찮습니다. 강박은 전염병이 아닙니다. 불치병은 더더욱 아닙니다. 자신을 즐겁게 하는 일에 집중하면 됩니다. 햇살 아래를 걸어보세요. 마음이 치유할 시간을 충분히 주고 기다리면 됩니다.

45
중독

중독은 무섭습니다. 담배, 술, 마약. 자극적인 것에 중독되기는 쉽고 끊기란 불가능에 가깝습니다. 또 다른 무언가에 중독되는 편이 훨씬 쉽습니다. 독서중독과 운동중독은 나무라는 사람이 없습니다. 독서중독으로 산다고 아무도 뭐라 하지 않습니다. 고작해야 눈 나빠질 것을 걱정하는 잔소리 정도입니다. 책을 읽지 못하면 안절부절 못하는 데도 사람들은 오히려 대단하다고 칭찬합니다. 운동중독도 좋습니다. 몸 상할라. 적당히 해라. 나이 생각도 해야지. 가끔 잔소리를 들을 뿐입니다. 운동을 하지 못하면 다른 일이 손에 잡히지 않고, 운동시간에 맞춰 일정을 짜는데도 아무도 화내지 않습니다. 짜릿한 운동의 맛을 즐깁니다. 심장이 콸콸 뜨거운 피를 돌리고, 폐는 신선한 공기를 탐닉합니다. 근육을 쥐어 짜 노폐물과 함께 잡념을 씻어 냅니다. 이렇게 좋은 중독이 어디 있을까요. 가끔 미친 건 아닐까 염려될 때도 있지만 주위 사람들은 칭찬해 줍니다. 책이 마약처럼 구하기 어려운 것도 아닙니다. 달리기는 담배처럼 타인에게 해를 끼치지도 않습니다. 독서나 운동은 혼자서도 얼마든지 할 수 있습니다. 국가에서 권장하는 중독입니다. 그렇다고 독서나 운동의 힘이 다른 중독보다 약하지 않습니다. 끊어내고 싶은 중독이 있다면 시작해 보세요. 담배를 끊지 않고 시작해도 좋습니다. 술을 끊지 않고 시도해도 괜찮습니다. 실패는 없습니다. 다시 시도하면 됩니다.
중독될 때까지 계속 시작하면 됩니다. 독서나 운동에서 벗어날 수 없
을 때까지 끊임없이 시도하면 됩니다.

책을 읽을 때 불행한 사람은 없습니다.
운동할 때 외로운 사람도 없습니다.

46

박주산채

김치전을 부쳐 달래장을 곁들입니다. 막걸리 한 잔이 찌르르 몸을 적십니다. 행복은 생각보다 많은 것을 필요로 하지 않습니다. 비싼 위스키를 마시고 화려한 안주를 먹기 위해 지불한
돈은 다시 일하기 위한 비용이었습니다. 일을 버티기 위한 비용이 너
무 많이 들었습니다. 비싼 코트를 사야 했고 소모품에 불과한 와이셔
츠를 샀습니다. 남들 보기에 부끄럽지 않을 구두를 신어야 했습니다.
스트레스 받지 않는 날이 없었습니다. 스트레스도 비용이었습니다.
조금 더 벌기 위해서 드는 비용이 너무 많았습니다. 손해를 너무 많
이 봤습니다.

사람에게 상처 받지 않으니 사람에게 위로 받을 필요가 없습니다. 조

금 벌어도 스트레스를 받지 않으니 즐겁습니다. 힘들지 않으니 견딜 필요가 없습니다. 변변치 않은 술이라도 너무나 시원합니다. 가난해도 세상을 원망하지 않을 수 있다면 행복할 수 있습니다. 사랑하는 이가 없어도 괜찮습니다. 산과 물을 사랑할 수 있어 고맙습니다. 세상이 변해도 사람 사는 일은 별다를 게 없습니다. 욕심을 버리면 거리낄 것이 없습니다.

47
밥 아저씨

그의 목소리를 들으면 마음이 편안해집니다. 그가 아름다운 목소리를 가져서가 아닙니다. 그의 마음 안에는 진정한 평화가 가득 차 있습니다. 그가 가진 평화의 울림이 전해진 겁니다. 나긋나긋하고 잔잔하게 전해지는 그의 울림이 좋았습니다. 그의 작업을 지켜보면 행복해집니다. 하고 싶지 않은 일을 거부하는 것, 하고 싶은 일을 지속하는 것만으로도 행복해 질 수 있음을 그는 증명했습니다. 그는 유명한 작품을 남기려 애쓰지 않았습니다. 그저 어제의 자신보다 나은 그림을 그려나가는 과정을 즐겼습니다. 진정한 믿음을 얻은 사람은 큰 소리로 말하지 않습니다. 이렇게 해야 한다. 저렇게 해야 한다. 주장할 필요가 없습니다. 그는 그저 스스로 그림을 즐기는 모습을 보여주면 충분하다고 믿었을 겁니다. 그에게 실수란 존재하지 않습니다. 그저 "행복한 사건"이 생겼을 뿐입니다. 행복한 사건은 가보지 못한 길로 우리를 인도합니다. 상상하지 못한 장소로 우리를 데려다 줍니다.

48
복권

매년 1000명 정도의 사람이 벼락을 맞습니다. 지구 인구가 60억이면 60만분의 1확률입니다. 로또에 당첨될 확률이 8,145,060분의 1이니 벼락 맞을 가능성이 복권에 당첨될 확률보다 훨씬 높습니다. 하지만 벼락에 맞은 사람을 본 적은 없지만 매주 몇 명 씩 복권에 당첨되어 인생을 역전합니다. 사람들은 0.000012%의 확률을 믿고 복권을 삽니다. 매주 1등에 당첨되는 사람들이 있는데 언젠가는 자신에게도 차례가 오지 않을까 기대합니다. 사람들은 45개의 숫자 중 6개를 맞추는 건 어려운 일이 아니라고 생각합니다. 45개의 번호 중 39개가 나오지 않을 확률에 대해서는 생각하지 않습니다. 저 역시 그런 사람 중 한 명입니다. 살기 위해서는 희망이 필요합니다. 사람이 희망 없이 생을 사는 것은 물 없이 사막을 건너는 것보다 힘듭니다. 가망 없는 희망이라도 무언가 가능성을 걸어두고 싶었습니다. 하지만 행운과 거리가 먼 인간이라 당첨될 리 없습니다. 문득 그런 생각이 들었습니다. 복권에 당첨되는 것보다 베스트셀러 작가가 되는 편이 오히려 쉬운 일이 아닐까. 비록 1년에 출판되는 책이 8만권이 넘고 우리나라 성인이 1년에 읽는 책은 10권도 되지 않더라도. 베스트셀러 작가를 목표로 삼는 편이 복권당첨보다 가능성 높은 베팅입니다. 베스트셀러 작가가 되겠다는 것은 허황된 꿈에 불과할지도 모릅니다. 하지만 꿈을 꾸는 동안 행복할 수 있습니다. 노력한 만큼 꿈에 다가갈 수 있습니다. 어떤 꿈을 꾸어도 이루어질 가능성은 복권에 당첨되는 것보다는 높습니다. 그러니 꿈꾸지 않을 이유가 없습니다. 어떤 결과를 얻는가는 나중 문제입니다. 복권을 사는 것이 막연한 희망이라면 꿈을 꾸는 것은 행복할 권리를 사는 일입니다. 행복을 포기하지 않는 일입니다. 매일 글을 씁니다. 반복을 지속합니다. 실현되기 어렵다는 것은 알고 있습니다. 하지만 희망을 위해 몇 천원을 거는 것보다는 한 번뿐일 생을 거는 편을 선택하겠습니다. 오천 원짜리 복권으로 한 주를 버티는 일을 그만두고, 몇 줄의 글에 인생을 겁니다. 그럼으로써 행복할 권리를 포기하지 않으려 합니다.

49
이웃집 히어로

히어로는 존재하는가. 영웅은 사라지지 않았는가. 대답은 예스. 망설이지 않고 답할 수 있습니다. 영웅은 어딘가에 있을 겁니다. 초능력은 존재하고 기적은 행해지고 있습니다. 그렇게 믿고 있습니다. 내가 모르는 곳에서 우리가 알 수 없는 방식으로, 영웅들은 사람들의 생명을 구하고 지구를 지키고 있습니다. 하늘을 나는 영웅에게 느끼는 감정은 동경입니다. 하지만 존경할 수 있는 영웅은 우리 곁에 있습니다. 아르바이트를 마치고 돌아오는 길에 폐지를 줍던 할머니를 돕다 세상을 떠난 학생. 그는 장기를 기증해 일곱 명의 생명을 구했습니다. 불길 속으로 들어가 일가족을 구한 크레인기사. 경북 군위에서 불길 속에 뛰어들어 할머니를 구해 낸 청년, 불이 난 건물에서 사람들을 살리기 위해 초인종을 누르다 쓰러진 청년. 지하철에 뛰어든 사람을 구한 아저씨. 힘을 합쳐 자동차를 들어 올려 생명을 구한 승객들. 매일 장소를 가리지 않고 생명을 구하는 소방관. 새로운 생명을 창조하고 길러내는 어머니. 세상을 청소하는 환경미화원. 히어로는 존재합니다. Hero는 here ourselves의 약자입니다. 내 이웃 어딘가 영웅이 살고 있습니다.

50
착각

두려움을 신중함으로
비겁함을 합리성으로
냉혹함을 이성적 판단으로
무절제를 자유로
평범함을 보편성으로

침묵을 용기로

성급함을 결단력으로

강박을 집중력으로

게으름을 여유로움으로

변명을 현명함으로

파괴를 혁신으로

계산을 계획으로

계획을 희망으로

몽상을 상상으로

착각하지 않는 사람이 될 수 있기를.

51

마흔의 얼굴

마흔쯤 되면 살아온 흔적이 겉으로 드러나기 시작합니다. 타인의 얼굴을 평가할 생각은 없습니다. 나와 상관없는 사람의 얼굴을 평가할 만큼 한가하지 않습니다. 하지만 마흔이면 자신의 얼굴에 책임을 져야 한다는 말에 공감합니다. 쌍둥이로 태어난다 해도 미움 받을 짓만 하고, 악한 마음을 품고, 세상을 원망하고, 몸에 나쁜 짓만 계속한 쪽과 자신을 관리하고 좋은 생각을 하고 세상의 좋은 면을 보려 애쓴 쪽은 분명 다른 얼굴을 하고 있을 겁니다. 마흔은 다른 속도로 걸어온 몸과 마음이 발을 맞춰 걷기 시작하는 나이입니다. 평소에 짓는 표정이 인상이 되고, 마음 속 여유가 눈빛이 됩니다. 생활 방식은 체형이 됩니다. 외출하기 전 거울을 보며 옷매무새를 고치는 것처럼, 마흔은 자신의 얼굴을 들여다보며 마음매무새를 점검해야 하는 나이입니다. 얼굴보다 인상입니다. 삶에 대한 자세, 사람을 대하는 태도, 자연스럽게 드러나는 습관이 만들어 낸 복합적인 결과가 마흔의 얼굴입니다. 마흔부터는 자신의 얼굴에 책임을 져야 합니다. 이렇게 태어났는데 어쩌라고 칭얼댈 나이는 진작 지나갔습니다. 어쩔 수 없는 것이 핑계가 되는 나이가 아닙니다. 어쩔 수 없는 것은 어쩔 수 없는 대로 내버려두고 변화할 수 있는 것을 변화시키며 살아갈 때, 마흔입니다.

52
불안

자신을 규정하는 요인이 전부 바깥에 있을 때 사람은 불안해 집니다. 내가 나로 존재할 수 있는 이유가 모두 밖에 있을 때 초조해집니다. 미래라고 믿어온 것들이 자고 일어나면 모두 사라져버릴 것 같아 불안합니다. 추억이라 믿는 것들이 모두 꿈처럼 느껴집니다. 불완전한 지금마저도 언제 달아나버릴 지 알 수 없습니다. 청춘을 바친 직장에서 언제 쫓겨날지 모릅니다. 정성을 다해 기른 아이들도 자라면 내 곁을 떠나갈 겁니다. 나이 든 부모님은 영원히 살 수 없습니다. 형제들과 나 역시 내일을 장담할 수 없는 나이가 되어 버렸습니다.

존재를 긍정할 이유를 내 안에 담아야 합니다. 마음에 담을 것을 찾아야 합니다. 소중한 것을 내 안에 들여야 합니다. 소중한 것으로 채운 마음은 불안에 흔들리지 않습니다. 아직 늦지 않았습니다. 그러나 미루지는 않아야 합니다.

미룸은 이룸을 방해하는 유일한 습관입니다. 지금 시작하지 않으면 안 됩니다. 불안에 잠식되기 전에 불안이 현실이 되기 전에 시작해야 합니다.

53
──
혼술

두부 한 모를 부치고 먹다 남은 달래장을 곁들여 술을 마십니다. 소박한 술상입니다. 따끈한 두부 한 점에 포근한 막걸리 한 잔. 이처럼 편안한 술상을 마주하는 기쁨. 누구의 눈치도 볼 필요가 없습니다. 그 사실에 나는 안도합니다. 마음 맞는 이와 마시는 술은 즐겁습니다. 하지만 마음에 거리낄 것이 없이 마시는 술도 좋습니다. 무엇을 먹을지 누군가와 상의할 필요도 없습니다. 보기 싫은 사람과 마주할 필요도 없습니다. 듣기 싫은 소리를 참지 않아도 괜찮습니다. 외롭다는 말보다 오롯하다는 말이 적절합니다. 허름한 식당에서, 한적한 시장 한 귀퉁이에서, 홀로 술을 마시던 노인들을 떠올립니다. 그들 앞에는 아무도 없었지만 그들 모두가 쓸쓸한 것은 아니었을 겁니다. 그들의 마음 안에 회한만 가득하지는 않았을 겁니다. 일생을 버텨낸 고단함 뒤에 남은 평안이 그들 안에 있었을 겁니다. 햇볕을 바라보다 이따금 술을 홀짝이는 그들의 행위 속에도 낭만은 깃들어 있었습니다. 낭만을 잃지 않고 나이 들고 싶습니다. 양지 바른 평상 위에 걸터앉아 바람을 느끼고 싶습니다. 그러다가 잊고 있던 약속이 생각난 듯이 천천히 술 한 잔 마시고 싶습니다. 여유로운 술 한 잔과 홀로 마주할 수 있다면 그것 또한 성공한 인생이 아닐까요. 그 날이 오지 않아도 좋습니다. 벚꽃은 흐드러지고 저녁바람은 시원합니다. 바랄 나위 없는 하루가 여기 있습니다.

54
상처

몸에 난 생채기를 상처라 부르지 않는다. 가벼운 생채기에서 끝내 흉터로 남을 것까지. 상처로 인정하지 않는다. 몸에 난 생채기는 결국 아문다. 비록 흉터로 남을지라도 생채기는 생활의 흔적일 뿐 상처가 될 수 없다. 세상에 부딪치다 보면 멍이 드는 일은 흔하다. 가끔 피를 흘리는 것도 감수해야 한다. 그래야 계속 살아갈 수 있다. 아무리 주의해도 피할 수 없는 일이다. 몸에 난 생채기는 언젠가 과거의 것이 되지만 마음의 상처는 언제나 현재 진행형이다. 상처는 끝내 아물지 않는 것을 말한다. 살아있는 한 나의 일부로 존재하는 것을 말한다. 상처는 슬픔인 동시에 존재다. 상처는 가장 여린 부분이지만, 아픔이 나를 나로 존재하게 만든다. 상처는 슬픔의 근원이면서 존재의 긍정이다. 떨쳐버릴 수 없는 상처를 인정하고 계속 살아가야 한다.

55

스몸비

봄꽃이 다투어 피어나는 거리. 청년은 스마트폰을 들여다보며 길을 건넌다. 청년 앞에 승용차가 급정거했다. 사람들은 놀라 그를 쳐다본다. 청년은 무표정한 얼굴로 마저 길을 건넌다. 그가 길을 건넌 맞은 편 또 다른 청년 하나가 신호가 바뀐 줄도 모르고 서 있다. 이어폰을 꽂은 채 한껏 심각한 얼굴로. 자신의 생명보다 중요한 무언가가 저들의 스마트폰 안에는 있는 걸까. 아이를 태운 승용차 운전자에게는 끊임없이 스마트폰을 확인할 만큼 시급한 일이 있는 걸까. 가끔 두려워진다. 내가 가진 스마트폰 안에는 그들의 것처럼 소중한 것이 들어있지 않은데, 그것은 잘못된 걸까. 꽃을 보며 건는 것은 시대에 뒤쳐진 케케묵은 일이 되어버린 걸까. 시각과 청각, 영혼까지도 스마트폰이 지배하는 세상이 이미 와버린 걸까. 스마트폰은 이미 인간의 도구를 넘어서버린 게 아닐까. 인간은 이미 스마트폰의 숙주가 되어버린 건 아닐까.

56
남자의 방

처음 방을 갖게 된 것은 고등학교 때입니다. 세 들어 살던 집에서 창고로 쓰던 공간이 내 방이 되었습니다. 연탄을 재어놓거나 못 쓰게 된 물건을 보관하는 공간이었습니다. 본래 세를 주기 위해 마련한 공간이었으나 생활을 들이기에는 너무 좁았습니다. 그래서 아무도 들어와 살지 않았습니다. 여차저차 사소한 과정을 거쳐 창고는 내 방이 되었습니다. 원래 용도가 부엌인 한 평 남짓한 공간에는 겨울마다 연탄이 쌓여 있었습니다. 낡은 미닫이문을 열고 들어가면 내 방이 있었습니다. 방 안에는 이불 한 채와 책상, 낡은 장롱 하나가 전부입니다. 밤이면 고양이가 지붕과 천장 사이의 공간을 뛰어다녔습니다. 그럴 때마다 낡은 합판이 불룩거렸습니다. 부엌에는 덫에 붙잡힌 쥐들이 울어댔습니다. 그래도 나만의 공간이었습니다. 그보다 중요한 건 없었습니다. 공부 따윈 하지 않았습니다. 책상 위에서 무수한 편지를 썼습니다. 밤마다 라디오를 들었습니다. 이소

라와 신해철의 목소리를 들으며 밤을 걸었습니다. 이외수나 이문열의 소설을 읽고, 릴케와 정호승의 시를 읽었습니다. 친구들과 생 라면을 부셔 안주로 삼아 페트병에 든 소주를 마셨습니다. 몇몇 친구들의 아지트였습니다. 친구들은 제멋대로 뒹굴며 담배를 피웠습니다. 별 것 아닌 일들이지만 생애 처음 가진 나만의 공간은 특별했습니다. 그곳에서 보낸 추억들은 사라지지 않았습니다. 비가 많이 오는 날이면 빗물이 새었지만 덕분에 메마르지 않은 청소년기를 보냈습니다. 전기장판 하나로 바람이 슝슝 부는 방에서 겨울을 났지만 가슴은 뜨거웠습니다. 내 방은 군대에 가있는 동안 천장이 무너져 버렸습니다. 내 사춘기는 천장이 무너진 그 방에 온전히 묻혀 있습니다.

57
—
미닫이, 여닫이

미닫이문을 닫아도 세상을 막을 수 없었습니다. 연약한 미닫이문은 사람들 사이의 암묵적인 동의 일뿐입니다. 소리는 문을 통과하고 바람도 문을 뚫고 들어왔습니다. 새벽녘 불을 끄면 달빛이 방안으로 스며들었습니다. 감나무 그림자가 이부자리 위에 무늬를 새겼습니다. 홀로 있어도 혼자일 수는 없는 공간입니다. 세기가 바뀌고 미닫이문의 시대는 끝났습니다. 이제 여닫이문의 세상을 살아갑니다. 철문을 닫으면 완전한 침묵뿐입니다. 문을 잠그는 순간 세계와 단절됩니다. 문을 잠그고 난 후에야 안전한 나만의 세상. 동경하던 나만의 공간에 들어와 있습니다. 나는 행복한 걸까요. 불을 끄면 달빛이 배어들던 밤이, 그 방이 왜 이리 그리운 걸까요.

58
2004, 2019

2004년 겨울 친구는 내 뺨을 모질게 후려쳤다. 떨리는 목소리로 너까지 가버리면 나는 견딜 수 없을 거라고 그저 살아달라고 부탁했다. 많은 일이 일어났고 무수한 것들이 사라졌다. 우리는 그래도 생을 지속했다. 사랑했고 이별했다. 꿈을 포기하기도 했고 희망을 놓아버리기도 했다. 그럼에도 불구하고 우리는 계속 살아남았다. 흐르는 세월은 기쁨을 실어오기도 했고, 슬픔을 씻어내기도 했다. 15년의 세월이 흘렀다. 친구는 오늘 내게 이제 우리는 축하할 일만 남았네. 말하며 잔을 들었다. 나는 잔을 부딪치고 소주 잔 만큼 울었다. 어떤 시간을 견뎌왔건 앞으로 어떤 일들을 버텨야 하건 우리에겐 아직 축하할 일이 남아있다. 그러니 살아야 한다.

59

독서, 사색

비록 사고는 편협하고 조잡한 논리 회로밖에 갖고 있지 못하지만 나름대로 세상을 이해하려 노력하고 있습니다. 어른이 되는 것은 스스로 씹어 먹는 사람이 되는 일입니다. 음식을 씹어 삼키는 것을 식사라 하고 경험을 씹어 먹는 것을 사색이라 합니다. 독서는 타인의 성찰을 들여다보는 귀한 경험이지만 사색이 뒤따르지 않으면 아무 소용없습니다. 책만 잔뜩 짊어진 나귀와 다를 바 없습니다. 문장을 아무리 잔뜩 쌓아놓아도 사색하지 않는다면 쓸모없습니다. 사색이 결여된 독서는 베이킹파우더만 주구장창 퍼먹는 것과 다를 바 없습니다. 독서는 타인이 세상과 맺은 인과관계를 참고하는 일이고, 사색은 스스로 세상과의 거리를 설정하는 일입니다. 둘은 따로 떨어뜨릴 수 없는 일련의 행위입니다.

60

선택하다

반찬이 많으면 밥상이 풍요로워지듯 인생이 풍요로우려면 선택지가 다양해야 합니다. 대화, 합의, 노력 같은 일상적 선택만 늘어놓아서는 곤란합니다. 이별, 이혼, 이사, 자퇴, 퇴사, 자살까지 선택지에 올려야 합니다. 극단적인 선택을 권하는 것이 아닙니다. 어떤 것도 선택지에서 제외해서는 안 된다는 말입니다. 가장 좋은 것에서 가장 나쁜 것까지 모두 늘어놓아야 합니다. 선택의 폭만큼 삶의 범위는 확장됩니다. 각오한 만큼 삶은 단단해집니다. 반찬은 많은데 먹을 게 없다면 상을 다시 차려야 합니다. 자신이 원하는 메뉴를 만들어 내야 합니다. 한 끼쯤 대충 먹고 때우는 건 괜찮을지 몰라도, 한 번 뿐인 인생을 대충 때우면서 살 수는 없습니다.

61
집으로

마음이 온전치 않은 시절이었습니다. 집에 뭐가 있다고 자꾸 집에 가려고 하는데? 아쉬움을 담아 친구가 물으면 그냥이라는 대답 말고는 할 수 없었습니다. 사실 아무 이유도 없었으니까요. 집에 기다리는 사람도 없고, 맛있는 음식도, 따뜻한 체온도 없었습니다. 서두를 이유는 전혀 없었습니다. 동굴 속으로 숨는 작은 짐승의 심정이었습니다. 곰처럼 거대한 절망이 기다리고 있다 해도, 집으로 돌아와 나의 절망과 마주해야 했습니다. 그 때는 설명할 방법을 알지 못했습니다. 이유를 밝힐 수 없었습니다. 내게는 그냥이라는 말 밖에 없었습니다. 절망보다 사람이 무서웠습니다. 대화가 두려웠습니다. 바깥에 오래 머물면 식은땀이 흐르고 몸이 떨렸습니다. 그러지 않았다면 좋았겠지만 그럴 수밖에 없었습니다. 지금도 사람이 두렵지 않은 것은 아닙니다. 하지만 두려움에도 해야 할 일이 있습니다. 이제 내게도 집으로 돌아갈 이유가 생겼습니다. 친구는 더 이상 이유를 묻지 않습니다.

이유를 알면 물을 필요가 없어집니다.

62
서브웨이

친구는 어느새 서브웨이에서 능숙하게 주문할 수 있는 훌륭한 어른이 되었습니다. 서브웨이에서 또박또박 흔들림 없이 - 여유롭게 주문할 수 있는 것은 어른이 가져야 하는 덕목 중 하나입니다. 아무것도 아닌 것 같지만, 친절한 태도를 유지하며 빵과 소스를 고르고 들어가는 재료를 선택하는 것은 어려운 일입니다. 스스로의 취향을 아는 것은 근사합니다. 당황하지 않고 주문을 마무리하는 것은 멋집니다. 물론 서브웨이에 가본 적이 없다고 훌륭한 사람이 될 수 없는 것은 아니지만요. 서브웨이의 주문은 일종의 시험처럼 느껴집니다. 당신은 당신의 취향을 알고 있습니까? 당신의 취향을 자연스럽게 표현할 수 있습니까? 큼지막한 샌드위치를 우걱우걱 먹을 만큼 자유롭습니까? 제게는 아직 어려운 일입니다. 적당히 알아서 해주세요가 고작입니다. 어른스러워 지려면 멀었습니다.

샌드위치를 먹는 동안 친구는 자꾸 잔소리를 합니다. 그의 말이 항상 마음에 드는 것은 아닙니다. 늘 옳은 말만 하는 것도 아닙니다. 그러나 그는 언제나 나를 위해 말합니다. 그것은 알고 있습니다. 친구의 말을 모두 따르진 않지만 그래도 경청하는 이유가 거기에 있습니다. 그가 같은 생각을 말한다면 공감할 수 있고 다른 생각을 말한다면 보완할 수 있습니다. 어쨌든 이탈리안 스파이시인가 뭔가 하는 샌드위치는 무척 맛있었습니다.

중년은 중간자입니다.
중년은 노년기에 대한 공포와 청년기에 대한
향수 사이에 선 존재입니다.
엄마의 도리, 아빠의 도리, 중간자의 도리, 어른의 도리,
자식의 도리, 도리를 지키느라 사람으로 살아갈 권리를
내팽겨 치지 않길 바랍니다.
개별적 개인으로서 삶을 즐기는 세대가 되기를 희망합니다.
세대에 갇히지 않고 한 명의 사람으로서
살아가길 기원합니다.

중년의 미학

청춘이 부럽다고 그 때로 돌아갈 수 없습니다.
청춘을 부러워하는 만큼 자신의 노화가 대비되어 서글퍼 질 뿐입니다.
이미 가졌던 것입니다. 마음껏 누렸던 것입니다.
그래도 충분하지 않다면 다시 돌아간다 해도 마찬가지 입니다.

01

가좌천 로망스

여좌천처럼 로맨스다리는 없을지라도 가좌천에도 벚꽃은 한창입니다. 봄은 장소를 가리지 않고, 꽃은 사람을 차별하지 않습니다. 지금 여기에도 행복이 흩날립니다. 행복하기로 마음먹은 사람을 방해할 수 있는 것은 없습니다. 매 년 피어나는 벚꽃은 봄마다 새롭습니다.

가좌천 한 쪽에 늘어선 나무의 이름은 벚꽃나무가 아니라 벚나무입니다. 벚꽃을 피우는 것이 그의 전부는 아닙니다. 화려한 한 때가 그의 모든 것은 아닙니다. 꽃이 흩날리고 나면 벚나무는 열매를 맺습니다. 여름 내내 길 가에 그늘을 드리웁니다. 가을이 되면 벚나무에도 단풍이 듭니다. 겨울을 견뎌내며 나무 둥치는 굵어지고 단단해집니다. 껍질은 거칠어집니다. 해를 겪으면서 세상의 때를 뒤집어씁니다. 그래서 벚나무는 해를 견딜수록 봄마다 더 빛나는 꽃을 피워냅니다. 벚나무의 생도 우리 생과 다르지 않습니다.

02

함박눈을 맞다

어쩌면 저렇게 무수히 많은 것들이 저 높은 곳에서 떨어지는데 아무 소리도 나지 않을까요. 하늘로 모자라 땅을 뒤덮으면서 이토록 고요할 수 있을까요. 마음이 얼어붙어 버린 사람이 말을 잃고 조용해지는 것과 같은 이유일까요. 침묵 안에서 쌓이는 평화일까요. 침묵 뒤에 찾아오는 안식일까요. 겨울 함박눈은 여름 소나기처럼 소란스럽지 않아 좋습니다. 펑펑, 사락사락 같은 단어들은 눈의 침묵을 견디지 못한 누군가가 뱉어낸 외마디 탄식이 아니었을까요. 세상은 순백의 침묵으로 뒤덮여 평화롭습니다. 첫 발자국을 내는 것은 미뤄두기로 합니다. 아이들의 기쁨으로 남겨두기로 합니다. 고요 속에 몸을 맡긴 함박눈처럼 고요해지기로 합니다.

03

티켓

어디로 가야 할지 모를지 라도 떠나야 합니다. 먹고 싶은 것이 생각나지 않아도 배가 고프면 뭐라도 먹어야 하는 것처럼, 견디기 힘들 때는 떠나야 합니다. 일단 결정하고 나면 떠나고 싶은 마음이 생깁니다. 떠나야 했음을 깨닫게 됩니다. 멀리 가지 않아도 좋습니다. 어디라도 좋습니다. 어떻게 해야 행복해질지 알 수 없어도 일단 행복하기로 결정해야 합니다. 자신에게 행복을 결정했다고 말해주어야 합니다. 결정하고 나면 신기하게도 행복해지고 싶은 욕망이 일어납니다. 우리는 행복을 향해 가는 중입니다. 현실이 시궁창이라도 괜찮습니다. 아픔이 스쳐가도 신경 쓰지 않기로 합시다.

모든 차표에는 출발지와 목적지가 같이 찍혀 있는 법입니다. 불행은 우리가 떠나온 곳이며, 고통은 행복을 향해가는 길에 잠시 스쳐가는 풍경에 불과합니다. 중요한 것은 우리가 떠나왔다는 사실입니다. 불행에서 떠날 용기가 우리에게 있습니다.

04
다시, 4.16

아무도 잊어서는 안 된다고 주장하려는 것은 아닙니다. 잊고 싶은 사람은 잊어도 됩니다. 이미 잊어버렸다 해도 괜찮습니다. 하지만 잊지 못할 사람을 비난해서는 안 됩니다. 자식을 잃은 부모에게 이제 그만 좀 하라고 말하면 안 되는 겁니다. 공감하지 못하는 것은 죄가 아닙니다. 세상 모든 아픔에 공감할 수 없습니다. 공감은 힘이 드는 일이라 당사자가 아니라면 지속하기 힘든 것도 사실입니다. 그러나 자신이 공감하지 못한다고 슬픔을 혐오하는 것은 잘못된 일입니다. 누구에게나 일어날 수 있는 일이었습니다. 누구에게도 일어나서는 안 될 일이었습니다. 잊을 수 없는 것을 잊으라고 말해서는 안 됩니다. 그들의 슬픔을 모욕해서는 안 됩니다. 삼풍백화점, 대구지하철, 세월호의 참사는 잊으려 해도 잊을 수 없는 일입니다. 사라지지 않는 슬픔은 추모가 됩니다. 꺼지지 않는 분노가 세상을 바꿀 힘이 됩니다.

잊는다는 것이 가능할 리 없지.
있었던 일을 잊을 수 없지.
세상과 천국 사이를 잇는 길 하나가 생겼지.
사람과 사람 사이를 잇는 길이 되었지.
부디 편히 쉬길.
더 나은 세상을 위해 살아갈게.

05
좋은 사람

그래도 예전보다 좋은 사람이 되었다고 생각합니다. 많은 사람을 잃었고 자주 길을 잃었지만, 어릴 때처럼 마냥 행복해하지 못하지만, 스무 살처럼 사랑할 일도 없을 테지만, 지난날의 나보다 좋은 사람이 되었다는 것을 확신합니다. 사라져 간 좋은 것들은 내 안에 녹아들었습니다. 이제 좋은 것들은 바깥이 아닌 내 안에 있습니다. 좋은 것을 마주해도 예전처럼 민감하게 느끼지 못하는 이유는, 내면을 들여다 볼 때가 되었다는 뜻입니다. 영혼이 보내는 시그널입니다. 좋은 것이 바깥이 아닌 내면에 존재하는 사람은 길을 잃지 않습니다. 표지판을 따라갈 필요가 없습니다. 스스로 랜드 마크가 되어 자신을 기준으로 세상을 재설정 하게 됩니다. 나이 들수록 좋은 사람이 될 수 있다는 사실은 세월을 지불해 얻는 것 중 가장 기쁜 일입니다.

06
태우다

그래도 타지 않은 슬픔이 남아 있다 해도, 부디 슬픔을 등에 태우고 가지 마라. 십자가처럼 슬픔을 지고 가지 마라. 슬픔의 영정을 안고 나아가라. 슬픔으로 하여금 세상에 맞서게 하라.

비탄의 창에 찔려보지 않았다면, 미련에 걸려 넘어져보지 않았다면, 고독의 터널을 통과하지 않았더라면, 소중한 사람을 잃지 않았더라면, 정상에서 추락하지 않았다면, 믿음에 배신당하고 노력에 배반당하지 않았더라면, 도대체 생의 어디에서 성장할 수 있단 말인가. 무엇을 인생이라 말할 수 있겠는가.

벚꽃이 아름다운 것은 흩날리기 때문이고 생이 아름다운 것은 흘러가기 때문이다. 부디 슬픔을 안고 나아가라.

07
의문의 의미

의문을 가지는 것은 의미를 찾는 여정의 시작입니다. 지금까지 생은 무슨 의미가 있을까? 어떻게 살아야 하는가? 무엇이 정의 인가? 진실은 무엇인가? 사과는 왜 아래로만 떨어지는가? 왜 배는 수평선에서 사라지는가? 새는 어떻게 하늘을 나는가?

현상을 관찰하는 것에 머물지 않고 의문을 가진 사람들 덕분에 인류는 진보하고 발전했습니다. 개인의 생도 다르지 않습니다. 지금까지의 생에 의문이 생기기 시작한다면 지혜를 받아들일 준비가 된 것입니다. 앞으로의 생에 의문이 생긴다면 비로소 생의 의미를 받아들일 준비가 된 것입니다. 물음표가 국자 모양인 것은 지혜와 의미를 내 안에 담아 옮길 도구이기 때문입니다.

08

다운시프트

밥을 벌기 위해 팔 수 있는 것은 모두 가져다 팔았습니다. 시간을 팔았습니다. 땀을 팔았습니다. 주말을 팔고 저녁을 팔았습니다. 여유를 팔고 낭만을 팔았습니다. 눈물을 팔았습니다. 그래도 모자라면 웃음을 팔았습니다. 돈을 벌기 위해 팔아넘긴 것이 너무 많아 무엇을 잃었는지도 모른 채 살았습니다. 더 이상 팔 것이 남아있지 않게 된 후에야 알았습니다. 파는 데 정신이 팔려 정작 사야 할 것은 아무것도 사지 못했다는 것을 깨달았습니다. 진정 필요한 것 대신 쓸데없는 것들을 모으며 살았습니다. 일하기 위해 옷을 사고, 다시 일하기 위해 술을 마셨습니다. 하루를 견디기 위해 커피를 달고 살았습니다.

사는 것을 잊고 살았습니다. 더 이상 버틸 수 없었습니다. 조금 더 버티다가는 나를 영영 잃어버릴 것 같았습니다. 여유롭기 때문에 시작한 것이 아닙니다. 절박했기 때문에 당장 시작할 수밖에 없었습니다. 조금 벌어도 좋습니다. 하고 싶은 일을 하며 살 수 있다면 괜찮습니다. 인생의 선택지에 더 나은 삶을 향해 전진하는 것만 있지는 않습니다. 더 나인 삶을 위해 멈추는 선택지도 존재합니다.

09

죽음에 관하여

사는 것을 가볍게 여긴 적이 많았습니다. 살아가는 것은 너무 버거운 일이었습니다. 스스로 목숨을 끊으려 했습니다. 비겁하지만 사고사를 간절히 바란 적도 있습니다. 어떤 사람들은 과로사를 염려했고 어떤 사람들은 농담처럼 고독사와 돌연사에 대해 말하기도 했습니다. 그런 말을 들어도 아무렇지 않았습니다. 그것이 가장 큰 문제였습니다. 당시 나를 상담해 주신 분이 있었습니다. 그분의 첫 마디가 "죽고 싶다는 생각 자주 하시죠?" 이었습니다. 그 분은 제게 살아 있는 자라면 당연히 가지고 있어야 할 삶에 대한 열망이 없다고 하셨고, 안정에 대한 욕구가 전혀 없어 위험한 상태라 진단했습니다. 사실 그 때의 내게 죽음은 고통에서 벗어날 수 있는 유일한 길이었습니다. 너무 지쳐있었고 더 이상 싸울 힘이 남아 있지 않았습니다. 싸워야 할 이유는 잃어 버렸습니다. 그래서 아예 힘을 빼버리기로 했습니다. 잘 하지 않아도 괜찮다고 스스로를 다독였습니다. 될 대로 되어라가 생의 모토였습니다. 그렇게 몇 년을 보냈습니다. 글을 쓰는 것이 어떤 약보다 효과가 좋았습니다. 땀을 흘리는 것이 어떤 위로보다 우울함을 달래주었습니다. 돌이켜 보면 죽지 않아 다행이라 생각하지만 그 때의 선택을 부끄럽게 여기지 않습니다. 잘한 일은 아니지만 후회하지도 않습니다. 그 때는 그럴 수밖에 없었습니다. 그래도 이렇게 살아남아서 이렇게 살고 있어서 다행입니다. 무엇이 되지 않기로 결정하면 마음은 편안해집니다. 무엇이 되려고 애쓰지 않으면 삶은 수월해집니다. 그러니 죽을 생각을 했다고 부끄러워하지 않아도 됩니다. 당신이 나약해서가 아닙니다. 당신이 어리석기 때문이 아니고 게을러서가 아닙니다. 노력이 부족해서가 아닙니다. 죽음을 생각할 만큼 치열하게 살아왔기 때문입니다. 누구보다 삶을 진지하게 여겼기 때문입니다. 절망에도 불구하고 세상을 원망하지 않았기 때문입니다. 타인에게 피해를 줄 바에야 자신을 소멸시킬 선택을 할 만큼 선량한 당신이기 때문입니다. 더 이상 자신을 나무라지 않아도 괜찮습니다. 되는 대로 흘러가도 좋습니다. 어떻게든 살아 봅시다. 극단적인 선택을 할 만큼 소중한 것은 세상 어디에도 없습니다. 그렇게 생각해 버리기로 합시다. 아무것도 남지 않은 것은 끝인 동시에 시작입니다. 우리는 패배자가 아닙니다. 우리는 낙오자가 아닌 생존자입니다.

10
봄마다 보다

사랑에 빠지면 외로움을 두려워하게 되지.
환희 앞에서 우리는 무력해지지
기쁨은 노력만으로 얻을 수 없고
애를 쓸수록 슬픔은 깊어지지

그래도 잊지 마.

빛나는 것들은 모두 어둠 속에 있어.

11
절대평가, 상대평가

눈앞에 상대가 있어야 승부욕이 불타오르는 사람이 있습니다. 타인과 어깨를 맞대야 더 빨리 달릴 수 있는 사람도 있습니다. 경쟁 시스템 안에서 더 효율적인 움직임을 보이는 사람들이 있습니다. 하지만 그렇지 않은 사람도 있습니다. 적어도 저는 승자가 되고 싶지 않습니다. 패자가 되어도 상관없습니다. 누군가에게 이겼다고 우월해진다고 믿지 않습니다. 패한 자의 얼굴을 마주하는 것은 곤혹스럽습니다. 패배했다고 해서 우울하지 않습니다. 재미없고 지루한 유형의 인간입니다. 혼자서 뛰는 편이 좋습니다. 아무도 없는 곳에서 나와 경쟁하는 편이 마음 편합니다. 승리하면 어제의 나를 이기게 되고, 패배하면 내일 내가 도전할 것이 남게 됩니다. 누구도 신경 쓰지 않기에 누구의 눈치도 볼 필요가 없습니다. 이기고 지는 일에 일희일비 할 필요 없습니다. 누군가의 필사적인 안간힘을 마주하지 않아도 됩니다. 적이 아닌 인간을 패배시키는 일은 불편하기만 합니다. 타인을 위해 싸우지 않습니다. 그럴 필요가 없습니다. 스스로 설정한 계획을 따라 성장하면 그만입니다. 나만의 기록 갱신입니다.

거기에는 순수한 기쁨만 가득해서 승패가 발 디딜 곳이 없습니다. 나와의 경쟁에서 손해 보는 사람은 없습니다. 저는 상대와 맞서기보다 자신과 마주하는 편이 좋습니다.

겨룸보다 이룸이 좋습니다. 싸움이 두려워 물러서는 것이 아닙니다. 물러설 곳 없는 전장을 좋아할 뿐입니다.

12
달리기

공기를 가른다고 표현하지만 그건 처음뿐이고 달리다 보면 이내 온 몸으로 공기가 스며듭니다. 몸은 공기를 갈구합니다. 마음은 공기를 머금고 가벼워집니다. 숨을 들이마시고 내쉽니다. 차례로 발을 앞으로 내밉니다. 심장이 쿵쿵 요동칩니다. 심장에서 울리는 북소리를 들으며 전진합니다. 분명 전진하고 있지만 나아가고 있다는 자각은 없습니다. 하늘과 바람뿐입니다. 아무 생각도 하지 않습니다. 단순한 반복을 거듭하면 어느 순간 아무것도 하지 않는 것 같은 기분이 듭니다. 아무것도 아닌 바람이 됩니다. 때론 한없이 투명해져서 내 안이 훤히 들여다보입니다. 단순한 동작만큼 선명해진 나와 마주합니다. RUN IN ING 나는 생 안으로 달려가고 있습니다. 달리기를 통해 달라지고 있습니다.

13

만우절

거짓말이 즐거웠던 적은 한 번도 없었습니다. 불편한 진실이라 해도 거짓보다 불쾌하진 않았습니다. 누군가를 속이고 즐거워하는 짓은 저급합니다. 날을 정해 따로 거짓말을 만들어 내지 않아도 됩니다. 지구에는 이미 우주를 뒤덮고도 남을 거짓말이 존재합니다. 우리까지 나서서 생산하지 않아도 거짓말은 충분합니다. 오늘도 가짜뉴스는 거짓말 부대의 최전선에 서서 맹위를 떨치고 있습니다. SNS의 보급으로 모든 개인이 방송국이 되고 신문이 될 수 있는 시스템에서, 가짜뉴스의 파급력은 무서울 정도입니다. 합성된 사진, 조작된 기사, 날조된 이야기가 진실인 것처럼 전파됩니다. 가짜뉴스를 퍼뜨리고 허위사실을 유포하는 자에게 지금보다 훨씬 강도 높은 처벌이 이루어져야 합니다. 그러기 위한 사회적 공감이 이루어지길 바랍니다. 무엇보다 우리 스스로 '암묵적 공범'이 되지 않기 위해 애써야 합니다. '편집된 진실'에 속는 것은 공범행위 임을 인식해야 합니다. 이야기에 현혹되지 않아야 합니다. 진실이 아닌 특종을 쫓는 일부 기자들에게 속으면 안 됩니다. 거대한 언론권력이 짜깁기한 이야기에 넘어가서는 안 됩니다. 스스로 해석하는 힘을 잃으면 타인의 해석대로 세상을 인식하게 됩니다. 가짜 뉴스로 인해 멕시코에서는 죄 없는 두 남자가 린치 끝에 산 채로 불타죽었습니다. 미국의 피자집에서는 총기난사가 일어났습니다. 다른 나라만의 문제가 아닙니다. 그래프 조작, 사건의 은폐, 치밀하게 공작된 가짜뉴스가 우리 주위에 난무합니다. 의심하고 또 의심해야 합니다. 조회 수만 노리는 자극적인 기사에 현혹되면 안 됩니다. 제목에 낚이는 물고기가 되어서는 안 됩니다. 기사라고 모두 진실은 아닙니다. 사실 판단조차 제대로 하지 않은 기자를 욕하면서 기사를 스스로 판단하지 않는 것은 모순입니다. 뉴스를 ctrl+c, ctrl+v 아무런 생각 없이 공유한다면 그들과 똑같은 인간이 되는 것입니다. 세간의 이목은 매스컴에 의해 주도됩니다. 손가락이 가리키는 곳이 아닌 손가락을 내민 의도를 헤아려야 합니다. 그러지 못하면 매스컴이 여론을 대변하게 될 것입니다. 그렇게 되면 우리는 그들 마음대로 조종되는 꼭두각시와 다를 바 없습니다. 아무것도 아닌 이야기인데 뭐 어때 생각해서는 안 됩니다. 아무것도 아닌 이야기이기 때문에 무엇으로도 변신할 수 있습니다. 가짜뉴스에 대해서만큼은 결벽증을 가져야 합니다. 그러지 않으면 언젠가 플라스틱보다 많은 가짜뉴스로 세상이 뒤덮여버릴 지도 모릅니다. 플라스틱에 뒤덮인 세상만큼 가짜뉴스로 흐려지는 세상이 두렵습니다. 지금 손을 쓰지 않으면 더 이상 손댈 수 없게 될지도 모릅니다.

14
―
나들이

볼 빨간 사춘기의 음색을 좋아해요. 그들의 신곡이 나왔어요. 노래를 들으며 걸었어요. 나들이 갈까란 곡이 앨범의 첫 번째 트랙이었어요. 안지영의 목소리를 듣는 순간 귀부터 녹아내리기 시작했어요. 온 몸이 녹아내려 마치 아이가 된 것 같아요. 아이가 되어 봄의 한 가운데를 걸었어요. 혼자 노래를 불렀어요. 유치해져 버렸어요. 하지만 봄은 더 찬란해졌죠. 어쩌면 사랑이 식어버린 것도, 삶이 무료해진 이유도, 유치함을 잃어버렸기 때문은 아닐까요. 어린아이처럼 마냥 행복해하는 법을 잊어버렸기 때문이 아닐까요. 좀 유치하면 어떤가요. 유치한 사람이 된다 해도 조금 더 기뻐할 수 있다면 괜찮지 않을까요. 사랑은 원래 유치한 것이 아닌가요. 홀로 오롯할 수 있다면 사랑 따윈 필요 없겠지요. 조금 유치해지기로 하죠. 초심을 잃었다고 말하는 것은 열정을 잃어버렸다는 뜻이 아니에요. 처음의 열망을 잃어버렸다는 뜻이죠. 일에 대한 열정은 잃어도 괜찮아요. 하지만 즐거움에 대한 열망만은 잊어서는 안 되겠죠.

나들이 갈까.
너와 둘이 갈까.
나만, 봄일까.

왜 너만 보는 걸까.

나들이 갈까.

우리 둘이 갈까.

우리 둘이 될까.

15

줄넘기

줄넘기 하나가 끊어지는데 두 달에서 세 달 정도가 걸립니다. 계절에 따라 다르지만 백만 번 정도 반복하면 줄이 끊어집니다. 5밀리미터 정도 굵기의 가벼운 고무가 조금씩 닳아 가늘어집니다. 줄넘기는 1밀리미터 정도만 남아도 열흘에서 길게는 보름까지 견뎌냅니다. 줄이 끊어질 때 가슴 안에 무언가가 이어집니다. 줄넘기 하나를 닳게 만들어 마침내 끊어 내는 과정은 책 한 권을 읽는 것과 같습니다. 줄넘기가 끊기기 전과는 다른 사람이 됩니다. 홀로 지루한 시간을 버티는 것이 아무 의미 없는 일은 아니었음을 알게 됩니다. 아무것도 아니라고 생각한 행위에 담긴 의미를 알게 됩니다. 줄넘기 굵기만큼 몸은 단단해집니다. 마음에도 단단한 힘줄 하나가 생겨나 삶과 나를 잇습니다. 여분의 줄넘기 하나를 꺼내 다시 뜁니다. 그저 뜁니다. 바람을 느끼며 뜁니다. 구름을 바라봅니다. 한결 같은 풍경 사이로 계절이 지나 가는 것을 지켜봅니다. 무언가를 하고 있지만 실제로는 아무것도 하고 있지 않은 듯한 느낌을 즐깁니다. 오늘도 제자리에서 뜁니다. 줄넘기는 제자리에서 뛰어도 반복을 견뎌내면 결국 성장할 수 있다는 증명입니다.

16
—
중년의 전우

중년은 중간자입니다. 중년은 노년기에 대한 공포와 청년기에 대한 향수 사이에 선 존재입니다. 노인들은 중년까지 싸잡아 요즘 것들이라 칭하고 청년들은 자기 윗세대면 꼰대라 여깁니다. 어디에도 속하지 못했는데 모든 곳에 속하는 것이 중년의 아이러니입니다. 중년은 어느 세대에도 속하지 못합니다. 하지만 더 이상 중년은 은근슬쩍 대충 넘어가도 되는 세대가 아닙니다. 빠른 기간에 평균 수명이 늘었습니다. 어릴 적에는 스물만 넘어도 어른이었습니다. 서른쯤 되면 관록이 넘쳤습니다. 우리 세대의 서른과 그 때의 서른은 다릅니다. 수명이 늘어난 것은 감사하지만 시대 사이의 간격이 너무 짧았습니다. 사회적 인식과 신체적 변화 사이에 괴리가 큽니다. 스무 살만 넘어도 어른의 옷을 입어야 했던 시대는 지났습니다. 나이에 상관없이 스니커즈를 신고 스키니 진을 입을 수 있는 시대가 되었습니다. 우리는 좁은 시대 간격 사이에 끼어있는 세대입니다. 그래서 숨막히고 갑갑한 것은 아닐까요. 물론 지난 세대도 우리처럼 급격한 변화에 당황했을 겁니다. 다음 세대도 변화의 물결에 휩쓸릴 겁니다. 그러나 우리 세대의 혼란은 우리의 몫으로 남아 있습니다. 유년기에 산업화 시대를 겪고, IMF 즈음에 성인이 된 우리. 사이버 시대의 서막을 지켜보고 테크노를 향유한 세대. 과거의 추억을 20세기에 두고, 밀레니엄을 지나 21세기로 넘어 왔습니다. 세대로 사람을 나눌 수 있다고 생각하지 않지만 그래도 공감할 수 있는 건 같은 시절을 향유한 세대일 수밖에 없습니다. 서로가 서로를 이해하고, 함께 고충과 비전을 공유할 수 있는 장이 넓어지기를 고대합니다. 아내라는 틀에, 남편이라는 틀에 서로를 가두지 않길 소망합니다. 부모의 역할. 관리자의 역할을 해내면서도 역할이 생의 전부가 아님을 인식하길 바랍니다. 엄마의 도리, 아빠의 도리, 중간자의 도리, 어른의 도리, 자식의 도리, 도리를 지키느라 사람으로 살아갈 권리를 내팽겨 치지 않길 바랍니다. 개별적 개인으로서 삶을 즐기는 세대가 되기를 희망합니다. 세대에 갇히지 않고 한 명의 사람으로서 살아가길 기원합니다.

17

X세대

쉼표와 마침표 사이의 간격. 추억을 되새긴다고 늙는 게 아니야. 추억을 현재에 새길 의지를 놓아버리는 순간 우리는 세월에서 밀려나기 시작하는 거지. 청춘으로 돌아갈 수 없고 노년에 포함되기엔 서툴다. 항상 누군가의 무엇이되 무엇도 될 수 없는 익명의 존재들. 아줌마, 아저씨 아니면 중년. 어디에도 속할 수 없지만 어디에나 있어야 하는 우리. 달라진 모든 것들을 받아 들였지만 달라진 세상에 받아들여지지 못한 세대. 하지만 다름을 받아들일 가능성을 가진 첫 번째 세대. 많은 것을 잊어버렸지만 자신을 잃지 않은 세대, 생의 의미를 잊지 않은 이 시대 모든 X세대를 위하여.

18
낭비하다

종종 시간을 낭비하고 있다는 생각이 들 때가 있습니다. 그렇다면 잘하고 있는 겁니다. 시간낭비라고 생각된다면 아낌없이 시간을 쓰고 있는 겁니다. 한 번 쯤 시간을 낭비해도 됩니다. 불안은 효율에 중독된 마음이 내뱉는 불만에 불과합니다. 한 번쯤 미쳐도 괜찮습니다. 오히려 한 번도 미쳐보지 못한 삶이 실패입니다. 아낌없이 낭비해도 좋습니다. 마음껏 지금을 낭비해 주십시오. 재료를 아끼지 않아야 음식이 맛있어지듯이 시간을 아끼지 않아야 생이 근사해 집니다.

나이 먹어 주책이라는 말을 들었다면
바보 짓 하고 있다는 말을 듣는다면

축하합니다. 당신이 인생을 잘 살고 있다는 증거입니다.

19
인칭

사람에 따라 차이가 나지만 나이 먹는 것은 인칭의 변화를 수반합니다. 10대는 1인칭의 시기입니다. 존재에 대한 아이덴티티가 확립되어 생에 강하게 작용하는 시기입니다. 나를 중심으로 세계를 바라봅니다. 10대 시기에는 생의 방향을 결정하는 무척 중요한 작업이 이루어집니다. 20대가 되면 삶에서 2인칭이 중요해 집니다. 너라는 존재를 사랑하게 되고 타인과 나를 비교합니다. 지금까지 쌓아온 정체성을 타인과 비교하고 수정, 보완하는 시기입니다. 30대가 되면 3인칭을 능숙하게 사용 할 수 있게 됩니다. 너와 나 이외에 그들을 고려하게 됩니다. 30대는 한 걸음 물러서서 자신을 객관화 할 수 있는 나이입니다. 삼십대가 되면 세상을 바라보기 위해 필요한 관점은 이미 다 갖춰집니다. 그러므로 사 십대 이후에는 어떤 시점으로 세상을 바라볼 것인지 자유롭게 취사선택할 수 있어야 합니다. 1인칭 주인공 시점으로, 때로는 관찰자 시점으로, 때로는 전지적 작가 시점에서 생을 바라볼 수 있어야 합니다. 멋진 소설이 다양한 인칭을 자유롭게 구사하는 것처럼 다양한 시점으로 세상을 판단할 수 있어야 합니다. 나라는 시점에 갇히지 않고 그라는 객관화에 숨지 않아야 합니다. 너라는 존재에 얽매이지 않아야 합니다. 상상한 대로 이야기를 만들어 갈 수 있어야 비로소 어른이라 할 수 있습니다. 스스로 이야기를 만들어 가는 것은 꿈을 현실화하는 작업입니다. 우리는 각자의 이야기를 통해 상상을 생활 속으로 끌어당길 수 있습니다. 소설가가 무수한 가정을 쌓아올려 하나의 세계를 창조해내듯 자신을 한정 짓지 않아야 합니다. 긍정적인 가정을 쌓아올리다 보면 우리 생은 좀 더 근사한 곳에 닿을 것입니다.

20
몸의 나이

사람은 착실히 노화과정을 밟아갑니다. 하나 둘씩 흰 머리가 늘어가고 얼굴의 주름이 깊어집니다. 더 이상 간은 이십대 때처럼 알코올을 분해하지 못합니다. 몸 곳곳이 아프기 시작합니다. 조금만 잠이 부족해도 견디기 버겁습니다. 예전보다 추위를 타고 더위에는 빨리 지칩니다. 예전 같지 않음을 느끼고 몸에 좋은 것을 찾아 먹기 시작합니다. 영양제를 고르고 유기농 식품을 챙겨 먹습니다. 운동을 시작합니다. 삼십대보다 건강한 중년이 충분히 가능하다는 것을 많은 사람들이 증명하고 있습니다. 물론 노화는 멈출 수 없습니다. 하지만 속도를 줄일 순 있습니다. 자신이 감당할 수 있는 속도로 나이 먹을 수 있습니다. 몸을 관리하는 것은 늙지 않기 위한 발버둥이 아니라 제대로 나이 먹기 위한 발걸음입니다. 스무 살에 바란 것이 막대사탕을 물고 다닐 수 있는 마흔이었습니다. 마흔의 제가 바라는 것은 육십이 되어도 나이를 탓하지 않고 턱걸이를 하고 스쿼트를 하는 모습입니다. 비록 몸은 해마다 낡아가겠지만 매 순간 낼 수 있는 최대의 출력으로 살고 싶습니다. 마음을 편안하게 하고 몸은 불편함을 감당하게 하는 것이 건강하게 나이 드는 비결이라 믿습니다. 오래 살고 싶어서가 아닙니다. 지금을 제대로 살기 위해서 입니다. 자신의 몸을 사랑하고 기꺼이 시간을 투자하는 사람에게는 생명의 기운이 가득합니다. 건강미 넘치는 몸매가 아니라도 좋습니다. 미끈한 다리와 불끈한 어깨를 잃어도 좋습니다. 건강은 건강 자체로 아름답습니다. 육체는 생을 담아야 할 그릇이니 단단하게 유지해야 합니다. 남들에게 사랑받기 위해서가 아닙니다. 남들에게 보여주기 위해서도 아닙니다. 자신을 사랑해주기 위해서입니다. 오늘 바로 시작해야 합니다. 쉬운 것일수록 좋습니다. 지금 당장 나가 걸어야 합니다. 걷다 지루하면 뛰고 동네마다 있는 야외 운동기구에서 놀아야 합니다. 몸이 나이 드는 것이 싫다면 몸을 들어야 합니다. 철봉에 매달리고 발을 차례로 들어 올려야 합니다. 그럼으로써 몸의 소리를 들어야 합니다.

21

—

마음 나이

사람의 마음도 늙을까요. 마음이 늙었다는 것은 무엇을 기준으로 판단할까요. 마음의 노화는 어떻게 드러날까요. 마음이 늙는 속도를 어떻게 하면 느리게 만들 수 있을까요.

사람의 마음 또한 늙습니다. 마음도 늙는다고 생각해야 경각심을 가질 수 있습니다. 경각심을 가지지 않으면 주의하지 않게 되고 주의하지 않으면 방치하게 됩니다. 방치된 것은 관리하는 것보다 빨리 낡아 버립니다. 마음이 늙는 속도는 공감능력과 반비례합니다. 타인과 공감하지 못하는 마음은 쉽게 굳어 버립니다. 나를 고집하는 것을 조심해야 합니다. 스무 살이 나를 고집하는 것은 패기로 보이지만 중년이 넘어 나를 고집하는 것은 치기로 보입니다. 권위적인 대화를 두려워해야 합니다. 들은 다음에 말해야 하고 어떠한 경우에도 무작정 가르치려 들지 말아야 합니다. 우리는 먼저 태어났을 뿐 선생이 아닙니다. 같은 세대가 아니라면 더욱 주의해야 합니다. 손해 보는 일이라 여겨서는 안 됩니다. 윗사람에게 지혜를 배우고, 어린 사람의 열정에 전염될 기회로 삼아야 합니다. 시대의 아픔에 공감하고 세대 차이를 존중해야 합니다. 벽을 억지로 무너뜨리려 하지 않아야 합니다. 반감만 커질 뿐입니다. 먼저 듣는 사람이 됩시다. 이야기를 듣는 일이 귀한지 알지 못하면 세월이 흐를수록 외로워 질 것입니다. 우리는 아이처럼 사랑스럽지 않습니다. 청춘처럼 빛날 수 없습니다. 하지만 여전히 자신을 사랑할 수 있습니다. 어둠 속에서 빛을 찾아낼 수 있습니다. 그러니 부러워할 필요 없습니다. 청춘이 부럽다고 그 때로 돌아갈 수 없습니다. 청춘을 부러워하는 만큼 자신의 노화가 대비되어 서글퍼 질 뿐입니다. 이미 가졌던 것입니다. 마음껏 누렸던 것입니다. 그래도 충분하지 않다면 다시 돌아간다 해도 마찬가지 입니다. 지금을 바꿀 수 없는 사람이 과거를 바꾸는 것은 불가능합니다. 청춘은 우리 안에 있습니다. 그 시절 소녀와 그 때의 소년은 여전히 우리 안에 있습니다. 우리 안에 존재하는 소년소녀와 청춘을 잃어버리는 순간 마음은 급격하게 늙어 버립니다. 그리워하란 말이 아닙니다. 가진 것을 그리워하는 사람은 없습니다. 자신 안에 있는 소년을 억누르지 않아도 됩니다. 자신 안에 있는 소녀를 숨기지 않아도 괜찮습니다. 청춘을 품고 살아도 됩니다. 그것만 잊지 않으면 마음은 쉽게 늙지 않을 겁니다.

22
포기하다

결혼은 남녀 모두에게 쉽지 않은 일입니다. 출산은 어마어마한 경험입니다. 아직 여성 쪽에서 육아와 가사를 전담하는 경우가 많은데 그것은 불합리합니다. 어느 쪽이라도 경제적 능력이

있는 쪽이 사회생활을 하면 됩니다. 아직까지도 가사는 도와주는 것
이라 생각하는 남성이 있다면 당장 그 생각을 쓰레기통에 던져버려
야 합니다. 가사는 당연한 일입니다. 맞벌이 부부라면 더욱 그렇습니
다. 하지만 아내 쪽에서 결혼 때문에 포기할 수밖에 없었다거나 출산
때문에 포기할 수밖에 없었다. 육아 때문에 포기할 수밖에 없었다.
그렇게 생각하는 것은 본인을 위해서도 좋지 않은 일입니다. 주위의
압박 때문에 결혼 한 것은 아닙니다. 눈치가 보여서 아이를 낳은 것
도 아닙니다. 만약 그랬다면 본인에게도 아이에게도 불행입니다. 본
인의 선택을 포기로 비하하지 않았으면 합니다. 대충 때가 되어 결혼
했고 남들처럼 살기 위해 아이를 낳았다면 삶은 고통입니다. 본인의
선택을 깎아내리지 않았으면 합니다. 선택을 포기로 대체해 버리면
남은 생에 좋은 일이란 남아 있지 않을 것입니다. 아직 선택의 기회
는 남아 있고, 자신이 선택을 감당할 수 있는 사람임을 믿어야 합니
다. 그래서 생을 변화시키기를 바랍니다. 물론 출산도 육아도 제가
지금껏 경험한 어떤 육체노동보다 힘든 일입니다. 당신이 감당했던
정신적 고통은 엄청났을 겁니다. 그렇게 대단한 일을 해낸 당신입니
다. 당신도 할 수 있습니다. 당신은 무엇이든 해 낼 수 있습니다. 출
산을 이겨낸 당신이 못 견딜 고통은 없습니다. 육아를 버텨낸 당신이
못할 노동은 없습니다. 포기할 수밖에 없었던 어제에 대해 이야기하
느라, 선택할 수 있는 오늘을 놓치지 않길 바랍니다.

23
대화의 품격

친구와 술 마시며 이야기 할 때는 어떤 제약도 없습니다. 온갖 주제들의 향연입니다. 운동이나 정치, 사회이슈, 읽었던 책에 대한 감상까지 다양하게 나눕니다. 다만 지금까지 이야기한 적 없는 주제가 두 가지 있습니다. 하나는 연봉이고 다른 하나는 이성과의 잠자리 얘기입니다. 우리나라 사람들은 숫자에 대한 집착이 과도합니다. 반에서 몇 등인지가 어떤 학생인지 보여주고, 수능 점수가 지적능력을 증명할 수 있다고 믿습니다. 취업하면 연봉을 비교합니다. 연봉 외에 자신을 증명할 수 있는 것이 없다면 얼마나 서글픈 인생입니까. 물론 생활을 유지하기 위해서는 돈을 벌어야 하고 더 벌수 있다면 좋습니다. 그러나 연봉을 공유할 이유는 없습니다. 내가 A보다 덜 번다면 씁쓸해 질 테고 B보다 더 번다면 괜히 미안해 질 것입니다. C의 연봉이 더 높다고 지금 일을 그만두고 C의 회사에 들어갈 수 있는 것도 아닙니다. 돈 버는 자의 자부심은 좋지만 직업에 대한 자부심이 연봉만으로 계산된다면 슬픈 일입니다. 직장을 다닐 수 없게 되면 자부심은 와르르 무너져 버릴 것입니다. 직장 외에도 자신을 위한 단어들을 미리 찾아 놓지 않으면 남은 생은 비참해 질 수밖에 없습니다.

이성과의 잠자리를 대화의 주제로 삼는 일도 마찬가지입니다. 그와 나만의 내밀한 이야기를 공개하는 것은 역겨운 짓입니다. 공개하는 사람에게 거부감을 갖고 있습니다. 적어도 제 주위에 그런 사람은 없습니다. 당연한 일입니다. 소중한 추억을 안줏거리로 삼는 일은 저급합니다. 물론 성에 대해 이야기하는 것이 나쁜 것은 아닙니다. 하지만 마치 전리품처럼 상대에 대해 이야기하거나, 성을 희화화하는 것은 남녀 어느 쪽이건 잘못된 일입니다. 미혼이라면 누구와 잠을 자건 상관없지만, 아무에게나 잠자리에 대해 이야기하는 것은 추악합니다. 얼마 전 남자 연예인들이 단체대화방에서 성관계 동영상을 공유하고 유포했다는 소식을 들었습니다. 충격이었습니다. 그들의 관계가 우정이라고 생각하지 않습니다. 끔찍한 범죄를 공조한 공범집단에 불과합니다. 만약 그들이 서로를 친구라 생각했다면 다른 것에 대해 이야기했을 겁니다. 좀 더 나은 삶을 사는 일에 대해 대화했을 겁니다.

여자이야기와 연봉이야기 외에 할 이야기가 없는 사이라면 당장 정리하는 편이 낫습니다. 술 마실 돈으로 책 한권 사서 읽는 편이 낫습니다. 그 시간에 달리기라도 하는 편이 자신에게 훨씬 도움 되는 일일 겁니다.

24

—

불청객

중년은 불청객이 되는 것을 조심해야 하는 나이입니다. 낄 때 끼고, 빠질 때 빠지지 못하면 곤란합니다. 하지만 지갑은 열고 입은 다물란 말은, 반은 맞고 반은 틀렸습니다. 쓸데없는 말을 줄여야 하는 것은 맞지만 그렇다고 그딴 식으로 말하는 사람들에게 돈을 쓸 필요는 없습니다. 자신을 위해 투자하거나 좋은 곳에 기부하는 편이 낫습니다. 불청객이 되면서까지 어디에 끼어들지 않기로 합시다. 새 구성원을 포용하지 못하는 배타적인 모임에 들어가려 애쓰지 말기로 합시다. 아무리 매력적으로 보이는 모임이라도 기웃거리지 맙시다. 조금이라도 매력적인 인간이 되기 위해 투자하는 쪽을 선택합시다. 젊음을 질투하느라 시간을 낭비하지 맙시다. 소유욕에 휩싸여 물건만 잔뜩 쌓아놓지도 맙시다. 세상에 무엇을 남길 것인지 생각합시다. 누군가의 손님이 아닌 생의 주인으로써 "불타는 청춘"을 마음껏 즐기기로 합시다.

25
—
존경, 존중

나라면 해낼 수 없을 일을 해낸 사람을 존경하는 일보다 중요한 것은 내가 '지금 하지 않는 일을' 해내고 있는 사람 모두를 존중하는 일입니다. 존경은 질투로 변질되기 쉽습니다. 상대적 박탈감을 가질 우려가 있습니다. 하지만 존중에는 부작용이 없습니다. 나를 대신해 거리를 청소해주는 환경미화원에 대한 존중, 위급한 환자를 살려내는 응급실 의사에 대한 존중, 나보다 긴 미래를 계획하는 젊음에 대한 존중, 배고픈 시절을 견뎌낸 부모님에 대한 존중, 묵묵히 살림을 꾸려나가는 배우자에 대한 존중. 존중이 확장될수록 감사하는 마음이 깊어집니다. 감사하는 마음이 깊어질수록 스스로를 존중하는 마음이 높아집니다.

26
—
염색하다

90년대 후반부터 2000년대 초반까지 염색은 절대적 트렌드였습니다. 1세대 아이돌들은 현란한 색깔로 머리를 물들이고 화면에 나와 유행을 주도했습니다. 일반인들도 마찬가지였습니다. 길거리에는 빨강, 노랑, 금발, 핑크, 갈색, 온갖 색으로 머리를 물들인 사람들이 넘쳤습니다. 오히려 검은 머리가 튀어 보일 정도였습니다. 젊음은 색색으로 빛났습니다. 지금 돌이켜보면 촌스러웠지만 그때는 즐거웠습니다. 그러나 직장에 들어가면서 사정이 달라졌습니다. 염색과 안녕이었습니다. 단정하게 보이는 것이 개성을 드러내는 것보다 훨씬 중요한 일이 되었습니다. 더 이상 가벼운 기분으로 살 수 없게 되었습니다. 헤어스타일도 옷도 더 이상 나의 선택이 아니게 되어 버렸습니다. 이 십 년 가까운 시간이 흘렀습니다. 이제 중년에 접어들었습니다. 사람에 따라 정도는 다르겠지만 흰 머리가 하나 둘씩 생기기 시작합니다. 비누로 감아도 풍성했던 머리숱이 초라해집니다. 아무리 좋은 샴푸를 써도 탄력을 잃습니다. 운이 나쁘면 머리가 빠지기 시작합니다. 중년이 되면 새로운 의미의 염색을 준비해야 합니다. 이십 대의 염색이 자신을 드러내기 위해서였다면, 중년 이후의 염색은 자신을 지키기 위해서입니다. 젊을 때의 염색이 자신을 표현하기 위해서라면, 중년 이후의 염색은 노화를 숨기기 위해서입니다. 노화는 한 번 시작되면 멈출 수 없습니다. 서글픈 일이지만 어쩔 수 없습니다. 흰 머리와 검은 머리가 섞여 있는 것처럼 어색한 것은 없습니다. 차라리 전부 흰머리라면 체념이라도 할 텐데 말입니다. 애매한 상황을 모면하기 위해 우리는 염색을 합니다. 그래도 기죽진 않기로 합시다. 매 달 머리를 염색하는 노력도 대단한 일입니다. 노화는 자연스러운 일이지만 노화에 저항하는 것도 당연한 일입니다. 주름에 저항하되 주름을 부끄러워하지는 맙시다. 노화에 저항을 계속하되 나이 드는 것을 부끄러워하지는 맙시다. 부끄러워해야 할 것은 깊어진 주름이 아니라 그만큼 깊어지지 않은 인격입니다. 부끄러운 것은 흰 머리가 아니라 비뚤어진 마음입니다.

27
——
간섭

관심을 원한다면 간섭하지 말고 감사하세요. 간섭을 좋아하는 사람은 없습니다. 감사하는 마음으로 세상을 받아들이는 연습을 하세요. 당연하다고 여긴 모든 것들에게 감사하다고 소리 내어 말하세요. 따뜻한 밥을 먹을 수 있어 감사합니다. 일할 수 있어 감사합니다. 아프지 않아 감사합니다. 깨끗한 물로 씻을 수 있어 감사합니다. 사람들에게는 입으로만 말하지 마세요. 눈으로 귀로 온 몸으로 감사함을 표현하세요. 당신과 함께 라서 감사합니다. 당신의 이야기를 들을 수 있어 기쁘고 감사합니다. 이런 태도를 유지한다면 당신을 싫어할 사람은 없을 겁니다. 모두가 좋아하지 않는다 해도 괜찮습니다. 이미 당신은 삶을 무척 좋아하게 되었을 겁니다.

28

가사에 대한 존중

집에 있는 시간이 늘어났습니다. 제대로 된 생활을 해보려 노력하는 중입니다. 밥을 지어 먹습니다. 간단한 반찬을 만들고 찌개를 끓여 먹습니다. 대단치 않은 밥상을 준비하는데도 시간은 어찌나 빨리 흐르는지요. 유부초밥을 만들고 다시마를 씻습니다. 초장을 개고 설거지를 합니다. 빨래를 두 번 돌리고 나니 어느새 오후 2시입니다. 물론 운동도 하고 중간에 글을 몇 줄 썼지만 반나절이 너무 빨리 갑니다. 주부는 이보다 훨씬 많은 일을 해내야 할 겁니다. 한 번도 당연하다고 생각해 본적은 없지만 이렇게 일이 많을 줄 몰랐습니다. 살림하는 것을 좋아하지만 제대로 하고 있는 것은 아니니까요. 주부에게는 밥 한 번 차리는 것도 보통 일이 아닐 겁니다. 1인용 식탁에 숟가락 하나 더한다고 될 일이 아니니까요. 완전히 다른 차원의 일일 겁니다. 누이 집에 놀러 가면 늘 설거지를 하는데, 한 끼를 먹어도 제 일주일 치의 그릇이 나오더군요. 거기에 육아까지 더해지면 가히 전쟁입니다. 새벽같이 일어나 도시락을 싸고 아침을 차린 뒤 공장으로 출근했던 어머니는 위대합니다. 일하며 두 아이를 키워내는 누이도 정말 대단합니다. 존경할 수밖에 없습니다. 빨래는 세탁기가 한다고, 설거지는 식기 세척기가 한다고 말하는 사람도 있겠지만 세탁기가 없던 시절에는 지금처럼 많은 옷을 빨지 않았습니다. 식기 세척기나 여타의 생활용품이 나온 것은 그만큼 세상이 바빠졌기 때문입니다. 가사노동을 평가절하 하는 것은 자신의 무지함을 자랑하는 일입니다. 자신의 공감능력이 부족함을 퍼뜨리는 일입니다. 시대착오적인 발상은 재활용도 불가능합니다. 가사노동을 폄하하지 마세요. 세상에 따뜻한 가정이 존재하는 것은 살림하는 사람들 덕분입니다. 물론 돈 버는 일은 쉽지 않지만 가사보다 어려운 일은 없습니다. 그러니 홀로 가정을 짊어지게 하지 마세요. 선심 쓰듯 도와주는 것이 아니라 당연히 함께 해야 하는 겁니다. 당신을 사랑해주는 유일한 사람을, 당신이 사랑하는 한 사람을 혼자이게 내버려 두지 마십시오. 다녀왔습니다. 라고 말하지 말고 오늘 하루 수고 많았다고 말해 주세요. 퇴근길 꽃 한 송이쯤은 사서 돌아가세요. 그 정도 대우를 받을 자격은 있으니까요.

29
칭하다

누군가의 아내인 것이, 누군가의 엄마라는 사실이, 그녀의 유일한 칭호가 될 수 없습니다. 어머니라는 칭호가 빛나는 왕관일 수 있지만 그녀가 가진 유일한 가치가 되어서는 안 됩니다. 모성애로 포장하여 희생을 강요해서는 안 됩니다. 희생을 강요하는 것은 폭력입니다. 그녀도 여자입니다. 그녀도 사람입니다. 어머니도 여자입니다. 아내도 사람입니다. 꽃을 받으면 기뻐하고 함께 걸으면 좋아합니다. 가끔은 혼자인 시간을 필요로 하는 인격체입니다. 한 사람을 누구 엄마로 부르는 일이나, 엄마니까 당연하다는 말로 구속하는 일은 우리 세대에서 끝내야 합니다. 마찬가지로 누구의 남편, 누구의 아버지로 살아가는 것만이 생의 전부가 되지 않기를 기원합니다. 유일한 가치는 홀로 빛날 수 없습니다. 소중한 가치는 다른 가치 사이에 서 있을 때 찬란하게 빛납니다.

30
변동

청춘에서 멀어지고 나니,
행복과 불행을 나누는 지점이
조금 달라지더군요.
추억이 우리 안에 살게 해 줄 수 있으면
행복해지고,
우리가 추억 안에 살려고 발버둥 치면
불행해지죠.
주머니에 지갑을 넣어야지요.
지갑 안에 주머니를 넣으려니
어떻게 힘들지 않겠어요.

31

고독의 대가

하루 종일 아무하고도 이야기 하지 않을 때가 많습니다. 보름 이상 한 마디도 하지 않는 경우도 있습니다. 혼자 간단한 음식을 만들어 먹고 책을 읽고 글을 씁니다. 아무 말도 하지 않지만 특별히 불편하지는 않습니다. 대신 아무나 내게 이야기하지 않으니까 괜찮습니다. 대화 상대를 선택할 권리는 전적으로 제게 있습니다. 대화 상대를 정할 수 있으면 어떤 대화도 즐겁습니다. 상대와 힘겨루기 할 필요도 없습니다. 대화의 주도권은 누구에게 있어도 좋습니다. 누구와 대화할 것인지만 정할 수 있다면 아무래도 상관없습니다. 멋진 권리를 다시 찾아오는 데 제법 긴 시간이 필요했습니다. 약간의 고독과 침묵을 대가로 저는 대화하고 싶은 상대와만 이야기 할 권리를 얻었습니다.

32

질투하다

중년이 되어 좋은 일 중 하나는 질투가 줄어 든 겁니다. 물론 사람에 따라서, 성향이나 성별, 살아온 환경에 따라 저마다 다르겠지만요. 사람은 누구나 질투를 합니다. 질투는 보통 위를 향하기보다 옆이나 아래를 대상으로 하는 경우가 많습니다. 걔가 뭐가 잘났다고 그를 만나는 거야. 걔가 뭐 한 게 있다고 칭찬받는 거야. 얼굴은 다 뜯어 고친 주제에. 저 여우같은 짓 좀 봐. 질투할 거리는 얼마든지 있습니다. 자신이 가지지 못한 것에 대해, 응당 자신이 가졌어야 할 것을 가진 상대에게, 더 이상 자신의 것이 아닌 젊음을 가진 이들을 질투합니다. 삼십 대 까지는 아직 젊다고 억지를 부렸습니다. 젊음을 질투했습니다. 사십 대가 되면 질투해봐야 소용없다는 것을 알게 됩니다. 최소한 청춘에 있어서는 그렇습니다. 아무리 동안이라도, 아무리 피부를 관리한다 해도, 젊음과는 점점 멀어질 뿐입니다. 노력해도 소용없는 것을 체념할 수 있을 때 사람은 여유로워집니다. 열 살 차이정도는 그래도 노력으로 극복할 수 있다고 의지를 불태울 수 있지만, 스무 살 이상 차이가 나면 – 점수 차가 더블 스코어 이상이 되어버리면, 체념하게 됩니다. 그래서 편안해집니다. '나도 아직 젊은데', 에서 '그래 젊음이란 좋은 거야.' 로 넘어가는 과정에서 상실을 현실로 인정하는 용기가 생겨납니다.

33
갱년기

여성호르몬이 줄어들면서 피부의 탄력이 약해집니다. 잠을 설치는 밤이 많아집니다. 잠 못 드는 밤 땀만 쏟아집니다. 감정 기복이 심해져 통제하기 힘들어집니다. 부끄럽지도 않은데 얼굴은 쉽게 빨개집니다. 갱년기를 여성만 겪는 것은 아닙니다. 남성도 남성호르몬이 줄어들면서 갱년기를 겪습니다. 쉽게 피로해지고 기억력이 떨어집니다. 우울증이 오기도 합니다. 사춘기에는 호르몬이 왕성해지면서 정체성의 혼란을 겪는데, 갱년기에는 호르몬이 줄어들면서 정체성의 위기를 맞이합니다. 없다가 있는 것보다 있다가 없는 것이 더 힘든 법입니다. 지난 수 십 년간 당연하다고 여긴 것이 몸 안에서 빠져 나갑니다. 내 몸이 내 몸 같지 않고 내 마음인데 내 마음대로 되지 않습니다. 얼마나 슬픈 일입니까. 앞으로의 삶에 좋은 일이란 남아있지 않은 것 같습니다. 어두운 갱도 안으로 떠밀려 들어가는 죄수가 된 기분입니다. 그래도 어쩔 수 없습니다. 어쩔 수 없는 것은 받아들일 수밖에 없습니다. 거부한다고 막을 수 없는 것이라면 깨끗하게 인정해 버리는 편이 낫습니다. 벌 받는 기분으로 살아 봤자 소용없습니다. 어떻게든 살아갑시다. 갱년기의 갱은 구덩이 갱이 아닙니다. 다시 갱을 씁니다. 성숙기에서 노년기 사이. 인생을 다시 시작할 수 있는 시기입니다. 남자로서도 아니고 여자로서도 아닙니다. 갱년기는 성 정체성을 넘어서 한 명의 사람으로서 새로 시작할 수 있는 나이입니다.

34

국가란 무엇인가

강원도에 큰 불이 발생했다. 4월 4일 밤 10시에 발생한 산불은 초속 20미터에 이르는 강풍을 타고 크게 번져갔다. 4월 5일 밤 0시 20분에 대통령은 국가위기관리센터에서 긴급회의를 진행하며 가용자원을 총동원 할 것을 지시했다. 국무총리는 관계부처에 긴급지시를 내리고 관계 장관 회의를 주재했다. 지자체 피해 및 대처상황을 점검하고 강원도 산불 피해현장에 가 주민들의 목소리를 들었다. 금융위원회에서는 동해안 산불 피해에 대한 금융에로에 선제적 대응 방침을 밝혔고, 기획재정부는 재난안전특별교부세, 재난구호비로 42.5억 원을 응급복구비로 우선 집행했다. 교육부는 속초, 고성 전 지역에 휴교령을 내렸고 강원 전 지역에 돌봄 교실을 운영했는데 이는 학년에 상관없이 학생 모두를 수용하는 방침이었다. 국방부는 군용헬기 32대, 군 보유 소방차26대, 군 장병 16,500명을 투입했고 식사용 전투식량을 지원했다. 행정안전부는 곧바로 특별재난지역을 선포했고 생계구호 재난지원금 및 피해시설 복구비를 지원했다. 경찰청은 곧바로 고성, 속초, 인제에 교통을 통제해 추가 피해를 막았다. 교통통제 상황을 실시간으로 공개했다. 소방 청은 화재비상 최고단계인 3단계를 발령했고 전국의 소방차 827대가 출동했다. 소방공무원 3251명이 강원도로 모였고 진화인력 1만 여명이 투입됐다.

산림청은 야간진화대책을 수립하고 산림청 특수진화대 및 공중진화대를 투입하고 헬기 17대를 총동원했다. 보건복지부는 피해지역의 건강보험료 및 의료비를 지원하고 소실된 의약품 재 처방 복용을 지원하기로 했다. 국가가 재난컨트롤 타워의 역할을 제대로 하면 어떤 결과가 발생하는 지 보여주는 사건이었다. 세심한 배려도 돋보였다. 대통령은 국가재난사태를 선포한 뒤 본인의 지시사항을 트윗으로 직접 알려주었고, 이재민들에게 체육관이 아닌 공공 연수원을 숙소로 제공하도록 지시했다.

4월 6일 12시 강원 산불은 진화가 완료되었다.

고성에서 사망 1명, 강릉 옥계에서 부상 1명이 발생했고 4000명의 주민이 대피했다. 주택 195채 등 총 206채의 건물이 소실되었다. 525헥타르의 산림이 잿더미가 되었다. 죽은 사람은 돌아올 수 없고 집 잃은 사람들의 참담함은 짐작하기 어렵다. 하지만 국가가 국가로서의 기능을 제대로 수행했기에 그나마 이 정도로 막을 수 있었다. 재난상황을 보고 하는 데만 8시간이 걸렸던 지난 정부였다면 어땠을까 생각하니 끔찍했다. 국가가 당연히 해야 할 일을 제대로 하고 있는 것뿐인데도 감격스러웠다. 대통령이 누구인지에 따라 이렇게 달라질 수 있는 것이 놀라웠다. 위기 상황이 발생하면 평범한 시민들이 영웅이 되어 나타나는데 이번 산불도 마찬가지였다. 민간화약고에서 화약 5톤을 옮겨 큰 피해를 막은 시민, 아이들이 있는 학교에 불이 붙는 것을 막기 위해 호스로 물을 뿌려 막아낸 교사, 재판 기록을 지키기 위해 기록물을 옮긴 판사. 여지없이 숨어있던 영웅들이 등장했다. 그들을 보며 감사했다. 하지만 늘 영웅으로 살아야 하는 사람들이 있다. 늘 위기 상황으로 달려 들어가야만 하는 사람들이 있다.

35
소방관들

우리나라 소방관 한 명이 책임져야 할 국민의 수는 1,341명입니다. 2014년 현재 소방관의 생명수당은 13만원. 65세 이상 '전직' 국회의원이 받는 품위유지비는 한 달에 120만원입니다. 우울증을 겪는 소방관의 비율은 일반인보다 6배가 높고 백세 시대에 소방관의 평균 수명은 58.8세입니다. 매년 평균 소방관 6명이 순직하고 300명이 부상을 입습니다. 소방관들은 평균 21분 18초마다 30kg의 노후한 장비를 메고 가장 위험한 곳으로 출동합니다. 국민 92.9%가 가장 신뢰하는 직업이 소방관이라고 합니다. 우리를 돕는 그들을 우리 역시 도와야 합니다. 그들이 정당한 대우를 받도록 해야 합니다. 소방관을 국가직으로 전환해야 합니다. 부족한 인력을 충원시켜주고 낡은 장비를 교체해야 합니다. 소방관을 전담하는 병원을 건설해야 합니다. 소방관들이 정기적으로 심리상담 및 치료를 받을 수 있게 해야 합니다. 우리가 소방관을 지키지 못하는 것은 우리의 안전을 포기하는 일입니다.

목숨을 담보로 일하는 소방관의 근무환경과 처우를 개선해야 합니다. 국가직과 지방직으로 이원화되어 있으면 위기상황에 효과적으로 대응하기 어렵습니다. 지방은 예산과 인력이 턱없이 부족합니다. 희생을 소방관에게만 강요하는 것만 문제되는 게 아닙니다. 시민 모두가 응급상황에서 평등하지 못하게 됩니다.

※ 대통령은 4만 4792명의 소방관을 국가직 공무원으로 일괄 전환한다는 계획을 발표했으나 국회에서는 상정조차 되지 못했다. 취임식 때 소방관 100명을 동원해 취임행사장 의자 4만 5천개를 닦고 도로를 청소하게 만들었던 한 정당의 반대 때문이었다. 전국 소방현장의 인력 부족률 25.4%, 야당에서는 "노는 공무원 왜 늘리느냐."며 소방관 충원 예산을 반대했다.

36

질문

아뇨. 제가 궁금했던 건
당신이 살기 위해 하는 일이 아니었어요.
당신을 살게 하는 일이 어떤 건지 알고 싶었어요.

37

초록 봄

초록이 좋아집니다. 풀과 나무, 숲과 산이 좋아집니다. 인공적인 풍경에 갇혀있는 생활이 갑갑해집니다. 그래서 산으로 숲으로 달려 갑니다. 귀농이나 귀촌을 계획하기도 합니다. 산과 숲으로 가면 초록 생명의 기운이 온 몸으로 스며듭니다. 혈기가 넘치던 젊을 때에는 고요한 숲이 답답했습니다. 적막하기만한 산에 힘들여 오르는 이유를 몰랐습니다. 재미있는 것은 얼마든지 있었고 해보고 싶은 것도 많았습니다. 의도하지 않아도 마구 에너지를 뿜어내던 시기였습니다. 이제 에너지를 흡수해야 하는 나이가 되었습니다. 슬픈 일이라 생각하진 않습니다. 물이 위에서 아래로 흐르는 것처럼 자연스러운 일입니다. 젊을 때 발산한 에너지를 돌려받는다고 생각하면 그만입니다. 자연에서 내 안으로 싱그러운 기운이 흘러 들어옵니다. 꽃 한 송이에 감탄하고 나뭇가지 하나에 가슴이 설렙니다.

그래서 봄이 좋습니다. 긴 겨울을 견뎌낸 대지가 내쉬는 초록빛 숨결에 감격합니다. 봄에 속해 있었을 때는 몰랐던 아름다움을 느끼게 되었습니다. 스스로 봄이었을 때는 알 지 못했던 봄의 찬란함을 보게 되었습니다. 그저 봄이라 좋습니다. 그저 느낄 수 있어 좋습니다. 바라보는 것만으로도 기쁩니다. 애써 빛나려 하지 않아도 괜찮습니다.

빛나는 것들을 사랑할 수 있는 어둠이 되어 좋습니다. 초록의 봄입니다. 그거면 충분합니다.

38
스마트

스마트해진 세상만큼 우리의 삶도 스마트해진 걸까요. 궁금합니다. 어느 순간부터 기술이 발전하는 만큼 인류는 오히려 퇴화하고 있는 것은 아닐까 두렵습니다. 기계의 지시에 따라 길을 찾고, 가전제품의 판단에 생활을 맡깁니다. 문 밖으로 나가지 않아도 생존할 수 있습니다. 쇼핑은 클릭 몇 번으로 가능해졌습니다. 직접 맛보기보다 누군가의 후기를 통해 먹을거리를 사는 것이 편합니다. 옷감을 만지지 않고 입을 것을 삽니다. 지식은 몇 번의 검색으로 구할 수 있습니다. 웹사이트에 필요한 지식이 모두 있으므로 지식을 쌓을 필요가 없습니다. 학교에서 배우는 것은 졸업하면 깨끗하게 잊어버립니다. 우리는 더 이상 문 바깥으로 나가 세상을 탐구하지 않습니다. 불과 몇 년 사이 창문은 윈도우 화면이 되었고 윈도우는 스마트폰 액정으로 대체되었습니다. 세상을 바라보는 창은 갈수록 작아집니다. 우리는 더 이상 사색하지 않습니다. 몇 번의 검색으로 찾은 정보로 충분하다 여깁니다. 대형 포털에 조작된 정보가 올려 진다 해도 우리는 그대로 믿어 버릴 겁니다. 세상은 편리해졌고 기술은 눈부시게 발전했습니다. 하지만 누구를 위한 발전인지 궁금합니다. 설비가 자동화되면서 많은 사람들이 일자리를 잃었습니다. 앞으로 자동화 속도는 더 빨라질 것이고 더 많은 사람이 직업을 잃을 겁니다. 사람들은 우울증에 시달립니다. 환경오염의 위협은 거대합니다. 제대로 숨 쉬기조차 어려운 세상입니다. 세상은 편리해졌지만 삶이 편안해진 것 같지는 않습니다. 기술 발달로 얻는 혜택도 많지만 그에 비례해 세상의 불균형도 커지고 있습니다. 나라 사이의 불균형, 세대 사이의 불균형, 빈부의 불균형은 갈수록 커집니다. 불균형은 심해지는데 사람들은 기술만 발전하면 결국 모두 평등해 질 거라 말합니다. 인간의 필요에 의해 기술을 발전시키는 것이 아니라 발전한 기술을 인간이 따라잡아야 하는 시대가 되었습니다. 인간이 기계로 대체되고 인간의 능력이 기술로 대체됩니다. 두렵습니다. 머지않아 인간을 대체할 수 있는 인공지능이 개발될지도 모릅니다. 왜 그러한 인공지능이 필요한 걸까요. 아무도 질문하지 않습니다. 인간은 생각하지 않고 로봇은 생각하기 시작합니다. 만약 둘 사이에 충돌이 일어난다면 인간이 승리할 가능성이 있을까요. 인간이 가축을 거세시키며 길들였듯이 현대는 인간의 영혼을 거세시키고 있는 것은 아닐까요.

39

파도 앞에서

큰 파도가 더 먼 곳으로 데려다 줄 것을 아는 서퍼처럼 지금 이 시련이 나를 성장시킬 것을 믿습니다. 균형을 잃지 않는 한 쓰러지지 않고 나아갈 것을 믿습니다. 가장 멋진 파도는 아직 오지 않았습니다.

늙은 어부가 물때를 아는 것처럼 밀물처럼 밀려오는 날도, 썰물처럼 빠져나가는 날도 있음을 받아들입니다. 밀물이든 썰물이든 우리는 배를 띄워야 합니다. 그물을 던져야 합니다.

40

숫자의 매력

숫자는 단순합니다. 숫자를 계산하는 공식이 복잡할 뿐 숫자자체는 명확합니다. 1은 1일뿐입니다. 통계는 숫자에 대한 분석이고 평균은 숫자에 대한 해석일 뿐, 1은 여전히 1입니다. 숫자는 변하지 않습니다. 그저 존재할 뿐입니다. 지금까지 숫자와 친해질 수 없다 생각한 것은 오산이었습니다. 수학을 − 숫자에 관한 공부를 어려워하는 것뿐이었습니다. 계산은 차가울 수 있지만 숫자는 차갑지도 뜨겁지도 않았습니다. 숫자는 온전합니다. 타인의 숫자에 지나친 관심을 쏟는 것이 문제가 되고, 자신의 숫자를 차가운 시선으로 보는 것이 문제였습니다. 의미를 부여하지 않을 때 숫자는 의미를 획득합니다. 숫자는 단순한 기록입니다. 일상적 기록으로서의 숫자는 중요합니다. 본격적으로 글을 쓰기 시작하면서 지금까지 써오던 일기를 쓰지 않기로 했습니다. 지금껏 써온 일기도 모조리 버렸습니다. 매일 기록하는 것은 두 가지뿐입니다. 달력에 적는 운동기록이 하나고, 그 날 쓴 원고매수가 다른 하나입니다. 타인에게는 아무 의미 없을 숫자가 현실과 저를 이어주는 단단한 끈이 됩니다. 기록은 문자처럼 뜨겁지도 말처럼 차갑지도 않습니다. 기록된 숫자는 해석될 일이 없고 통계 낼 사람도 없습니다. 몇 줄의 숫자들이 탁상달력 칸을 채울 때 세월을 인식합니다. 메일함에 130, 132, 133, 137. 숫자가 쌓이는 것을 보며 조금씩 나아가고 있음을 느낍니다. 언어만큼 포근하지는 않지만 자신만의 숫자를 갖는 것은 상당히 든든한 일입니다.

41
내게 쓰기의 힘

글을 쓰는 것보다 강한 치유의 힘을 지닌 일은 없습니다. 글을 쓰는 만큼 감정을 비울 수 있습니다. 감정을 털어놓는 만큼 글자가 채워집니다. 채움과 비움이 공존하는 유일한 행위입니다. 나이 들수록 만날 사람은 줄어듭니다. 만난다 해도 마음을 터놓

기란 쉽지 않습니다. 그러니 나에게 써야 합니다. 노트에 쓰는 것이 가장 좋지만 종이가 아니라도 괜찮습니다. 종이를 꺼내는 것이 번거롭고, 펜을 드는 것이 쑥스럽다면 나에게 톡을 해도 좋습니다. 카카오톡에는 내게 쓰기 기능이 있습니다. 하루에 한 줄이라도 좋습니다. 화장실에서건 밥을 먹으면서건 내게 카카오톡을 보내보세요. 사람들에게 연락 오지 않는다고 서운해 할 필요 없습니다. 메시지를 읽고 씹었다고 원망할 필요 없습니다. 내게 쓰면 보내는 순간 읽힙니다. 카카오톡으로 부족하다면 이메일도 나쁘지 않습니다. 이메일에도 내게 보내기 기능이 있습니다. 오늘의 내게 써도 좋고, 몇 년 후의 내게 써도 좋습니다. 이메일은 일기장처럼 숨길 필요가 없습니다. 사무실에서도 집에서도 편하게 써서 보낼 수 있습니다. 어디에 쓰건 상관없으니 내게 쓰기를 시작해 보세요. 내게 쓰는 일이 낯선 것은 그만큼 자신을 내버려두었기 때문입니다. 지금부터 이 사람과 친해져야겠어. 결정했다고 곧바로 좋아지지 않잖아요. 충분히 시간을 들여야 익숙해지고, 대화를 나누면서 가까워지죠. 나와 친해지기 위해서도 같은 과정이 필요합니다. 어느 날 문득 낯선 나를 발견하거나, 이유 없이 내가 싫어지는 것은 그런 과정을 생략해버렸기 때문입니다. 결국 나를 가장 잘 아는 사람은 나라는 걸 기억하세요. 가장 가까이에서 안아줄 수 있는 사람도 나라는 것을 잊지 않길 바라요. 부디 내게 쓰기의 힘을 한번만 믿어보세요. 홀로이되 혼자가 아닌 시간. 내가 나와 친해지기 위해 필요한 시간을 허락하세요.

42

지혜

지혜로워 지다. 오래전부터 알고 있던 사실이 명확히 드러나는 순간, 내 바깥에 존재하던 지식이 내 안에 스며드는 순간이 아닐까요. 내 안에 녹아든 지식을 우리는 지혜라 부르고 지혜가 다시 바깥으로 나오는 것을 행동이라 부르는 거겠죠. 예전의 자신을 부끄러워 할 필요는 없어요. 행동하기 위한 용기가 있으므로 마땅히 해야 할 일을 하며 계속 나아가게 될 거에요. 무엇을 하건, 어디에 있건 얼마나 많은 행동을 하건 지혜는 사라지지 않고 내 안에서 자라나 무성한 가지를 뻗어갈 거예요.

43

꿈

꿈을 꾸었습니다. 이 도시에 있을 리 없는 사람 두 명이 전혀 있을 수 없는 방식으로 차례로 내 앞에 모습을 드러내고 말을 겁니다. 데려다 줄 일 없는 사람을 데려다 주었고 그냥 지나칠 리 없는 사람이 지나쳐갔습니다. 너무 생생한 꿈이었습니다. 꿈은 내게 선택되지 못한 혹은 내가 선택하지 않은 현재일 수도 있다는 생각이

들었습니다. 꿈에 나타나는 과거나 미래는 당시에 선택되지 못한 현재입니다. 꿈은 여러 풍경을 우리에게 보여줍니다. 아무것도 기억하지 못한다 해도 우리는 매일 밤 꿈을 꿉니다. 우리는 무수히 많은 선택을 거듭하며 인생을 살아갑니다. 당연해 보이는 일상도 선택 한 번에 방향을 바꿀 수 있습니다. 우리가 느끼지 못한 사이에 서서히 방향을 틀어 생각도 못한 곳에 우리를 데려다 놓기도 합니다. 어떻게 저기서 여기까지 오게 된 걸까. 지금 여기서 보면 너무 멀어 일직선으로 보이지만 사실 자세히 들여다보면 미로 같은 흔적이 남아 있을 겁니다. 어쩌면 꿈은 내가 되지 못한 나, 내가 되지 않기로 한 나, 내가 가고 싶었던 곳 모두를 보여주고 있는지도 모릅니다. 그렇게 선택되지 못한 – 선택하지 않은 현재들을 보여주며 우리 영혼을 납득시키는 겁니다. 자 이런 그림이야. 이런 상황이었어. 이렇게 될 수 있었지만 돌아갈 수는 없어.

꿈이 비논리적으로 보이는 것은 이미 지나온 선택지가 논리로 계산할 수 없을 정도로 많기 때문입니다. 너무 많은 교차로를 지나왔기 때문입니다. 꿈은 그렇게 잃어버린 – 놓아버린 현재를 보여주면서 지금의 현재를 받아들이게 해줍니다. 그리고 우리 앞에 놓인 선택들을 상기시킵니다. 상상하지 못한 현재를 살게 된 것은 사소한 선택의 합이었음을 알려 줍니다. 밤에 꾸는 꿈은 선택되지 못한 현실을 보여주면서 동시에 선택하지 않았던 삶을 종결시킵니다. 그래서 우리는 선택을 이어갈 수 있게 됩니다. 매일 아침마다 어떤 꿈을 현실로 선택할 지 결정할 수 있는 것입니다. 꿈은 일상에 매몰된 선택이 아닌 일상을 바꾸는 선택을 하라고 말합니다. 오늘 당장 떠날 수도 있고, 지금의 생활을 유지할 수도 있습니다. 용기를 내 전화를 걸 수도 있습니다. 오늘도 새로운 여행이 시작됩니다. 아무것도 아닌 날은 있었을지 몰라도 아무것도 선택하지 않은 날은 한 번도 없었습니다.

44
사진 찍다

특별한 날이면 사진을 찍었습니다. 아무 기억도 나지 않는 돌 사진부터 시작해 소풍이나 운동회, 졸업식 같은 특별한 날에 찍은 사진들은 앨범 속으로 들어가 추억의 페이지가 되었습니다. 차곡차곡 쌓인 앨범 안에는 한 아이가 태어나서 어른이 될 때까지의 역사가 새겨져 있습니다. 수동카메라가 자동카메라가 되고 디지털카메라는 어느새 휴대폰 속으로 들어갔습니다. 화질과 기능은 옛날 카메라와 비교할 수 없을 만큼 좋아졌습니다. 이제는 캠코더가 없어도 누구나 동영상을 찍을 수 있습니다. 어디에서나 무엇이라도 찍을 수 있게 되었습니다. 전문가가 아니라도 사진에 필터를 씌우거나 동영상을 편집할 수 있습니다. 그래서 우리는 항상 사진을 찍습니다. 벚꽃이 피어도 사진부터 찍고, 주문한 음식이 나와도 사진부터 찍습니다. 예쁜 카페 인테리어를 찍고 멋진 풍경을 찍습니다. 기념사진은 인증샷이 되었습니다. 그렇게 많은 사진을 찍으면서도 앨범을 뒤져보지 않습니다. 사진 찍을 시간은 있지만 추억에 잠길 시간은 없습니다. 맛있는 음식은 인스타그램에 공유하고 좋은 만남은 페이스북에 올립니다.

공유는 쉬워졌지만 향유할 시간은 사라졌습니다. 아름다운 풍경과 마주할 때마다 나와 풍경 사이를 스마트폰이 가로막고 있습니다. 사진을 남기는 것도 필요한 일이지만 사진을 찍느라 조금도 풍경을 즐기지 못한다면 심각한 주객전도입니다. 이슈가 된 사진 한 장이 있었습니다. 헐리우드의 유명한 배우가 지나가는 모습을 보는 사람들의 사진이었습니다. 수 십 명의 사람들 모두 카메라 포커스를 맞추느라 바빴습니다. 캡 모자에 선글라스를 얹은 남자는 카메라를 켜기 위해 스마트폰을 조작하고 있습니다. 화려한 원색 원피스를 입은 검은 머리의 여자가 스마트폰을 통해 배우를 봅니다. 다른 사람들도 배우의 사진을 찍기 위해 손을 머리 위로 들어 올리고 있습니다. 하지만 검은 카디건을 걸치고 보랏빛 테 안경을 낀 백발의 할머니는 달랐습니다. 펜스에 편안하게 팔을 걸치고 흐뭇하게 미소 짓고 있는 그녀가 유독 선명해 보였습니다. 군중 속에서 그녀만이 순간을 즐기고 있었습니다. 그저 뜻밖의 행운을 즐기고 있었습니다. "조니뎁을 감상하는 가장 멋진 방법"을 그녀는 알고 있었습니다. 그녀의 여유로움이 멋져 보였습니다. 혜성이 지구를 향해 떨어지는 모습을 무수한 손이 카메라를 들고 인증샷을 찍는 장면을 표현한 그림이 떠오릅니다. 그림을 처음 볼 땐 우스웠지만 나중에 생각하니 씁쓸했습니다. 과연 그럴 일은 없다고 장담할 수 있을까요. 우리는 그러지 않을 거라 자신 할 수 있을까요. 기념할 것을 남기기 위해 특별한 순간을 흘려보내고 있진 않을까요. 결국 남는 건 사진이 아니라 추억입니다. 세상에 남겨두고 갈 것은 앨범이 아니라 사랑입니다. 장롱 속 깊숙한 곳에 잠자고 있을 낡고 무거운 카메라가 그리워지는 밤입니다.

45
——
Core

운동할 때 가장 기본이 되는 것은 core입니다. 코어가 단련되지 않으면 모든 운동이 힘들기만 합니다. 하지만 그건 운동을 하고 있는 사람의 관점이고, 초심자에게 필요한 것은 자신의 몸을 care 할 의지입니다. 자신에게 물어보세요. 나는 내 몸을 보살필 준비가 되어 있는가. 나를 바꿀 준비가 되어 있는가. 절실하게 건강을 원하는가. 생각해 보세요. 아무거나 먹고 아무것도 하지 않으면서 변화를 기대할 수는 없죠. 변명하는 사람은 변화할 수 없어요. 운

좋게 변화해도 스스로 이룬 것이 아니라면 쉽게 무너집니다. 물론 이 대로도 좋다고 생각한다면 상관없어요. 자기 인생이니까요. 내키는 대로 하면 되요. 흘러가는 대로 가면 되요. 하지만 자신을 바꾸고 싶다면 변명은 그만두세요. 부작용이 심한 약을 먹거나 무턱대고 굶지 않는 한 운동하다가 죽는 사람은 없어요. 운동하다 죽는 사람은 뉴스에 나올 정도로 드물지만 운동해서 건강해진 사람은 뉴스거리도 되지 않을 만큼 많아요. 운동의 부작용을 걱정하지 마세요. 시작하기 전에 효율을 따지지 마세요. 그냥 하면 되요. 조금 약해져 있을 뿐이에요. 가족들과 오랫동안 행복하게 살려면 자신을 돌봐줘야 해요. 무리한 목표 따윈 잡지 마세요. 그냥 자신을 위한 일 하나만 당장 시작하세요. 못하는 건 잘못이 아니에요. 하지만 할 수 있지만 안 할 뿐이라고 변명한다면 그건 자기기만 이예요. 남을 속이는 것은 범죄지만 자신을 속이는 건 스스로에게 거는 저주예요. 건강해지고 싶어도 몸조차 가눌 수 없는 사람도 있어요. 수족을 잃고도 올림픽에 출전하는 사람도 있어요. 질병 때문에 아픈 사람들은 살아남기 위해 온갖 노력을 다 해요. 삶을 위한 안간힘은 살아 있는 존재의 본능이에요. 부디 자신의 나약함에 지지 마세요. 자신의 변명에 속지 마세요. 당신은 할 수 있어요. 당신은 강해질 거예요.

변명이 있는 자리에 변화는 오지 않아요. 아니, 올 수 없다는 말이 적

확하죠. 하지만 그 말은 변명이 사라진 어디에서라도 변화는 즉각적으로 시작된다는 뜻이에요. 변화하기 위해 억지로 힘을 끌어낼 필요는 없다는 걸 기억하세요. 오히려 변명이 자연스러운 변화를 막고 있을 뿐이에요.

46
언어

외국어는 그저 다른 나라에 사는 사람의 말이라 여겼습니다. 외국어는 나와는 인연이 닿을 리 없고, 다른 나라의 언어 따위 배울 필요 없다고 믿었습니다. 생각해보면 다른 나라에 가지 않았어도 실제로는 외국어를 배우며 살아온 것 같습니다. 세상에는 고작 수천 개의 언어만 존재하는 것이 아닙니다. 지구 위에 존재하는 사람의 수만큼의 언어가 있습니다. 사람들 모두가 각자 다른 언어로 이야기하고 각자 다른 언어로 세상을 해석합니다. 모국어란 포괄적 개념에 불과할 뿐 개별적인 개인에 이를 수 없습니다. 다른 사람의 언어를 '나름대로' 이해하고 있을 뿐. 각자의 언어는 서로에게 외국어일 수밖에 없습니다. "말이 통한다."는 말을 다른 나라 사람보다 주위 사람에게 더 많이 사용하는 이유가 거기 있습니다. 둘러보면 모두가 이방인입니다. 그래도 절망보다 희망을 선택하려 합니다. 조금 가벼워지려 합니다. 세상 사람들을 말이 통하는 외국인 정도로 생각하려 합니다. 똑같은 단어를 사용해도 의미는 각자 다르게 받아들여집니다. 비로소 모두가 평등해졌습니다. 저마다 나름대로 이방인과 소통하려 애쓰고 살아갑니다. 그렇게 생각하면 동지애마저 느껴집니다.

47

집으로

집으로 돌아가고 싶어요. 너무 지쳐 돌아갈 힘도 남아 있지 않아요. '바람을 지나는 길'을 따라가면 있을까요. 저 고양이를 따라가면 보일까요. '바다가 보이는 거리'가 있을까요. 집을 떠나온 게 언제인지 생각나지 않는데 추억은 덕지덕지 달라붙어 떨어지지 않네요. 어디에 내가 두고 온 곳이 있을까요. 내가 오고 싶어 한 곳은 분명 여기가 아닌데. 어디에도 가지 못하고 발만 동동 구르고 있어요. 지금 여기는 어딜까요. 내 옆에서 말을 거는 당신은 누구인가요.

집으로 가고 싶어요. 내가 떠나온 곳으로. 내가 지금의 내가 아닐 수 있는 곳이라면 어디라도 갈게요. 누가 날 데려다 줄 수 있나요. 지금 이 줄을 끊으면 갈 수 있을까요. 가고 싶은 곳에 갈 수 없는 것보다 슬픈 일은 더 이상 가고 싶은 곳이 없어져 버리는 것이었네요.

48
—
우는 남자

왜 우는 것을 부끄러워해야 하나요. 아이처럼 말도 안 되는 이유로 떼쓰는 것도 아닌데 왜 울면 안 되는 걸까요. 나이 들수록 잃어버리는 것은 많아지고, 잃어버린 것은 다시 찾을 수 없게 되는데 어찌 울지 않을 수 있을까요. 우는 일은 부끄러운 일이 아니죠. 인간이기에 자신을 슬퍼할 수 있고 타인을 위해 눈물 흘릴 수 있죠. 각자의 울음은 누구도 대신 할 수 없죠. 자신을 위해 울어주지 않는다면 누가 대신 울어줄까요. 지금 흘릴 눈물을 삼킨다고 슬픔이 덜어질까요. 마음껏 울기로 하죠. 혼자라면 거리낄 것 없고 함께라면 눈물을 닦아줄 수 있죠. 마음껏 울어 슬픔을 뒤로 미루지 않기로 해요. 생의 끝에 슬픔만 남겨두는 일이 없도록 해요. 기쁨을 남기지 않듯 슬픔도 남겨두지 않기로 해요. 생의 마지막을 슬픔만으로 가득 채우지 않기 위해서. 남겨진 사람들에게 슬픔만 물려주지 않기 위해서.

49
—
행복

오랜만에 고기가 먹고 싶어 마트에 다녀왔습니다. 행사용 소고기를 샀습니다. 스테이크용 소고기 300그램이 4960원. 구운 소금과 후추를 뿌리고 카놀라유를 대충 발랐습니다. 팬에 굽습니다. 어릴 적에는 상상도 못했습니다. 스페인 맥주를 맛보게 될 줄 몰랐고 집에서 스테이크를 굽는 날이 올 줄 몰랐습니다. 분명 어떤 부분에서는 세상이 좋아졌구나. 좋아진 세상의 부분들을 만끽하지 못한다면 순전히 내 탓이겠구나. 아직 즐기지 못한 기쁨도 얼마든지 남아 있겠구나. 거룩하고 저렴한 행복을 얼마든지 즐겨 주리라. 그렇게 생각했습니다. 백 년 전의 왕도 맛보지 못한 술을 마시고, 수백 년 전의 귀족도 써 본 적 없는 그릇에 고기를 담아 먹을 수 있다니 기뻤습니다. 행복은 있어야 할 곳에 있습니다. 여기 내가 있는 곳에 행복은 있습니다. 오늘을 행복하게 살아가는 일보다 중요한 것은 없습니다. 오늘보다 행복한 날은 없습니다. 아련한 추억 때문에 오늘을 아쉬움으로 남기는 일은 없을 겁니다.

50
오갈 데 없는

오갈 데 없는 중년이 아니죠. 왜 갈 데가 없어요. 어디로든 갈 수 있어요. 얼마든지 생을 누릴 자격이 있어요. 무엇이든 할 수 있어요. 늦지 않았어요. 때가 무르익은 것뿐이죠. 청춘 따위 노력으로 얻은 것도 아닌데 아까울 것도 없죠. 내 앞의 생을 아쉬움 없이 살아가기에도 충분히 바쁘니까요.

51

부유하다

부유하다고 행복해 보이지는 않더군요. 영화감독들은 호스티스가 있는 술집에서 비싼 위스키를 마시는 모습 외에는 딱히 부유함을 연출할 방법을 찾지 못하는 것 같더군요. 그게 아니라면 고급 외제차를 타고 도로를 달리는 모습이나, 명품 옷을 치렁치렁 매달고 다니는 모습 정도일까요. 아무리 봐도 부럽다는 생각은 들지 않았어요. 가난이 미덕이 되지 못한다 해서 부유함이 미학이 되는 것도 아니더군요. 돈으로 뭐든지 살 수 있지만 돈으로 사는 행복이란 별 볼 일 없어 보이더군요. 대단치도 않은 부를 위해 목을 매달고 싶진 않아요. 부자들은 부유함에 둘러싸여 있을 뿐 그들 역시 다른 사람처럼 세상을 부유하는 덧없는 생명에 불과하죠. 값 비싼 재료가 아니라도 신선한 재료에 만족할 수 있다면 생은 즐거워지죠. 소박한 입맛에는 감사하지 않은 음식이 없더군요. 남들에게 보이기 위한 옷을 사지 않으니 옷 살 일도 없더군요. 더 많은 것을 갖기 위해 더 많은 시간을 투자하고, 더 좋은 것을 얻기 위해 땀을 흘리는 것은 과연 선순환일까요. 필요한 만큼 일하고 필요한 만큼만 가지는 삶은 정말 불가능한 걸까요. 우리가 가진 것들이 과연 잃어버린 것보다 가치 있을까요. 어떻게든 부자가 되면 행복해 질 거라고 너무 순진하게 믿고 있는 것은 아닐까요.

52

생명에 관하여

4월 11일 오전 경남 통영에서 한 아이가 태어났습니다. 친구 부부에게 축복이 왔습니다. 아이가 건강하게 태어나 감사했습니다. 친구는 한 달 전부터 술을 끊었습니다. 술을 즐기던 그의 아내에게 물으니 아예 마시고 싶은 생각이 들지 않는다 했습니다. 친구는 쓸모없다 생각하던 사주와 성명학을 공부했습니다. 좋은 게 좋은 거라고 말하는 그에게서 부모의 무게를 느꼈습니다. 임신에서 출산까지의 과정을 겪는 것은 존경스러운 일입니다. 남자는 알 수 없는 불편함을 감수하고 모진 고통을 감내해 생명을 창조해내는 것은 위대한 일입니다. 입덧에 시달리면서도 아기를 위해 영양 섭취를 해야 하고 허리와 등, 온 몸이 쑤시고 아픈 것을 견뎌야 합니다. 소화가 되지 않아도 먹어야 하고 체중은 계속 늘어납니다. 변비가 심해지고 손발이 붓고 저립니다. 쉽게 잠들 수 없고, 깊게 잘 수 없습니다. 자궁이 폐를 떠밀어서 점차 호흡이 힘들어집니다. 두통이나 현기증에 시달립니다. 출산했다고 끝이 아닙니다. 임신 전의 몸으로 돌아가는 과정을 견뎌야 합니다. 산후우울증이나 산후풍, 각종 후유증을 염려해야 합니다. 게다가 육아는 이제 시작입니다. 시간에 맞춰 젖을 먹이느라 제대로 자지 못합니다. 기저귀를 갈고 집안일까지 돌봐야 합니다. 이러한 과정을 모두 견뎌낸 사람에게 어머니란 이름이 주어집니다. 고작 스물 셋의 나이에 영도 산복도로 인근의 작은 병원에서 어머니가 나를 낳지 않았다면 이런 글을 쓸 일도 없었을 겁니다. 어머니의 어머니, 아버지의 아버지 말도 되지 않는 우연들이 겹쳐서 생명이 만들어지고 한 사람의 희생을 통해 세상에 나올 수 있었습니다. 신이 모든 곳에 있을 수 없어 어머니를 만들었다는 말에 공감합니다. 하지만 어머니란 이름으로 일방적 희생을 강요해서는 안 된다고 믿습니다. 육아는 함께 하는 것이지 도와주는 것이 아닙니다. 한 생명을 갖고 키우는 일이 쉬울 리 없습니다. 어머니를 신격화해서는 안 됩니다. 우리는 한 사람에게 신이 되라 강요해서는 안 됩니다.

53
4월 11일 생

4월 11일은 대한민국 임시정부 수립 100주년이 되는 날입니다. 100년이란 시간의 흐름 앞에서 그만 아득합니다. 오늘 태어난 이 아이는 21세기를 넘어 22세기를 보게 될 것입니다. 지난 백년 간 우리나라는 독립을 했고 동족끼리 참혹한 전쟁을 치렀습니다. 독재정권에 맞서 민주화를 이루어 냈습니다. 눈부신 경제발전도 이루었습니다. 오늘 태어난 아이가 볼 세상이 좀 더 나은 것이 되도록 노력해 보려 합니다. 남녀가 평등해져서 한 명의 사람으로 존중받는 세상을 만들려 합니다. 누구나 사람답게 살 수 있는 세상을 꿈꾸니다. 정의로운 목소리가 울려 퍼지는 세상을 꿈꿉니다. 그녀가 보게 될 22세기를 함께 꿈꿔보려 합니다. 그녀가 21세기도 참 아름다웠다고 기억할 수 있도록 나아가려 합니다. 아이가 건강하게 자라길 바랍니다. 사랑하지 않고도 사랑할 수 있는 존재가 늘어난다는 것은 놀라운 기쁨입니다. 아이가 천천히 맑고 바르게 희망을 향해 걸어가길 기원합니다.

54

성장

괜찮아 내가 죽어도 내 글은 살아남을 테니까. 걱정 마. 나를 대신해 세상에 남아도 좋을 글은 아직 쓰지 못했으니까. 살기 위해 필요한 것은 재산이나 물건 따위가 아니야. 값 비싼 것들로 채워놓아도 공허함은 사라지지 않아. 나를 대신해 살아남을 것을 찾아내야 해. 사랑이든 꿈이든 가족이든 그 무엇이라도 좋아. 오늘도 부끄럽지 않기 위해 써야 해. 내일이면 부끄러워 질 글이라도 써야 해.

성장은 부끄러움의 틈에서 자라나는 것. 제자리걸음 같아 보여도 우리는 소중한 것을 향해 조금씩 나아가는 중이야

55

통장, 책장

통장 속 숫자가 늘어난다고 생이 풍요로워 지는 것은 아니더군요. 통장 속 숫자가 줄어든다고 생이 가벼워지는 것도 아니더군요. 통장 개수가 많아질수록 욕심은 늘어나고 그만큼 무거운 삶을 감당해야 하더군요. 통장이 늘어나도 책장이 가벼우면 생은 허무하더군요. 책을 읽을 수 없는 삶은 노동일뿐 이더군요. 책을 읽지 않으면 노동에 매몰된 단 하나의 삶 외에는 살 수 없게 되죠. 사는 동안 우리가 해야 할 일이 통장 정리만은 아니겠지요. 마음을 정리하기 위해 책을 읽어야 하죠. 글을 읽는 행위를 통해 마음을 읽어야 하죠. 바빠서 읽을 시간이 없다는 건 변명이 될 수 없죠. 바쁘니까 읽어야 하는 거예요. 감정노동이 아니라 감성운동을 해야 하죠. 소설을 읽으며 다른 생을 체험하고, 시를 통해 마음을 닦고, 수필을 읽으며 생의 의미를 되짚어 봐야 하죠. 성공하기 위해 책을 읽는 게 아니에요. 어떻게든 책을 읽을 수 있다면 이미 성공한 인생이에요.

56

—

저렴한 인생

입맛이 저렴하다고 밥상이 싸구려가 되진 않지만 입맛이 저렴하면 사람이 싸구려로 보이죠. 까다로운 입맛이 아닌 것은 축복이에요. 미식가란 맛있는 음식을 찾아다니는 사람이 아니라 모든 음식에서 맛을 발견하는 사람이죠. 재료의 고유한 맛을 즐길 줄 아는 사람이 진정한 미식가죠. 생각이 바뀌면 입맛이 변하더군요. 입맛이 바뀌면 생활이 바뀌더군요.

맛있게 먹을 수 있는 것도 재능입니다. 하지만 입말은 까다롭게 굴어야 합니다. 아무거나 입에 넣지 않아야 합니다. 아무거나 나오는 대로 말하지 않아야 합니다. 재료마다 고유한 맛이 있듯이 사람에게도 각자 고유한 인격이 있음을 잊지 않아야 합니다. 사람 각자의 멋을 발견할 줄 알아야 합니다. 모든 사람을 좋아할 수는 없을지라도 모든 사람에게 각자의 이유와 멋이 있음을 인정해야 합니다.

57

폭력

폭력적 상황에 한 번이라도 내몰려 본 사람은 함부로 잘난 체 하지 않죠. 두려움을 느끼는 것은 몸이 보내는 시그널입니다. 폭력적 상황에서도 아무렇지 않은 쪽이 고장 난 거예요. 인간이 지켜야 할 도덕은 나 몰라라 외면하고, 부조리한 상황에 적응해 버린 거죠. 자신이 나약해서 폭력의 일부가 되어버린 건데도 스스로 강한 존재가 되었다고 착각하죠. 악함을 강함으로 치환하는 자기 합리화죠. 폭력적 상황을 피하는 것은 지극히 정상적인 반응이에요. 부끄러워 할 필요 없어요. 두려움이 우리 생존을 돕고, 폭력을 싫어하는 마음이 우리를 인간으로서 지켜주는 힘이 되는 거예요. 폭력에 직접 맞설 필요 없어요. 신고하고 서명하고 법적 절차를 따르면 되요. 그러면 웬만한 일은 다 해결 되요. 해결되지 않으면 피하면 되요. 시스템에 기대도 되요. 비겁한 것이 아니라 건강한 반응이에요. 다시 좀 더 나은 시스템을 만들 수 있도록 목소리를 높이고 힘을 합치면 되요.

58

구원하다

한 때 누군가를 구원이라 믿었어요. 이제는 먼 옛날의 일처럼 느껴지네요. 나를 구해주었다고 영원히 함께 할 수는 없는 일이더군요. 그래도 감사한 일이라고, 내 생에도 기적이란 것이 일어날 수 있어서 축복이라 생각해요. 기적이 다시 일어나길 바란다면 그건 너무 염치없는 일 일 테죠. 우리가 드라마나 영화에 열광하는 것은 실제로 일어나지 않는 일이기 때문이죠. 기적은 쉽게 일어나지 않고 기적이란 두 번은 없다는 것을 알고 있기 때문이죠. 그러니 질투할 필요가 없어지죠. 마음 한 구석에서 지금 보고 있는 것이 결국 판타지라는 것을 알고 있으니까요. 판타지라는 인식이 안전장치가 되어 있기에 오히려 마음껏 공감할 수 있죠. 우리는 알고 있죠. 저런 일은 일어나지 않는다는 사실을. 저렇게 멋진 일이 일어난다 해도 자신에게까지 행운이 돌아올 일은 없다는 것을 알고 있죠. 누구도 우리를 구원해 줄 수 없어요. 우리도 누군가를 구원할 수 없겠죠. 다만 스스로 구하고 계속 원하는 수밖에 없죠. 우리를 어딘가로 데려다 줄 구원이 없다면 스스로 길을 걸어갈 이유를 구해야 하죠. 자신이 원하는 것을 찾아야 하죠. 나를 구해줘 속으로 아무리 외쳐봐야 소용없는 일이라는 걸 알고 있잖아요. 나를 원해줘 부탁해봐야 자신만 비참해질뿐이라는 것을 경험 했잖아요. 혹시 저 사람이라면 백날 상상해 봤자 의미 없죠. 상상이 빛나는 만큼 현실만 구질구질해 보일 테죠. 현실을 받아들여야죠. 차갑고 단단한 현실을 딛고 서서 거기서부터 시작해야죠. 가끔 꽃 한 송이 사다주는 사람이 없다면 자신에게 선물하면 되죠. 내 공간에 꽃을 준비할 수 있는 사람이 되는 것은 근사한 일이죠. 손잡아 줄 사람이 없다면 두 손 꼭 잡고 마음을 다 잡으면 되죠. 사소한 것부터 시작하면 되요. 늘 사소한 것에 마음을 베이잖아요. 작은 반창고 하나로 상처를 감쌀 수 있어요. 우리를 구원하는 것은 사람이 아니라 사소한 습관들이죠.

59
변화

눈에 띄는 변화가 아니라도 좋습니다. 스스로에게 한 약속을 꾸준히 지켜나가면 됩니다. 겉으로 아무것도 달라지지 않아도 좋습니다. 내 안에 일어나는 변화를 실감할 수 있다면 충분합니다. 실감한 것을 매일 기록합니다. 기록은 축적됩니다. 축적은 단단하게 다져져 나를 지탱하는 현실이 됩니다. 눈에 띄는 변화를 위해서는 힘이 필요하지만 변화가 눈에 띄지 않는데도 지속하기 위해서는 더 큰 힘과 의지가 필요합니다.

"회전목마"

회전목마 따위 시시한 거라 생각했어요. 유치하게 반짝이는 불빛은 어린아이나 좋아하는 거라고 무시했어요. 좀 더 다이내믹하고 멋진 일이 있을 거라 믿었어요. 돌이켜 보면 롤러코스터를 타고 여기까지 온 것 같네요. 결국 회전목마가 있는 곳으로 돌아왔네요. 여전히 반짝이는 것의 소중함을 이제야 알겠어요. 사람을 안심시키는 아름다움이 저 불빛 아래 있음을 알겠어요. 천천히 부드럽게, 그러나 멈추지 않는 회전목마가 생과 다르지 않음을 알았어요. 회전목마가 초라해지는 것은 불이 꺼져 멈추는 순간뿐이죠. 둘이면 충분하고 혼자라도 나쁘지 않죠. 손 흔들 사람이 없어도 괜찮아요. 그저 앞을 바라보거나 풍경을 즐기며 돌고 또 도는 거죠. 황홀한 반복을 계속하죠. 잔잔한 멜로디에 몸을 맡기고 시간의 흐름에 마음을 기대는 거죠. 홀로이되 혼자는 아닌 근사한 풍경이 되는 거죠. 제 모습이 아름답지 않아도 좋아요. 그저 이 평화로운 춤을 계속 즐기고 싶어요. 목마는 아래로 위로 그리고 앞으로 나아가죠. 넘실거리는 파도가 되어 목마 위에 생을 실은 채 아름다운 축제를 그저 느끼려 하죠. 생이 끝날 때까지.

가장 멋진 파도는 아직
오지 않았습니다.

늙은 어부가 물때를 아는 것처럼
밀물처럼 밀려오는 날도, 썰물처럼 빠져나가는
날도 있음을 받아들입니다.
밀물이든 썰물이든 우리는 배를 띄워야 합니다.
그물을 던져야 합니다.